LA PIRE MISSION DE MA VIE

L'autrice

Robin Benway vit à Los Angeles. Elle a gagné un premier prix d'écriture en fiction lorsqu'elle était étudiante à l'université de New York et a travaillé dans plusieurs librairies. Elle est l'autrice de *April, May & June* et de *Si loin de l'arbre*, qui a remporté le National Book Award.

LA PIRE MISSION DE MA VIE

Robin Benway

Traduit de l'américain par Anne Delcourt

Nathan

Loi n° 49-956 du 16 juillet 1949 sur les publications
destinées à la jeunesse : juillet 2019
L'édition originale de ce livre a été publiée
pour la première fois en anglais aux États-Unis en 2013
sous le titre *Also Known As* par Walker Books
for Young Readers, une filiale de Bloomsbury Publishing Inc.

ISBN : 978-2-266-29380-8

Dépôt légal : juillet 2019

Seigneurs, vous serez peut-être étonnés de ce que vous allez voir.
Étonnez-vous, jusqu'à ce que la vérité ait tout élucidé.

WILLIAM SHAKESPEARE
Le Songe d'une nuit d'été,
traduction de Jean-Michel Déprats,
Éditions Gallimard

It's just you and me against me...
[« C'est toi et moi contre moi... »]

DANGER MOUSE ET DANIELE LUPPI
« Two Against One »

1

La première fois que j'ai fait sauter un cadenas, j'avais trois ans.

Je sais que j'ai l'air de me vanter, mais honnêtement, ça n'a rien de sorcier. C'était un cadenas à code, le genre que vous devez avoir sur votre vélo. Avec un accès à Internet et un peu de temps à perdre, c'est à la portée du premier venu. Si, si. Allez voir sur Google, j'attends.

Alors, qu'est-ce que je vous disais ? Pas compliqué.

C'était mes parents qui m'avaient donné le cadenas. Ils jurent encore leurs grands dieux que ce n'était pas un test, que j'insistais pour jouer avec et qu'ils voulaient juste éviter que je fasse un caprice. Non mais vous y croyez, vous ? Vous jouiez souvent avec des cadenas à code quand vous étiez petits ?

Mes parents n'ont pas été particulièrement étonnés que je réussisse à ouvrir le cadenas. Je pense que l'inverse les aurait surpris davantage. C'est vrai, ça doit être une énorme déception pour deux espions d'avoir un enfant totalement incompétent en la matière. Même mon prénom – Margaret, au secours ! –, ils l'ont choisi parce qu'il se décline en un tas de diminutifs : Peggy, Maisie, Molly, Margie, Meg… et j'en passe. Ils m'appellent Maggie depuis que je suis bébé, mais j'ai douze certificats de naissance, chacun avec une version différente.

Je vous dois quelques explications.

Ma famille travaille pour le Collectif. Ce nom ne vous dira rien, mais vous avez forcément entendu parler de nos actions par les médias. Les procès d'industriels du tabac confondus par des preuves accablantes ? C'était nous. Le démantèlement de réseaux de trafic d'êtres humains ? Encore nous. La chute du dernier dictateur péruvien ? Toujours nous.

J'avoue que je ne sais toujours pas exactement ce qu'est le Collectif. Tout ce que je peux affirmer avec certitude, c'est qu'on est environ deux cents espions dispersés à travers le monde, à se déplacer là où on a besoin de nous. Dans nos rangs, on trouve des faussaires (j'y reviendrai), des hackers, des statisticiens, des experts en armement, et je pense qu'il y a aussi quelques tueurs mais mes parents refusent de m'en parler. J'ignore combien le Collectif compte de perceurs de coffres, mais ma famille voyage souvent à cause de moi. Il faut croire qu'il y a beaucoup de coffres à percer.

On ne vole jamais ce qui ne nous appartient pas. Le Collectif est peut-être une organisation clandestine, mais on n'est pas des voyous. Le but est de réparer des torts, pas d'en causer. Quand j'étais petite, je voyais le Collectif comme une sorte de père Noël, qui distribuait des cadeaux mais qu'on ne voyait jamais. Maintenant, bien sûr, je sais qu'il est basé à Londres et pas en Laponie. Mais je suis incapable de dire s'il est dirigé par des dizaines de millionnaires qui cherchent à se racheter une conscience en œuvrant pour une noble cause, ou par un seul type du genre magnat excentrique.

Cet été, mes parents et moi, on était en poste à Reykjavík, en Islande. On se préparait à repartir pour New York le soir même de la fin de notre mission, et je n'y serais pas restée un jour de plus. L'été avait été désespérément ennuyeux (et désespérément clair : là-bas, il fait jour vingt-quatre heures sur vingt-quatre l'été), je n'avais pas cours et mes parents étaient pris tous les deux par leur travail. J'avais passé des journées entières à m'entraîner sur des coffres que le Collectif m'envoyait exprès, mais même ça, j'avais fini par m'en lasser. J'en étais venue à épier nos voisins d'en face, juste histoire de m'occuper. Ils étaient désespérément normaux, surtout le fils. Le Beau Gosse d'en Face. J'ai été jusqu'à me ridiculiser en me lançant dans des dialogues imaginaires avec lui dans le style :

« Salut, toi, ça va ? »

« D'où on est ? Bah, d'un coin qui ne te dirait rien. Mais tu fais quoi toi, ici, pour t'occuper ? »

« Manger des glaces ? Oui, j'adore ! Toi et moi ? Avec plaisir ! Non, ça ne gêne pas du tout mes parents que je sorte avec un garçon. »

Pathétique. Comme on peut s'en douter, je n'avais jamais eu d'amoureux, mais ça m'allait très bien. Après tout, combien y a-t-il de filles avec un amoureux qui peuvent dire qu'elles ont participé à la chute du gouvernement péruvien ?

Donc, après un été apathique et interminable, passé à ouvrir des coffres et à délirer tous les jours un peu plus dans mes « conversations » avec le Beau Gosse d'en Face, j'avais hâte de rentrer à New York, que les choses changent.

Il était temps qu'il se passe un truc.

La règle n° 1 d'un espion, c'est de savoir écouter. Angelo, l'ami de la famille, dit qu'un bon espion n'a pas besoin de poser de questions, parce que les gens finissent toujours par dire d'eux-mêmes ce qu'on veut savoir.

Je connais Angelo depuis toujours. Il a rencontré mes parents quand ils vivaient tous les trois à Berlin, et ils ne se sont jamais perdus de vue. Angelo travaille aussi pour le Collectif, mais je crois qu'il est plus ou moins à la retraite maintenant, enfin, c'est ce qu'il prétend. Il pourrait tout aussi bien se préparer à être fait chevalier par la reine d'Angleterre et à partir en expédition spéléo aux Galápagos. Il est toujours d'excellent conseil, en particulier pour ce qui est d'ouvrir des coffres et de crocheter des serrures. Imaginez une espèce de Yoda qui aurait eu pour parents James Bond et Coco Chanel. Quand je lui ai dit ça, il m'a demandé : « C'est qui, Yoda ? » Je lui ai envoyé les DVD de *Star Wars* pour Noël. Avec un lecteur de DVD.

Angelo est faussaire. J'ai douze passeports et autant de certificats de naissance, tous de sa confection. C'est lui qui fabrique presque tous les papiers du Collectif, y compris les copies d'originaux. Par exemple, mettons que quelqu'un ait volé l'original de la Déclaration d'indépendance des États-Unis pour le vendre au marché noir et financer l'achat d'armes pour des despotes fous. Ça s'est déjà vu. Angelo fabrique un faux et procède à l'échange en douce, le méchant se retrouve les mains vides et la Déclaration d'indépendance regagne sa place. Ça doit exiger un million d'étapes, comme trouver la bonne pâte à papier et la bonne presse d'imprimerie, mais Angelo n'aime pas entrer dans les détails. Il a un côté secret sur ces trucs-là, et je le comprends : chacun sa manière de travailler. Moi, tant qu'il continue à choisir les meilleures photos de moi pour mes passeports, je n'ai rien à redire.

Dès que j'ai su écrire, Angelo m'a appris à imiter les signatures. À vrai dire, le premier nom que j'ai su écrire n'était pas le mien mais celui de ma mère, une imitation presque parfaite de sa signature. Quand j'ai été assez grande pour atteindre la poignée de sa porte d'entrée, il m'a montré comment crocheter une serrure. Puis, quand sa porte est devenue trop facile, on est passés à la grille de Gramercy Park, à Manhattan. Angelo a la clé, mais ça n'a strictement aucun intérêt. J'adore mes parents, vraiment, mais ni l'un ni l'autre ne seraient capables d'ouvrir une porte même si leur vie en dépendait. Et comme, effectivement, nos vies en dépendent souvent, c'est là que j'interviens.

Voilà un exemple de la façon dont ça marche :

Au début de l'été, nous avons été envoyés en Islande pour enquêter sur l'une des plus grosses banques du pays. Les proches du P-DG s'étaient mis tout à coup à conduire des voitures de luxe, à acheter des villas en Espagne sans aucun apport personnel, à mettre leurs enfants dans des pensions suisses, sans avoir perçu la moindre augmentation de salaire.

En général, on peut en déduire que la personne cache quelque chose, un truc comme un gros paquet de fric. Et le jeu de cache-cache, c'est justement notre spécialité.

Donc, ma mère se fait embaucher dans l'équipe d'entretien de la banque, ce qui lui donne accès à quasiment tous les bureaux, dont celui du P-DG. C'est une super hackeuse et je soupçonne que ça énerve un peu mon père. Une fois, alors qu'on était à Boston, ils se sont disputés comme des chiffonniers parce que mon père reprochait à ma mère de mettre trop de temps à finaliser un boulot. Elle lui a tendu la télécommande du magnétoscope : « Vas-y, explique-moi comment ça marche. » Évidemment, il en a été incapable, et elle ne s'est pas privée de lui rétorquer qu'il n'avait pas à lui dire comment faire son travail. Il n'a plus jamais recommencé. Il a trop besoin d'elle pour lui enregistrer *Planet Earth* sur Discovery.

Bref, ma mère entre dans le bureau de ce P-DG et, bien sûr, accède à son ordinateur. C'est tellement facile, vous n'avez pas idée. Mot de passe protégé ? Une blague. Tout ce qu'il faut pour pirater une bécane, c'est une copie de l'acte de naissance de son propriétaire, et encore. S'il s'agit de quelqu'un de connu, il a sûrement déjà parlé de sa mère à la télé, et paf, vous connaissez le nom de jeune fille de cette dame. Les noms de ses enfants, de ses animaux familiers, celui de la rue où il a grandi, son lieu de naissance ? Voilà tous les mots de passe classiques, et la plupart des gens n'en ont qu'un seul, qui leur sert pour tout.

Y compris le P-DG de cette banque.

(Je crois même que ma mère a été vaguement déçue. Elle aime bien avoir un peu de fil à retordre. Elle dit que ça la maintient en forme.)

Donc, ma mère s'introduit sur son ordinateur et y installe un cheval de Troie, qui lui permet de le consulter chez nous depuis son portable. Pratique, non ?

Pendant ce temps-là, mon père commence à étudier les finances de la société et remarque qu'il y a beaucoup d'ouvertures de comptes qui ne contiennent que de toutes petites sommes ; méthode typique des blanchisseurs d'argent pour ne pas se faire prendre. Et à en juger par l'identité des détenteurs des comptes – rien que des jeunes femmes, sans un seul nom islandais –, il y avait de grandes chances pour que ce P-DG soit mouillé dans le trafic d'êtres humains. Un vrai salopard.

De toute évidence, il existait une trace sur papier quelque part – plusieurs mails y faisaient allusion – et ce dossier était sur le point d'être passé à la broyeuse. Ma mère nous a fait gagner du temps en bloquant la broyeuse le lendemain soir, mais ça nous obligeait à passer à la vitesse supérieure.

Plus exactement, ça m'obligeait, moi, à mettre un coup d'accélérateur.

Le soir en question, j'étais dans le couloir du bureau du P-DG, longeant des rangées de box sous la lumière en veilleuse des néons. Il était presque vingt-trois heures et même les employés les plus zélés étaient partis depuis longtemps. Je n'entendais que le frottement de mes semelles sur la moquette synthétique. Après trois mois à ne rien faire, j'étais dans les starting-blocks, prête pour la partie.

C'est l'inconvénient dans mon boulot : je ne fais pas grand-chose. D'accord, j'ouvre des coffres-forts, et je ne suis pas mauvaise pour imiter les signatures, mais ça n'intervient généralement qu'en toute fin de mission. Je n'ai jamais géré un dossier de bout en bout, un dossier qui repose sur mes épaules et pas sur celles de mes parents. J'avais passé presque tout mon été à admirer le paysage islandais, pas du tout à m'éclater sous des faux noms. C'était reposant, mais ça me donnait l'impression de rester coincée à l'école primaire pendant que tous les autres allaient au lycée. J'avais envie de passer aux choses sérieuses.

En tournant à l'angle du couloir, j'ai vu que la porte du bureau du P-DG était ouverte, comme prévu. J'ai entendu l'équipe d'entretien qui s'agitait dans le couloir d'à côté. Ma mère en faisait partie ce soir-là ; c'était d'ailleurs elle qui avait ouvert la porte. Je m'en serais bien chargée moi-même, parce que quand même, à chacun ses compétences, mais mes parents privilégient toujours la simplicité. J'avoue que ça peut devenir un peu frustrant. Quelquefois, je leur demande : « Si le but, c'est la simplicité, pourquoi on s'est fatigués à devenir espions ? » Mais au fond, je sais qu'ils ont raison. On est là pour faire notre travail, pas pour s'amuser.

C'est la règle n° 2 du métier d'espion : être gris souris. Plus gris que gris. Être le plus possible dans la norme. Imiter les caissières de supermarché. Vous en avez déjà vu ? Bien sûr ! Vous pourriez les décrire ? Il y a peu de chance. Même avec un badge à leur nom, je suis sûre que vous n'avez jamais retenu comment elles s'appellent. C'est triste, mais c'est comme ça.

Au cinéma, les espions ont toujours un super look, comme Angelina Jolie. Désolée, mais Angelina Jolie ferait la pire espionne du monde. Qui pourrait oublier qu'il a vu quelqu'un comme elle ? Ma mère fait tout un foin chaque fois qu'on regarde un film d'espionnage. « C'est n'importe quoi ! Tu irais te teindre les cheveux en rose fluo, toi, pour bosser sous couverture ? Et tu te servirais d'une perceuse pour ouvrir un coffre ? Trois fois plus long et trois fois plus bruyant ! » (Mon père et moi, on dit souvent pour blaguer qu'une autre règle d'or de l'espion, c'est : « Ne jamais mentionner le film *Austin Powers* devant maman. » Elle n'est pas au courant, mais ça nous fait trop rire.)

N'empêche qu'elle a raison pour la perceuse. On ne se sert pas de ce genre d'outil n'importe quand, en particulier quand l'heure tourne, qu'on commence à avoir mal au bras et qu'il y a des vigiles qui font leur ronde à l'étage juste en dessous. Beaucoup de coffres-forts, en tout cas ceux que j'ai vus, ont un blindage en cobalt, et essayer de transpercer du cobalt à la perceuse est le truc le plus casse-pieds et le plus long au monde. J'ai seize ans, j'ai plus intéressant à faire ! En plus, si vous ratez votre coup et que vous ne percez pas au bon endroit, vous risquez d'enclencher toute une série de nouveaux verrous et votre coffre n'est pas près de s'ouvrir. Et là, je vous épargne les détails techniques, mais c'est très, très mal barré. C'est mort pour le prix du Meilleur Perceur de Coffres-forts de l'année.

Bref, pas de perceuse. Ni d'explosif. Ni de masse de forgeron. Une masse de forgeron, c'est tout sauf gris souris.

Le bureau était plongé dans l'obscurité et bourdonnait d'électricité, à cause des ordinateurs et des périphériques qui chargeaient et copiaient les disques durs et tout le bazar. Je ne sais pas bien comment marche tout ça. Je n'ai pas hérité du génie informatique de ma mère. Par ailleurs, mon expérience professionnelle m'a appris que la plupart des P-DG n'y connaissent rien non plus. Ils paient un type pour venir installer la sécurité informatique et n'ont pas la moindre idée de la façon dont leurs dossiers sont réellement sécurisés. C'est pour ça que les P-DG se font pirater aussi souvent.

Et aussi parce qu'il existe des gens comme nous.

Je me suis faufilée dans le bureau en jetant un coup d'œil par la fenêtre, au-delà des parkings vides baignant dans la lumière orangée des lampadaires, des centres commerciaux et du haut clocher d'une église. Tout avait l'air de stagner à l'infini jusqu'à l'horizon. Si je plissais les yeux, l'Islande ressemblait à un électrocardiogramme plat.

En reportant mon regard sur la vitre, j'ai vu mon reflet sur fond de paysage islandais. Je portais un jean, un sweat-shirt et une veste en jean doublée de polaire, noirs tous les trois. (On avait beau n'être qu'au mois de septembre, en Islande, ça commençait déjà à fraîchir.) Il y a des espions qui portent des tenues sympas et qui changent de coiffure pour leur travail, mais en tant que perceuse de coffres-forts, tout ce qui compte, c'était que je fasse mon boulot. Personne ne va s'intéresser à mes chaussures.

J'ai des cheveux longs et bruns, aussi banals que mon style vestimentaire. « Tu as besoin d'aller chez le coiffeur », n'arrêtait pas de me répéter ma mère, sur le même ton que quand j'avais quatre ans. Ma frange me tombait devant les yeux et je passais mon temps à la lisser pour qu'elle ne parte pas dans tous les sens.

En me retournant, j'ai vu sur le mur la *Composition VII* de Kandinsky, en point focal du bureau.

Si le P-DG était convaincu de son authenticité, eh bien, il avait tort : j'avais vu l'original à la galerie Tretiakov à Moscou deux ans plus tôt, quand on enquêtait sur les élections locales russes et leur impact sur le Premier Ministre Poutine. Imaginez que vous êtes assis dans une baignoire remplie de glaçons. L'hiver à Moscou, c'est pareil. J'en frissonne encore rien que d'y penser.

Mais je me moquais de Moscou et de Kandinsky, et même de la *Composition VII*. Ce qui m'intéressait, c'était ce qui se trouvait derrière. Ma mère faisait le ménage dans ce bureau tous les soirs depuis trois mois, et tous les soirs, elle remarquait que le tableau était penché dans un sens différent.

Personne ne s'amuse à bouger une toile aussi souvent. À moins de vouloir accéder à l'endroit du mur qu'elle recouvre.

J'ai décroché le tableau, non sans peine à cause du poids du verre, et je l'ai posé par terre avant de me concentrer sur le coffre-fort inséré dans le mur.

— Salut, toi, ai-je dit en souriant. Viens voir maman.

Bon. J'ai plusieurs fois essayé d'expliquer à mes parents l'art d'ouvrir un coffre, mais systématiquement, leurs yeux deviennent vitreux, mon père finit par dire un truc comme : « On est super fiers de toi, ma chérie », et ma mère sourit en hochant la tête. Alors j'ai renoncé. Mais voici les rudiments : à chaque chiffre du code correspond un disque qui se trouve à l'intérieur de la serrure.

Le but est de déterminer le nombre de disques, puis tous les crans qui existent sur chaque disque et les chiffres correspondants, en testant tous les chiffres du cadran par groupes de trois. Ensuite, il n'y a plus qu'à trouver les chiffres qui vont ensemble en faisant un schéma, puis à essayer d'ouvrir le coffre en testant les différentes combinaisons.

Vous imaginez bien que si c'est un code à trois chiffres, c'est du gâteau. S'il y en a huit, on n'est pas sorti de l'auberge. Et comme notre avion décollait moins d'une heure plus tard, c'était la première version qu'il me fallait. Quand un coffre est caché derrière un tableau original, c'est toujours du costaud. En revanche, le faux Kandinsky me donnait bon espoir. Comme disait Mies van der Rohe, l'architecte, « Dieu est dans les détails ».

L'air de la pièce était chargé de poussière et de particules de vieux papier et ma gorge me grattait, mais je me suis retenue de tousser. Il n'aurait plus manqué que je fasse tout capoter à cause d'un grattouillis dans la gorge. J'ai enfilé des gants (oui, je mets des gants, avant tout parce que je ne sais pas qui a touché ces coffres avant moi, ni si ces gens n'avaient pas la grippe espagnole) et je me suis mise au travail.

Heureusement, c'était un coffre mural ignifugé classique. Ce sont les plus faciles à ouvrir, parce qu'ils ne sont pas en métal. L'inconvénient du métal est qu'il fond trop vite dans le feu, comme je l'ai appris lors d'un regrettable incident à Prague (j'en profite pour déclarer officiellement que je n'avais rien à voir avec cet incendie) ; ce qui rend le coffre inopérant si on a des papiers à protéger.

Angelo adore me regarder ouvrir un coffre. Chaque fois, il pince les lèvres en hochant la tête et il fait : « Hmmm ». Il dit que c'est parce qu'il n'a jamais vu un autre perceur de coffres retenir tous les chiffres de tête sans avoir à faire un schéma. « Mais comment fais-tu ? » m'a-t-il demandé un jour. Je n'ai pas réussi à lui expliquer.

« Je les vois, ai-je fini par lui répondre. Comme si j'avais une photo. Faire un schéma, ça prend trop de temps. »

Il pense que j'ai une mémoire photographique. S'il le dit… Moi, tant que j'arrive à ouvrir le coffre et à filer ni vu ni connu, ça me va.

Celui-ci avait un code à trois chiffres, ce qui, pour info, est le degré zéro de la sécurité. J'ai fait tourner le cadran dans les deux sens, totalement concentrée sur mon ouïe et sur les sensations au bout de mes doigts. Les déclics étaient aussi ténus que des pas de souris, mais je les sentais. Ce n'est pas pour rien que je fais ça depuis que je suis toute petite.

Le meilleur moment, c'est celui où on entre dans la Zone, comme je l'appelle. On dirait presque que les chiffres me chantent une chanson, qu'ils m'appellent. Je n'ai plus conscience de rien d'autre que de ces numéros et des battements de mon cœur, et on travaille en parfaite harmonie, comme le meilleur orchestre du monde. Ce cadran est ma baguette de chef, et on joue en se dirigeant vers le crescendo final, au son des cymbales de la justice.

18-6-36.

Le coffre s'est ouvert.

— Je t'ai eu, ai-je murmuré.

J'ai tiré la porte tout doucement, au cas où il me ferait le coup du diable à ressort (un incident un peu traumatisant qui remonte à mon enfance, trop long à raconter), mais il ne contenait qu'une grosse enveloppe. Je l'ai prise pour l'examiner à la lueur de l'éclairage extérieur.

Jackpot. Dedans, il y avait des dizaines de passeports, appartenant tous à des jeunes femmes, ainsi qu'un Post-it collé dessus, sur lequel était écrit : « À broyer ».

— Trop tard, ai-je murmuré en les remettant dans leur enveloppe kraft avant de la fourrer sous mon sweat-shirt.

J'ai refermé le coffre, raccroché le Kandinsky, et j'allais ressortir quand un bruit m'a arrêtée.

J'ai d'abord cru que c'était mon cœur qui battait fort, mais non. C'était des pas dans le couloir. Des pas d'homme, lourds et pleins d'assurance. Les chaussures de femme font un petit bruit du style *tap-tap-tap*. Alors que les chaussures d'homme font *plonk-plonk-plonk*. Les pas se sont rapprochés et mon rythme cardiaque a accéléré en se calant sur eux, faisant *plonk-plonk* à toute allure. Je ne voyais qu'une personne susceptible de se diriger vers ce bureau la nuit, et c'était pile celle que je ne voulais pas voir : le P-DG.

Je me suis figée en réfléchissant à toute vitesse, l'enveloppe toujours sous mon sweat-shirt. Je déteste être obligée de penser vite – ça comporte trop de risques d'erreurs –, mais j'ai la chance de bien réagir sous la pression. N'empêche que ça n'a rien de drôle, surtout quand on doit se retenir d'éternuer parce que la moquette est pleine de poussière et qu'il est clair que ma mère n'a pas fait le ménage dans ce bureau-ci et que…

Et là, j'ai eu une idée.

Le temps que le P-DG franchisse la porte, j'avais allumé la lumière et j'astiquais le cadre du Kandinsky. J'ai prié pour qu'il ne remarque pas le léger tremblement de mes mains sous l'effet de l'adrénaline.

— Puis-je vous aider ? lui ai-je demandé en islandais. Vous cherchez quelqu'un ?

Mon père m'avait appris à dire ces phrases, et aussi « bonjour » et « encore du café, s'il vous plaît ».

Le P-DG avait l'air tout ce qu'il y a d'ordinaire, pas du tout le genre à conspirer pour s'enrichir en faisant du trafic d'êtres humains.

— C'est mon bureau, m'a-t-il répondu dans un anglais impeccable, le front plissé par l'inquiétude. (J'adore les voir suer à grosses gouttes ; c'est une intense satisfaction.) Mais vous, qu'est-ce que vous faites là ?

Là-dessus, ma mère a surgi en poussant son chariot de ménage, dans sa blouse d'agent d'entretien.

— Oh, désolée, c'est ma nouvelle assistante ; on est en train de la former.

— Il y a beaucoup de poussière ici, ai-je repris en souriant. Vous avez pensé à faire installer un filtre à ai…

— Je. Veux. Récupérer. Mon. Bureau, m'a coupée le P-DG.

Il parlait en hachant ses phrases, comme mon père quand il est en colère contre moi. Parce que. Parler. Est. Juste. Trop. Pénible.

— Pas de problème, ai-je dit en roulant mon chiffon en boule. Plus que trois cents bureaux à faire, pas vrai ? On a la nuit devant nous !

Sentant le frottement de l'enveloppe tiède contre ma peau, je suis passée devant ma mère en direction de la porte et j'ai filé jusqu'aux ascenseurs pendant qu'elle continuait à s'excuser. Ça tombait bien qu'elle soit occupée, parce qu'elle aurait flippé si elle avait su que je prenais l'ascenseur. Avec mes parents, c'est toujours : « Prends les escaliers ! » Personnellement, je trouve ça idiot, surtout quand on se trouve à un étage élevé. Ça prend un temps dingue de descendre vingt-huit étages en courant, et si on est poursuivi, ça revient à se piéger dans une spirale. Non, l'ascenseur, il n'y a pas mieux. Sans compter que la musique d'ambiance, ça peut être super apaisant. Moi, ce que j'en dis…

Au moment où la porte de la cabine s'ouvrait, j'ai entendu un « pssst ! » derrière moi. Ma mère, la tête passée à l'angle du couloir, me fusillait du regard :

— Les escaliers, a-t-elle articulé sans bruit en me désignant le gros panneau « Sortie » accroché au-dessus de la porte.

J'ai pris les escaliers.

Le temps que je regagne l'entrée déserte, j'étais essoufflée, mais toujours en mouvement, comme sur pilote automatique. J'ai senti les yeux du gardien sur moi tandis que je passais la porte en tourniquet.

— Tout va bien ? m'a-t-il demandé d'un ton détaché en sirotant son café, le nez dans son journal.

— Ça roule, p'pa, ai-je répondu en regardant droit devant moi. À dans dix minutes.

— Qu'est-ce qu'on t'a expliqué MILLE FOIS à propos de l'ascenseur ? a couiné ma mère onze minutes plus tard.

Mon père sortait la voiture du parking, tout en réduisant en miettes les cartes SIM qu'il venait d'extraire de nos portables. Encore une mission accomplie.

— Je sais, je sais ! ai-je bougonné en me battant avec ma ceinture de sécurité. Mais je n'aime pas les escaliers !

— Tu as pris l'ascenseur ? s'est exclamé mon père en me regardant dans le rétroviseur.

— Elle a essayé. Je l'en ai empêchée juste à temps, a dit ma mère. Franchement, Maggie.

— *Sapristi**[1], a grommelé mon père.

Outre le fait qu'il est le champion des statistiques, mon paternel a aussi un don pour les langues. Il sait dire « Tu es privée de sortie » en douze langues.

1. *Les termes et expressions en italique suivis d'un astérisque sont en français dans le texte.*

¡Estás castigada!
Du hast Ausgehverbot !
Ты наказана. Ты не можешь выход*ить* из *д*ому !
おまえは外出禁止だ

— Ouais, ben n'empêche, qui est-ce qui a ouvert le coffre ?

J'ai pris l'enveloppe sous mon sweat-shirt pour la tendre à maman, histoire de changer de sujet.

— Regarde un peu ! Ce type est mouillé jusqu'au cou !

Elle a feuilleté les passeports et m'a souri pardessus son épaule.

— Combien de chiffres dans le code ?

— Trois, ai-je répondu d'un ton satisfait.

— Trop facile ! ont commenté mes parents d'une seule voix.

On filait à travers les rues mouillées en direction de l'aéroport. Notre voiture était une berline d'un modèle récent, extérieur noir, intérieur fauve, comme une voiture sur trois aujourd'hui. Je rêve qu'un jour, on ait une Maserati ou quelque chose de cool dans ce genre-là. Mon père m'a appris à conduire quand j'avais dix ans, du temps où on habitait en Allemagne, près de l'autoroute. Je me débrouille pas mal pour les tête-à-queue et j'adore passer les vitesses, ce qui me manque un peu sur nos éternelles Toyota à boîte automatique. En plus, elles ont un compteur qui plafonne à 250 km/h. Même si on n'a pas franchement besoin de rouler aussi vite, ce serait sympa d'avoir un tout petit peu de puissance.

Mon père s'est garé dans le parking de l'aéroport d'affaires. Il a sorti nos bagages à main (même les espions se brossent les dents avant de se coucher) et je me suis chargée de dévisser les plaques d'immatriculation pour les donner à ma mère.

— L'avion attend, a signalé mon père.

— New York ne va pas s'envoler, a répliqué ma mère.

Mais elle a souri en le suivant dans la zone d'accueil de l'aéroport. Elle m'a pris la main tout en marchant et l'a serrée. Je l'ai laissée faire. Mes parents se montrent curieusement protecteurs dès qu'on quitte une ville. Si ça peut les rassurer…

Depuis les événements du 11 septembre 2001, le Collectif a recours à des avions privés. Honnêtement, je regrette les aéroports commerciaux. Il paraît que la sécurité y est devenue un cauchemar, mais pour un espion, c'est le paradis. Des portables jetables dans chaque boutique, du café et la presse internationale tous les trente mètres. (Je sais, on peut lire le *Washington Post* ou *Le Monde* sur son téléphone, mais on est parfois obligés de se déconnecter, et un espion coupé de l'actualité est un espion frustré.) On y trouve même de délicieux bretzels tout moelleux, même si c'est plus important pour moi que pour d'autres. J'adore les bretzels.

J'ai raflé un jus de fruits au vol à l'accueil et suivi mes parents sur le tarmac. La pluie s'intensifiait, un peu plus fraîche que pendant l'été. On allait nettement vers l'automne. Soudain, j'ai eu un coup de pompe. Panne d'adrénaline. Et quand elle retombe, c'est dur de trouver par quoi la remplacer.

À bord, il y avait juste une hôtesse de l'air et le pilote. On se parle rarement, mais je suis quasi sûre qu'ils travaillent aussi pour le Collectif. Comme, chez nous, tout repose sur le secret, de quoi voulez-vous qu'on parle ? « Ouais ! On vient de mettre la main sur des documents qui vont faire tomber un pourri ! » Pas trop dans le ton de la règle « restons gris souris ».

— Merci, Zelda, a dit ma mère à l'hôtesse, en lui donnant les plaques d'immatriculation et l'enveloppe kraft.

Elles ont déjà dû travailler ensemble. Tout ce que je sais sur mes parents, c'est qu'ils ont tous les deux perdu leurs parents petits et qu'ils se sont connus à Paris. C'est peut-être là qu'ils ont rencontré Zelda. Et aussi Angelo. Je me suis demandé à quoi ressembleraient mes amis quand je serais plus vieille. Si je me basais sur mon été avec le Beau Gosse d'en Face, ils seraient probablement imaginaires.

Super.

Bon, je savais qu'en principe, je devais me mettre à voler de mes propres ailes à vingt et un ans, et j'espérais bien rencontrer des gens géniaux, des gens qui préféreraient conduire des Maserati plutôt que des Toyota, des gens capables d'agir pour changer le monde, comme moi.

J'espérais aussi qu'ils seraient nuls pour ouvrir les coffres-forts. J'avais quand même ma réputation à défendre.

Je me suis blottie dans un siège près du hublot en face de mes parents et j'ai allongé les jambes. Ils n'allaient sans doute pas dormir, mais moi, j'étais épuisée.

— Il est tard, m'a dit ma mère. Tu devrais te reposer. La journée de demain va être bien remplie. Une nouvelle vie qui commence !

— On est vraiment une famille bizarre, ai-je déclaré en prenant une couverture des mains de Zelda, la mystérieuse hôtesse. Je dois être la seule espionne du monde à qui on dit d'aller se coucher.

— Chacun son histoire, m'a répondu mon père. Tâche de dormir un peu.

Les portes se sont fermées et les moteurs de l'avion ont commencé à vrombir.

Au-dessus de nos têtes, les lumières sont passées en veilleuse, sans doute à mon intention. J'ai remonté ma couverture jusqu'au menton et je me suis débarrassée de mes chaussures de la pointe des orteils. J'espérais qu'une chouette paire m'attendait à New York. J'en avais marre de me balader en vieilles tongs. Ça faisait presque cinq ans que je n'étais pas retournée à New York, mais je savais qu'à Manhattan, on pouvait se permettre pas mal de fantaisie sur le plan vestimentaire. Ce n'est pas parce que je suis une espionne que je ne regarde pas *Gossip Girl* de temps en temps. J'avais envie de bottines. Et j'espérais que notre prochaine mission serait sympa. Je me sentais prête pour le changement.

L'avion a pris de la vitesse et la pression du décollage m'a plaquée contre mon lit improvisé tandis qu'on s'élevait dans le ciel. J'ai failli regarder l'Islande disparaître par le hublot, avant de me raviser.

Parce que la règle n° 3 dans l'espionnage, c'est : « Ne jamais regarder en arrière. »

2

Si le paysage islandais ressemblait à un électrocardiogramme plat, l'horizon new-yorkais paraissait au bord de la crise cardiaque.

On a atterri à l'aéroport JFK vers trois heures trente du matin, et je n'ai rien vu du trajet en voiture jusqu'à notre nouveau point de chute. On logeait à Prince Street dans le quartier de Soho, en plein cœur de la ville, dans un loft de cinq étages. J'étais tellement crevée que j'ai à peine vu l'appartement en me dirigeant au radar jusqu'à ma chambre. Je me suis carrément endormie sur mon lit avec mes chaussures aux pieds, ce qui explique toutes les traces qui maculaient les draps le lendemain.

Appelons cela les risques du métier.

Au réveil, j'ai mis quelques secondes à me rappeler où j'étais. Ma nouvelle chambre était plus petite que celle de Reykjavík ; l'un des murs était en brique et la fenêtre donnait à l'ouest. En grimpant sur une chaise, je pouvais voir l'Hudson River. J'ai bien aimé les rideaux blancs et le cadre du lit en cuivre. Mais j'avais appris à ne pas trop m'attacher aux choses matérielles. À cinq ans, j'ai dû abandonner à Sydney un lit de princesse à baldaquin, et je n'exagère pas en disant que je l'ai vécu comme une tragédie. Je crois que je le regrette encore, ce lit.

Quand je suis entrée dans la cuisine en traînant des pieds, vers onze heures, mes parents étaient en train de prendre leur petit déjeuner. Il y avait du café et des bagels sur le large établi de boucher qui faisait office de table. C'était une chouette cuisine, avec toute une batterie d'appareils en inox, et j'ai su au premier coup d'œil que c'était Angelo qui avait équipé l'appartement. Il m'a dit un jour qu'il aurait adoré être chef cuisinier, bien que je ne l'aie jamais vu ne serait-ce que cuire un œuf. Le micro-ondes avait l'air super sophistiqué. Il serait parfait pour réchauffer les plats tout préparés.

— Ça roule, Raoul ? ai-je demandé à mon père qui posait une tasse de café devant moi.

— Salut, la marmotte. Tu te rappelles où tu es ?

— 'videmment. J'adore le Mexique, ai-je blagué.

Il m'a passé un bagel en souriant. J'ai entrepris de gratter les graines de sésame collées dessus en bâillant à m'en décrocher la mâchoire.

— Alors, c'est quoi, le plan ? Quelles nouvelles ? Qu'est-ce qu'on a ?

Mes parents ont échangé un regard. Mon père est brun, comme moi, même s'il commence à grisonner sur les tempes. Les cheveux de ma mère sont noirs et lui arrivent aux épaules, mais on a le même teint pâle.

— Quoi ? ai-je dit, la bouche pleine de bagel. Maman doit encore faire le ménage ?

Le moins qu'on puisse dire, c'est qu'elle n'avait pas apprécié ce genre de mission.

— Non, heureusement, m'a-t-elle répondu en me passant le dossier.

On avait chacun le nôtre, dans des enveloppes kraft qui avaient dû être déposées une minute avant notre arrivée. Ça se passe toujours comme ça ; on déménage et on ne découvre nos nouvelles identités qu'une fois sur place.

Ces nouvelles identités, c'est à Colton Hooper qu'on les doit. Depuis le début, c'est lui qui veille sur notre sécurité. Il se charge de nous trouver des logements sûrs et de glisser de nouveaux passeports flambant neufs sous notre porte. Angelo fabrique les papiers, mais c'est Colton qui nous les livre.

Ni mes parents ni moi ne l'avons jamais vu. Il est plus prudent de ne pas savoir à quoi ressemblent les autres membres du Collectif, ni où ils se trouvent. Mais Colton a l'air d'être un type cool. Au téléphone, il parle toujours d'un ton calme et détendu, comme un play-boy millionnaire à qui tout sourirait. Il m'appelle « Maggie les Doigts d'Or », ça me plaît. Ça me donne le sentiment qu'il a autant confiance en moi qu'en mes parents. Et c'est réciproque, d'autant que nos vies dépendent souvent de lui.

J'ai ouvert mon dossier pour en prendre connaissance.

— Ooh ! Je garde mon prénom ! me suis-je exclamée en découvrant ma carte de lycéenne. Maggie Sil… Euh, attendez une minute !

Nouvel échange de regard entre mes parents.

— Je vais au lycée ? Plus de cours à domicile ? Je… J'ai enfin une mission à moi ?

— Tu as passé l'été à te plaindre que tu t'ennuyais et que tu voulais rencontrer des gens qui n'aient pas connu la chute du mur de Berlin, a observé mon père.

— J'y crois pas ! me suis-je écriée. Wouhou, c'est un miracle ! Je vais enfin pouvoir faire autre chose que regarder les autres s'amuser !

J'ai brandi mon bagel en l'air comme un trophée et essuyé des larmes d'émotion imaginaires.

— Si vous saviez ce que ça représente pour moi ! ai-je déclamé. Je voudrais remercier tous les anonymes que j'ai piétinés pour arriver au sommet.

— Arrête ton numéro, a dit ma mère avec un sourire crispé.

J'ai mordu dans mon bagel et bu une gorgée de café.

— Ces pauvres lycéens, s'ils savaient ce qui les attend ! ai-je repris. Je suis censée ruiner la vie de qui ?

J'ai secoué l'enveloppe en m'attendant à en voir sortir une information cruciale, mais il n'y en avait pas. Juste mon certificat de naissance, ma carte de Sécurité sociale et ma carte de lycéenne, le tout au nom de Maggie Silver, ainsi qu'un téléphone portable dont je savais qu'il devait me servir à parler à tout le monde SAUF aux membres du Collectif. Porter mon vrai nom de famille était une nouveauté – j'allais devoir m'y habituer.

— Donc, je fais sauter les serrures des casiers et je cherche de la drogue ? C'est un lycée artistique ? Je ne suis pas sûre de pouvoir chanter ni danser. Je vais peut-être ramer un peu pour m'intégrer.

— Ni chant ni danse, m'a informée mon père. Mais je te rappelle quand même que s'intégrer, c'est précisément notre boulot.

— Comme si on me laissait le choix, ai-je grommelé. Et puis c'est facile à dire ! Imagine que je doive aller à un truc de pom-pom girls !

Mon père a haussé un sourcil.

— C'est un lycée privé à Greenwich Village. Tu crois vraiment qu'ils ont une équipe de foot ?

— Ils ont peut-être d'autres sports !

Soudain, j'ai percuté.

— Minute, tu as dit lycée privé ? Il y a un uniforme ?

Mes parents ont pris un air innocent.

— Je vais devoir porter un *uniforme* ? ai-je hurlé. C'est une blague ?

— Le chemisier est ravissant, m'a assuré ma mère.

J'ai foncé dans ma chambre, où j'ai ouvert les portes de la penderie à la volée. Je n'avais pas encore inspecté mes nouveaux vêtements ; comme je le craignais, ils comprenaient cinq uniformes d'école privée strictement identiques : chemisiers blancs (sérieux, ça existe encore ?) et jupes plissées bleu marine. Il y avait aussi quelques jeans, des pulls et une paire de bottines en daim super cool, mais je n'ai pas réussi à me concentrer dessus. J'ai arraché un uniforme de son cintre et je suis retournée à la cuisine pour le brandir sous le nez de mes parents.

— Non mais regardez ça ! Toute ma vie, j'ai rêvé d'aller au lycée, et maintenant, je dois porter ce *truc* !

Ma mère a étalé du fromage frais sur son bagel. Mon père a bu une gorgée de café en hochant la tête.

— Ça ne vous gêne pas, que je me balade partout dans New York déguisée en lolita ? ai-je insisté.

J'ai bien vu que mon argument tombait à plat et, pour la première fois depuis des années, j'ai commencé à paniquer. Si je n'arrivais pas à faire passer le message, j'allais me retrouver en cours dès le lendemain matin avec la jupe la plus courte que j'avais jamais portée.

— C'est totalement obscène. Il y a de quoi alerter les médias.

— Il va sans doute te falloir un pull, a déclaré ma mère. Il fait frisquet dehors.

— Souris un peu, ma douce ! m'a dit mon père. C'est ta première mission en solo. Et ce n'est que le début. Allez, assieds-toi et mets-toi au travail, a-t-il ajouté en poussant l'enveloppe vers moi.

Je me suis affalée sur ma chaise, vaincue.

— Ouais, ben espérons pour vous que je ne vais pas me retrouver en photo sur tous les sites cochons de la terre, ai-je bougonné.

— C'est bien noté, a dit ma mère. Un café ?

C'est l'ennui, quand on a des parents espions : il en faut beaucoup pour les émouvoir. Parfois, c'est génial. À d'autres moments, ça m'arrange moins.

J'ai pris ma tasse de café en soupirant. Elle était blanche, très design, et presque trop lourde pour ma main. J'ai regretté le mug « Demain, j'arrête le café » que j'avais à Reykjavík. Je me suis demandé si un autre espion l'avait récupéré ou s'il avait été détruit. Avant, j'emportais un objet de chaque endroit où on avait vécu, mais à la longue, ça me donnait la nostalgie de maisons où je ne retournerais jamais, et qui n'avaient jamais été vraiment les miennes de toute façon.

Pour en revenir à ma mission, l'affaire était carrée. Maggie Silver, seize ans, arrivant d'Andover dans le New Hampshire, était nouvellement inscrite au lycée Harper, Greenwich Village. La brochure du lycée n'avait rien d'original : les photos montraient une brochette multiculturelle de lycéens souriants à l'air vif et épanoui, le nez dans leurs livres ou absorbés dans un travail de groupe. Un enseignement humaniste, centré sur l'individu, bla bla bla. Soporifique. J'ai pris la feuille intitulée « Objectif » et commencé à lire.

« Jesse Oliver, seize ans, fils d'Armand Oliver, rédacteur en chef du magazine *Memorandum*. Élève au lycée Harper. »

Je me suis adossée à ma chaise en soupirant de plus belle.

— Je dois séduire quelqu'un, ai-je annoncé à mes parents. Le lycée m'incite déjà à la débauche alors que je n'y ai pas encore mis les pieds.

Ma mère a jeté un coup d'œil sur ma feuille.

— Tu veux plutôt dire « sympathiser avec », si j'ai bien lu, a-t-elle observé au bout d'une minute.

Ce qu'elle peut être rabat-joie, quelquefois…

On a passé un bon moment tous les trois à la table de la cuisine, à prendre connaissance de nos nouvelles missions. La mienne était de « sympathiser avec » (ou « séduire », je vous laisse interpréter) Jesse Oliver au lycée et d'exploiter cette « amitié » pour accéder à l'ordinateur et aux mails d'Armand Oliver.

— Bien, a déclaré mon père au bout d'une heure. Résumons le dossier.

Sur quoi mes parents ont pris leurs têtes « spécial conseil de famille ».

— On pense, a-t-il continué, qu'Armand a l'intention de publier un article sur le Collectif, en citant des noms.

Je me suis figée.

— Quoi ? Mais comment pourrait-il savoir qui on est ?

— On n'en est pas sûrs. Quelqu'un a pu lui vendre ces informations, ou il a pu avoir eu vent de rumeurs. Toujours est-il qu'on doit empêcher ça. *Tu* dois empêcher ça.

— Attends un peu, ai-je dit en relisant le descriptif de ma mission. Si on veut empêcher l'article de paraître, pourquoi ne pas simplement envoyer maman travailler au service informatique du magazine ?

— Parce que Armand est complètement paranoïaque, a répondu ma mère. Ça prend des mois de se faire embaucher au *Memorandum*. Il exige même les empreintes digitales de ses employés, a-t-elle ajouté en agitant les doigts.

Les empreintes digitales. Les seules choses qu'un espion ne puisse pas falsifier.

— Donc, à toi d'entrer dans la place par le biais de Jesse, a conclu mon père. On compte sur toi, sur ce coup-là.

— En gros, je vais en cours pendant que vous restez à la maison. C'est pas juste !

— Hé, j'y ai fait mon temps, moi, au lycée, s'est défendu mon père.

— Maggie, a ajouté ma mère d'un ton prudent, tu as bien compris que tu n'es pas censée devenir amie avec lui pour de *vrai* ? On est obligés de faire connaissance avec les gens pour obtenir des informations, mais si on s'attache, ça ne peut que compliquer les choses.

— Ça va, j'ai compris, ai-je dit en examinant ma carte de lycéenne, en me demandant si je pourrais retoucher ma photo d'identité. Message reçu, on ne fait pas ce boulot pour se faire des amis.

J'ai ignoré le regard entendu qu'ils ont échangé par-dessus ma tête.

— En plus, les élèves qu'il y a en photo dans cette brochure ont tous l'air ringards. Pas de risque que je veuille devenir pote avec eux.

— Bon, une fois que tu auras récupéré les documents, ta mère et moi, on s'occupera de les analyser. *Fin de l'histoire**. Tout le monde a bien le dossier en tête ?

Il s'est levé et a rassemblé les papiers. Ma mère et moi lui avons donné les descriptifs de la mission et des objectifs, qu'il est allé jeter dans l'évier. Une allumette et deux minutes plus tard, le tout était réduit en cendres. Avant, on broyait les dossiers, mais même en les broyant à la verticale puis à l'horizontale, aujourd'hui on n'est plus à l'abri. Alors que personne n'a encore réussi à recoller des cendres.

J'ai ramassé le reste : carte de Sécurité sociale, certificat de naissance, carte de lycéenne et téléphone portable.

— Je vais me mettre au boulot, ai-je annoncé à mes parents. Travail d'intégration. Vous êtes fiers de moi, j'espère.

— Gonflés d'orgueil, m'a assuré mon père sans même relever le nez de son bagel.

— On irradie de fierté, a renchéri ma mère.

— Trop sympas, ai-je ironisé avant de regagner ma nouvelle chambre.

J'ai passé ma première journée à New York courbée sur mon ordinateur, à en tirer tout ce que je pouvais sur Jesse Oliver et le lycée Harper. Souffler entre deux missions ? Vous plaisantez ! Des fois, je me dis que ce serait génial de rester allongée sur une plage ou, je ne sais pas, d'aller à Disney World ou dans un autre endroit pour touristes. Avant de me souvenir que je crame au lieu de bronzer, et qu'il n'y a pas plus effrayant que des hordes de gens coiffés de casquettes Mickey. Mais de temps en temps, l'espace de quelques jours, ça ferait du bien de ne plus avoir à regarder le monde d'un œil soupçonneux. À commencer par Jesse Oliver.

Et des soupçons sur Jesse Oliver, il y avait de quoi en avoir.

— C'est un délinquant ! ai-je crié à mes parents. Il s'est fait arrêter l'an dernier pour vol à l'étalage !

Pas de réaction.

— En tout cas, je vous préviens, je refuse de fréquenter quelqu'un qui a un casier judiciaire, ai-je ajouté.

— *Nota bene*, notre famille ne peut plus passer la frontière du Luxembourg sans se faire arrêter, a rétorqué mon père sur le même ton.

Un point partout.

Pour être honnête, Jesse Oliver avait l'air du fils à papa soi-disant rebelle qu'on ne voit que dans les pires téléfilms. Le *New York Daily News* expliquait qu'il s'était fait arrêter en essayant de voler un exemplaire de *L'Attrape-cœurs* dans une librairie. Je me suis tapé le front contre mon clavier. Se faire pincer en piquant un livre de poche ! Mais quel amateur ! Et en se prenant pour le héros du bouquin, en plus ! Mais quel frimeur !

Il n'était pas plus doué pour protéger son compte Facebook contre la curiosité des inconnus et l'hameçonnage, vu la rapidité avec laquelle j'y ai eu accès. Ma mère est passée me voir juste au moment où je matais la photo de son profil ; preuve irréfutable que les parents ont un talent inné pour le mauvais timing.

— Hmm, pas désagréable à regarder, a-t-elle commenté, une étincelle de malice dans les yeux.

— Maman ! ai-je protesté.

— Ben quoi ? Il est mignon, non ?

— Au secours !

Le pire, c'est qu'elle avait raison : ce fichu Jesse Oliver était craquant. Cheveux bruns qui bouclaient sur le front et derrière les oreilles, yeux noisette, peau mate, et des dents qui, pour être aussi régulières, étaient le fruit soit d'un patrimoine génétique exceptionnel, soit du travail d'un wagon d'orthodontistes.

Mais plutôt mourir que d'admettre ça devant ma mère.

— Apparemment, il s'y croit, ai-je dit en me tordant le cou pour la regarder par-dessus mon épaule. Il s'est fait prendre en train de voler *L'Attrape-cœurs*. Qu'est-ce que tu dis de ça ?

— Que tu as plus de dispositions pour le crime que lui.

— Je ne te le fais pas dire, ai-je acquiescé en cliquant sur son profil. Ses centres d'intérêt sont : « traîner avec les copains » et « faire des trucs ». Il est trop tard pour retourner à Reykjavík ?

Même ses photos étaient banales. Au milieu d'un groupe de copains sur la première, en train de faire un doigt d'honneur sur la deuxième, et serrant dans ses bras un golden retriever sur la dernière. (Bon, j'avoue, celle-là m'a fait envie. J'ai toujours rêvé d'avoir un animal. Mais même un poisson rouge, c'est compliqué quand on passe sa vie à voyager à travers le monde. Peut-être que le golden retriever pourrait me motiver pour rencontrer Jesse Oliver.)

Ce soir-là, je me suis couchée avec dans la tête un bon paquet d'informations sur Jesse Oliver, et une pensée qui dominait toutes les autres : il fallait que j'arrête de l'appeler Jesse Oliver.

Le lendemain, j'ai ouvert les yeux à cinq heures quarante-quatre, quinze secondes avant la sonnerie du réveil. Comme on peut s'en douter, les espions sont des lève-tôt, sauf quand il faut travailler de nuit, auquel cas on devient des noctambules. En bref, on doit être réactifs vingt-quatre heures sur vingt-quatre.

N'empêche qu'à cinq heures quarante-quatre du matin, j'avais l'impression d'avoir été renversée par un camion. J'avais mal dormi. J'ai essayé de mettre ça sur le compte de mon nouveau lit et du niveau sonore de New York, bien plus élevé qu'à Reykjavík. Mais la vraie raison, c'était le stress de la rentrée.

Un petit speech s'imposait pour dynamiser les troupes. Après ma douche, je me suis plantée devant le miroir de l'armoire de toilette.

— Bon, Maggie, ai-je déclaré à mon reflet en essuyant la buée. Tu pourrais bouffer cette bande de lycéens tout crus pour ton petit déjeuner. Ce que tu ne feras pas, puisque c'est un acte de cannibalisme puni par la loi.

Même en me parlant à moi-même, j'avais tendance à me disperser. C'était mauvais signe.

— Allons, un peu de concentration, me suis-je rabrouée. Tu vas au lycée pour pêcher des infos sur Jesse Oliv… sur Jesse. Point. Pas pour te faire des amis, ni pour avoir l'air cool ou je ne sais quoi qu'on est censé faire au lycée. Tu as une mission à accomplir. Tu auras mieux à faire que te demander si ta frange va rester lisse jusqu'au soir. Ce n'est pas l'idée.

J'ai hoché fermement la tête devant mon image. Puis j'ai branché mon fer à lisser.

Après avoir pris mon petit déjeuner (du café et les bagels qui restaient de la veille), je me suis préparée à quitter le cocon familial.

— À plus ! ai-je lancé à mes parents. Vous en faites pas pour moi, surtout ! Tout va bien !

Je m'apprêtais à refermer la grille du monte-charge quand mon père a accouru en me tendant un billet de vingt dollars.

— Prends un taxi. Au moins les premiers jours, le temps de repérer le trajet.

— Ça marche, ai-je répondu en appuyant sur le bouton.

C'était la première fois qu'on avait un ascenseur privé. C'était plutôt sympa ; même pas besoin de partager avec les voisins.

Au fait, *avait-on* des voisins ?

Devant notre immeuble, le trottoir grouillait de touristes et de New-Yorkais qui se pressaient déjà dans Soho à sept heures du matin. J'ai enfoncé les mains dans les poches de ma veste en écartant légèrement les coudes, pour éviter qu'on me colle de trop près. Je n'ai absolument rien contre les gens, mais à ce niveau de promiscuité, l'instinct de protection se déclenche tout seul. Cela dit, je ne me sentais pas menacée. Les touristes sont une espèce globalement inoffensive. Sauf quand ils pilent au milieu de la rue pour admirer les immeubles, ce qui est pénible. Le pire, c'est les visites guidées. Ces groupes-là sont plus difficiles à traverser que des murs de brique.

J'ai fourré le billet de vingt dollars dans ma poche et je suis partie à pied jusqu'à West Fourth, que j'ai pris vers le nord. Le grand refrain de mes parents, c'est : « La sécurité d'abord ». Mais quand on débarque dans une ville, mieux vaut apprendre à s'y retrouver, et le meilleur moyen pour ça est encore de marcher.

Je me suis répété mon discours de motivation des troupes tout au long des mille mètres qui me séparaient du lycée Harper.

— Tu vas assurer, m'exhortais-je (heureusement que j'étais à New York, où on peut parler tout seul sans que personne ne s'en étonne). La justice du Luxembourg te considère comme une criminelle, tu te souviens ? Cette nouvelle mission, c'est du gâteau, de la barbe à papa. Toute collante et mauvaise pour les dents.

Il allait falloir que j'améliore mes discours d'auto-encouragement.

Le lycée se trouvait dans Jane Street, dans le West Village. Les rues du quartier étaient bordées d'arbres, d'écureuils et de maisons en brique rouge du XIXe siècle. Les constructions s'alignaient comme des soldats au garde-à-vous et j'ai failli faire le salut militaire en remontant West Fourth jusqu'au lycée.

À peine arrivée, j'ai compris que j'avais commis une erreur tactique. Je portais l'uniforme vaguement indécent du lycée dans sa version la plus basique, sans aucune tentative de détournement vers le décontracté ou le flashy, juste avec les bottines en daim trouvées dans ma penderie. *Tous* les autres lycéens, eux, l'avaient accessoirisé jusqu'aux dents. Littéralement. Il y en avait un dont le sourire révélait une incisive coiffée d'un capuchon en or. Ça lui donnait des airs de pirate qui aurait gagné au loto, mais il fallait quand même y penser.

Les filles avaient opté pour des collants, des colliers et des badges voyants sur le revers de leur veste. Je n'avais rien de tout ça. Si ce lycée avait été un cirque, elles auraient été les trapézistes, et moi la crétine de service qui nettoie par terre après le numéro de l'éléphant.

Erreur sur toute la ligne.

En plus, j'avais un sac à dos tout bête, le genre de truc noir qui ne craint rien, alors que tout le monde portait une sacoche en bandoulière ou un cabas balancé sur l'épaule. Pendant que je montais les marches de l'entrée, il ne me manquait qu'un néon fluo sur le front qui afficherait

« NOUVELLE ! NOUVELLE ! ». C'était tellement gênant de sentir les regards peser sur moi que je serais bien rentrée en courant à la maison. Ou à Reykjavík. Ça valait toujours mieux que le perron du lycée Harper.

C'était donc à ça que les lycéens occupaient leur temps au lycée ? Un simple coup d'œil sur mon uniforme, puis sur les filles, m'a fait mesurer combien j'étais terne et, avouons-le, *gris souris*. Gris souris, c'est parfait quand on a un coffre-fort à ouvrir, mais dans un monde saturé de lumières et de couleurs pétantes, tout à coup, la règle s'inverse.

Heureusement que j'avais mis mes bottines en daim. Ça comptait, non ?

J'ai continué à avancer. Règle n° 3 : ne jamais regarder en arrière.

À l'intérieur, les couloirs grouillaient de jeunes de mon âge, et j'ai pris une grande inspiration. Je n'en avais pas vu autant d'un coup depuis… en fait, je n'en avais *jamais* vu autant. J'ai senti monter une bouffée de claustrophobie, qui m'a rappelé la fois où on était restés bloqués à l'aéroport O'Hare à Chicago à cause d'une tempête et où on avait failli rater l'avion pour Amsterdam. (C'est une longue histoire, disons juste qu'elle comportait une mutinerie des employés du Starbucks de l'aéroport et une bonne sœur qui s'est révélée être un flic sous couverture.) « Si tu as survécu à O'Hare, tu peux survivre à ça », ai-je marmonné entre mes dents.

Je me suis laissé porter par le flot jusqu'au bureau du principal, qui était miraculeusement désert. Du coup, j'ai envisagé d'y passer la journée ; par exemple, en prétextant que je souffrais d'une maladie contagieuse qui se déclenchait par crises dès que j'entrais en contact avec d'autres jeunes.

— Bonjour, ai-je dit à la femme assise derrière le bureau du secrétariat. Je m'appelle Maggie Silver, c'est mon premier jour.

Je ne sais pas à quoi je m'attendais, mais elle a à peine cligné des paupières. Je ne lui demandais pas de sortir des confettis ni de me faire un numéro de claquettes, mais un sourire aurait été le bienvenu…

Si le fait de grandir dans une famille d'espions m'a appris une chose, c'est que pour recevoir, il faut donner. Si on veut que quelqu'un vous parle, on doit commencer par lui parler. Alors je lui ai souri, un sourire jusqu'aux oreilles qui m'a fait mal aux joues, et je suis passée à l'opération séduction.

— Je suis super stressée ! lui ai-je annoncé avec, allez savoir pourquoi, un léger accent du Sud. C'est le trac du premier jour ! Vous n'auriez pas des conseils à me donner ?

Elle m'a regardée comme si j'étais folle. Elle aurait été parfaite pour mener des interrogatoires.

— Travailler dur, a-t-elle fini par me répondre en me tendant mon emploi du temps.

J'ai pris la feuille avec un hochement de tête, tout en parcourant rapidement la pièce du regard.

Trois secrétaires, quatre portes fermées qui donnaient sans doute sur les bureaux de la direction, et trois ordinateurs. La porte du fond était équipée d'une serrure à code mécanique Simplex. Bonne nouvelle. La plupart des gens s'en tiennent à un code à trois chiffres et il n'y a qu'à appuyer sur les boutons dans le bon ordre. Difficile de trouver des serrures plus faciles à ouvrir : un aimant à trente dollars (j'ai trouvé le mien grâce à un journal de petites annonces il y a deux ans) et c'est réglé. Maintenez l'aimant devant la serrure et hop, le tour est joué.

La vue de cette serrure avait créé comme un déclic dans ma tête et je me sentais tout à coup plus légère.

— Bonne chance, a conclu la secrétaire.

— À vous aussi, ai-je lancé en rangeant mon emploi du temps.

Je suis sortie du bureau d'un pas sautillant. Lycée Harper, à nous deux !

C'est le lycée Harper qui a gagné le combat.

À midi, j'avais l'impression d'être bonne pour la retraite. Dire que j'avais passé trois mois à maudire mon été de farniente en Islande ! Cette fois, j'aurais donné cher pour être affalée dans mon canapé, à m'entraîner sur des coffres et des serrures à code en inventant des conversations avec le Beau Gosse d'en Face.

Les cours n'étaient pas spécialement difficiles. En options, on m'avait collé géométrie, un scandale parce que j'y avais déjà eu droit l'année d'avant, et français, un désastre assuré vu mon accent atroce. Je voulais algèbre et latin. Mais je réglerais ça plus tard. Et les élèves n'étaient pas non plus particulièrement désagréables avec moi.

C'est juste qu'ils n'arrêtaient pas de me dévisager.

Je ne m'étais jamais fait autant remarquer. Il faut dire que dans mon boulot, l'idée est précisément de se fondre dans le décor. Si un truc bizarre attire l'attention des gens, ma mission tombe à l'eau. Et quoi de plus bizarre qu'une nouvelle qui déboule au lycée ? J'étais sûre que tout le monde était déjà au courant pour moi, que toute ma famille allait se faire virer du Collectif et que nos vies étaient fichues. Ils auraient dû me faire faire ma rentrée le premier jour, pas trois semaines plus tard. Qu'est-ce qui leur était passé par la tête ? J'ignorais qui étaient les dirigeants du Collectif, mais il n'y avait manifestement pas de lycéens parmi eux.

La première chose qui m'a frappée, c'est que personne n'était seul ; les élèves se déplaçaient dans les couloirs par groupes de deux, trois ou quatre, sans prendre la peine de s'écarter pour laisser passer les autres. Une fois, j'ai même dû me glisser sous le bras de quelqu'un et j'ai bien failli me prendre son coude dans l'œil. J'ai songé que les bêtes sauvages aussi se déplacent en meutes. C'est généralement comme ça qu'elles encerclent leurs proies avant de les dévorer. Je n'aurais peut-être pas dû regarder autant de documentaires animaliers en Islande, ça commençait à me brouiller les neurones.

Deuxième problème : tout le monde m'évaluait, m'examinait, me soupesait. À la fin de la deuxième heure, ma nuque était couverte de sueur, et à midi, j'étais à deux doigts de la crise de paranoïa.

Et je n'avais toujours pas vu Jesse Oliver.

J'avais besoin de prendre l'air.

Dès que la sonnerie a annoncé la pause déjeuner (et le fait qu'elle se déclenchait toutes les heures n'arrangeait rien), je suis sortie au soleil dans la cour. J'ai passé mes mains dans mes cheveux et pris une grande inspiration pour essayer de ralentir mon rythme cardiaque. Il faisait doux. Des élèves étaient rassemblés par petits groupes autour de tables, surtout des filles, collées deux par deux, dont aucune ne faisait attention à moi. Sur le coup, j'ai savouré le changement… le temps de me rendre compte que le fait d'être plantée là toute seule était tout sauf discret.

Cette fois, j'en avais ma claque. J'allais laisser tomber l'espionnage. Mes parents pouvaient dire ce qu'ils voulaient, c'était de la folie pure. Je passais aussi inaperçue dans ce lycée qu'un éléphant rose, et franchement, je préférais encore être jugée au Luxembourg, où je pourrais au moins…

— Tu comptes rester là toute la journée ?

En me retournant, j'ai vu une fille blonde assise seule à une table, qui m'observait d'un air qu'on ne pouvait qualifier que de hautain. Ça m'a fait penser à la fois où la reine d'Angleterre…

— Mais oui, tu vas vraiment rester plantée là, en plus.

Elle a eu un petit rire avant de poursuivre :

— Tu fais une cible parfaite. Un vrai bébé gazelle perdu dans la savane.

— Pardon ? On se connaît ?

Elle a mordu à pleines dents dans sa pomme et m'a répondu la bouche pleine :

— Nan.

Pourtant, elle me disait quelque chose. Peut-être pas sa tête, mais son attitude, celle de quelqu'un qui attend qu'il se passe enfin quelque chose. Elle portait sa veste à l'envers, ce qui, je dois l'avouer, lui donnait une allure super cool, et elle tenait sa pomme du bout des doigts comme si elle se fichait de la laisser tomber.

— Dans ce cas, pourquoi tu…

— Écoute, m'a-t-elle coupée. Règle n° 1 à New York : toujours être en mouvement. Ne pas rester immobile. Ici, on n'aime pas. Ça nous rend agressifs.

J'étais sûre de la connaître. Peut-être que c'était une autre espionne. Peut-être que le Collectif avait infiltré deux agents dans le système. Ce serait une première, mais bon, ça n'était pas plus dingue que de m'inscrire en option géométrie.

La fille s'est remise à rire, ou plutôt elle a ricané.

— OK, comme tu voudras, a-t-elle repris en haussant les épaules. Bon courage quand les fauves attaqueront.

Tout à coup, j'ai compris pourquoi elle m'était si familière. Elle me faisait penser à *moi*. Elle me renvoyait le reflet exact de mon attitude, de mes inflexions de voix, de mes pensées. J'étais tellement à cran que je les avais un peu perdues de vue dans la mêlée, mais en les voyant soudain chez cette fille, tout m'est revenu en bloc.

J'étais une *espionne*.

J'ai redressé les épaules et senti aussitôt que je retrouvais ma posture naturelle, cette vieille amie. Comme si mon corps me disait : « Tiens, salut, toi. Content de te revoir. »

— Je fais ce que je veux, ai-je rétorqué. Et toi, qu'est-ce que tu attends pour suivre la meute ?

Elle n'a pas cillé.

— Je ne suis pas une suiveuse.

— Marrant, parce que tu es assise *derrière* moi, ai-je observé en ôtant une pluche invisible de ma veste.

— Ça dépend de l'endroit où on se place.

— Ou de celui qui regarde.

Elle s'est décidée à sourire.

— Ouf, enfin quelqu'un de sympa dans ce lycée. Je m'appelle Roux, a-t-elle précisé en me désignant la chaise en face d'elle.

— Rou ? Comme dans kang…

— Stop, arrête-toi tout de suite ou je te balance cette pomme en pleine poire, m'a-t-elle interrompue, mais en posant son fruit. Roux, R-O-U-X. Quand je suis née, ma mère vivait une passion brève mais intense avec la langue française.

Dommage que la mienne n'ait pas eu la même idée. Comparé à Roux, mon prénom faisait penser à une paysanne aux hanches larges, le genre qui croit que le Moulin Rouge est une nouvelle marque de produits de maquillage.

— Maggie, me suis-je présentée. C'est mon premier jour.

Roux a écarquillé les yeux :

— Pas possible !

— Je sais, c'est dingue. Tu n'as pas idée de mon enthousiasme.

Le meilleur moyen d'engager la conversation avec un inconnu est de lui dire ce qu'il a l'air de vouloir entendre. Et c'est encore plus facile quand ça correspond à ce qu'on pense. Avec Roux, c'était du tout cuit.

— T'es en première ?

J'ai confirmé d'un signe de tête.

— Moi aussi, a-t-elle repris. Tu es au courant qu'on a le droit de sortir du lycée à midi ?

— Pour quoi faire ? C'est bon pour les suiveurs.

Cette fois, elle m'a souri franchement.

— T'apprends vite, on dirait.

— T'as encore rien vu.

Un quart d'heure plus tard, je savais qu'elle était gauchère, qu'elle détestait le lycée et qu'elle avait bataillé trois mois avec le principal pour qu'il lui accorde le droit de porter son uniforme à l'envers.

— Ben quoi, je le mets, non ? a-t-elle argumenté. Mais j'aime bien jouer avec leurs nerfs.

Elle a levé les yeux sur mon uniforme tout bête.

— Et toi, qu'est-ce que tu comptes faire pour arranger ça ?

Je n'allais pas casser mon image en lui expliquant que j'étais aussi douée pour la customisation qu'une puce paralysée.

— Rien, ai-je répondu en haussant les épaules. J'ai d'autres chats à fouetter.

Elle m'a regardée en plissant les yeux.

— En tout cas, les bottines sont parfaites.

— L'uniforme est assez choquant comme ça, ai-je observé en montrant ma jupe. Ils les achètent en gros ou quoi ?

J'aurais tué pour des collants, surtout maintenant que le soleil disparaissait derrière les nuages.

Roux a gloussé, mais j'ai vu sa main se poser sur son cabas Balenciaga dans un geste protecteur. Le it-bag du moment, ai-je songé.

— Le principal a un penchant pour le look Lolita, a-t-elle acquiescé. Et le polyester.

J'ai pianoté sur la table avec mes ongles non vernis, en songeant qu'une séance de manucure n'allait pas tarder à s'imposer.

— Tu habites dans quel coin ? ai-je questionné.

— L'Upper East Side[1]. Une ligne de métro pour deux millions de personnes. La pire concentration de virus de l'hémisphère Nord. Et toi ?

1. *L'un des quartiers les plus chics de New York, dans le nord-est de Manhattan.*

— À Soho[1], ai-je dit en donnant un coup de pouce par-dessus mon épaule, comme si elle ne savait pas où c'était. Prince Street.

— Sympa. Dans un loft ?

J'ai fait oui de la tête.

— Moi, c'est dans un immeuble Art déco des années vingt, un vieux truc tout moche, m'a-t-elle expliqué avec une grimace. Mon père refuse qu'on déménage. C'est le comble, vu qu'il voyage tout le temps et qu'il n'est même pas là pour profiter des « moulures d'origine ».

Elle a souligné ses deux derniers mots en mimant des guillemets, puis a conclu avec un soupir :

— Moi aussi, je veux un loft à Prince Street.

J'ai de nouveau hoché la tête, en jubilant intérieurement. C'était si *simple* avec elle ! En général, les gens ne se confient pas aussi vite, ce qui m'a fourni une information : elle se sentait seule. Le fait que je l'aie trouvée assise dans son coin ne faisait que le confirmer.

J'étais prête à parier que je m'étais fait ma première amie.

— Alors, m'a-t-elle lancé d'une voix enjouée, t'as repéré des mecs ?

Parfait ! Autant battre le fer tant qu'il était chaud.

1. Situé dans le sud de Manhattan, Soho est moins luxueux que l'Upper East Side mais reste un quartier très branché qui attire beaucoup d'artistes.

— Tu sais avec qui j'aimerais bien parler ? ai-je répondu en me penchant comme une conspiratrice. Jesse Oliver.

Ça n'a pas eu l'air de l'épater.

— Sans blague ? Tu craques pour les voyous ?

— Le danger me va bien.

À ce stade, la sincérité était la meilleure stratégie.

Roux a levé les yeux au ciel.

— Jesse, c'est le style gris souris qui se prendrait pour du vert flashy. (Elle a marqué une pause.) Mais je reconnais qu'il est mignon.

Les mots « gris souris » m'ont fait tendre l'oreille, mais pas autant que le mot « mignon ».

— Il te plaît ? lui ai-je demandé.

La dernière chose dont j'avais besoin, c'était d'une rivalité avec une lycéenne pseudo-française à it-bag, à propos d'un garçon qui ne m'intéressait même pas.

— Tu rigoles ? a-t-elle répliqué en chassant l'idée d'un revers de la main. Je le connais depuis qu'on a, quoi, quatre ans !

Ouf, sauvée.

— Alors tu peux me le présenter ?

Je ne tenais pas à avoir l'air trop impatiente, mais au bout d'une matinée au lycée, j'avais compris que je devais expédier cette mission dans les plus brefs délais.

— Je le trouve super craquant, ai-je ajouté. Pile mon genre.

Il était *tout* sauf mon genre.

— Pas de problème, m'a assuré Roux. Mais je ne l'ai pas vu aujourd'hui. Il sèche tout le temps.

Enfin une bonne nouvelle ! Si ma cible séchait les cours, je pouvais le faire aussi !

— Cool, ai-je dit. Tu me le présentes quand tu veux.

Le plus tôt serait le mieux.

3

Après un après-midi abrutissant, passé avec un prof de chimie qui n'y connaissait visiblement rien en produits chimiques, et un QCM surprise sur l'histoire des États-Unis auquel j'avais pu répondre sans même lire les documents annexes, il était enfin l'heure de rentrer chez moi.

J'ai suivi le troupeau jusqu'aux grilles en fer forgé, et repéré un petit carré blanc fiché dans l'une des flèches : une carte avec la lettre A en plein milieu. Le verso portait le dessin d'une pagode.

J'ai souri jusqu'aux oreilles. J'aurais reconnu cette carte n'importe où. Angelo était à New York.

Union Square est une vraie pagaille, tellement il y a de gens, de boutiques et de styles différents. Le rêve pour un espion. Je pourrais courir dans tous les sens en hurlant : « Je suis une espionne ! Je suis une perceuse de coffres de classe internationale et votre sécurité est entre mes mains, mouhahaha ! », je pense que tout le monde s'en ficherait. Ou me balancerait de la petite monnaie, allez savoir.

À mesure que je remontais Irving Place, les rues devenaient plus calmes et les arbres plus nombreux. Je suis passée devant un café. Comme Angelo aime bien les expressos, je m'y suis arrêtée pour en acheter deux doubles avec le billet de vingt dollars de mon père. J'avais besoin d'un peu de caféine : le premier jour de cours m'avait mise à plat.

Je savais où trouver Angelo : dans la partie nord-ouest de Gramercy Park, près de mon nichoir préféré. Il est en forme de pagode, ça me fait rigoler. Comme si les oiseaux s'intéressaient à l'architecture… Évidemment, les grilles étaient fermées et j'ai dû poser mes expressos pour sortir un trombone de mon sac à dos. La serrure avait l'air ancienne, mais je savais que ce n'était qu'une apparence. Elle est changée tous les 1er janvier. Rien que la clé coûte trois cent cinquante dollars et une nouvelle serrure, mille dollars. C'est trop drôle de se dire que des gens vont payer ce prix-là pour une clé quand on peut acheter une boîte de trombones pour deux dollars.

Quand j'ai voulu m'attaquer à la serrure, je me suis rendu compte que la porte était déjà ouverte. Pas assez pour que ça se remarque, mais j'ai quand même froncé les sourcils en remettant mon trombone dans ma poche. Entrer par effraction, ça fait partie du plaisir !

— Tricheur ! ai-je lancé à Angelo dès que je l'ai rejoint.

Il s'est tourné vers moi en souriant et a replié son exemplaire du *Guardian*. Ses cheveux étaient plus gris que la dernière fois que je l'avais vu, environ un an plus tôt, lors d'une escale à Paris à l'aéroport Charles-de-Gaulle. Il avait quelques rides supplémentaires autour des yeux, mais il était toujours aussi impeccablement habillé. Costume sombre, cravate lavande et pochette assortie.

Certaines choses sont immuables.

— Comment veux-tu que je m'entraîne si tu laisses la grille ouverte ? ai-je demandé, sans pouvoir m'empêcher de sourire. Sympa, la pochette.

— Merci, ma chérie.

Il s'est levé et m'a serrée dans ses bras.

— Oh, mais c'est que tu as grandi ! Tu es presque une adulte !

— Pfff. Je suis une adulte depuis l'âge de quatre ans. Tiens, un double expresso.

— Merci, mon ange, c'est parfait.

Il s'est rassis en tapotant le banc à côté de lui.

— Allez, installe-toi, qu'on discute un peu des affaires de ce monde.

Je me suis affalée avec un soupir.

— Le monde touche à sa fin, ai-je déclaré. On ne t'a pas dit ? C'est moche.

— Le *New York Post* me le rappelle tous les matins, a-t-il confirmé.

— Tu lis ce truc ?

— C'est important de se tenir au courant. Puis après une gorgée de son café :

— Aaah, tu les as pris à Irving Place… Délicieux. Donc, tes parents et toi êtes de retour à New York et le monde touche à sa fin. Quoi de neuf à part ça ?

Il m'a regardée avec un petit haussement de sourcil.

— Ça n'a rien de drôle, ai-je protesté. Tu as bien vu, quand tu as laissé ta carte : je dois aller au *lycée*.

Les coins de sa bouche se sont mis à trembler.

— Ne ris pas ! me suis-je exclamée.

— Je ne ris pas, mon ange. À peine si je souris intérieurement.

Il a tapoté sa bouche avec un mouchoir.

— C'est même la mission idéale pour toi, a-t-il repris. Pense à tous ces casiers munis de serrures.

— C'est ça, ai-je répondu en agitant la main. Des cadenas à code, tu te fiches de moi !

Je me suis tournée vers lui.

— Angelo ?

— Oui, ma douce ?

Il s'efforçait toujours de ne pas sourire.

— C'est horrible. Vraiment. Il faut que tu me sortes de là. Tu fais partie du Collectif depuis des millénaires…

— Je ne suis pas tout à fait aussi vieux que ça, ma puce, mais je suis sensible à l'idée.

— … et tu es le seul à pouvoir les convaincre que tout ça est ridicule.

Je lui ai fait mes yeux de cocker en sirotant mon café.

Angelo a secoué la tête.

— Pour commencer, je n'ai pas autant d'influence sur le Collectif que tu sembles le croire. Donc, j'ai bien peur que tu n'aies pas misé sur le bon cheval. Détends-toi, bois ton café et admire le paysage. Respire.

Qu'est-ce que je vous disais ? Yoda.

On est restés sans parler jusqu'à ce que j'aie presque fini mon expresso. À quelques mètres de nous à peine, des groupes de lycéens longeaient les grilles à l'extérieur du parc, sans nous prêter la moindre attention. Le simple fait de les entendre rire m'a donné la chair de poule.

— Tu vois ces filles ? ai-je dit en désignant quatre lycéennes qui passaient en gloussant. Eh bien moi, je suis incapable de faire ce qu'elles font.

Angelo les a suivies des yeux.

— Elles me paraissent assez inoffensives.

— Ha ! On voit bien que tu n'es pas une fille de seize ans ! Ce sont des piranhas, Angelo ! Des piranhas très bien habillés avec des cheveux brillants, qui portent leurs vêtements à l'envers.

— Quelqu'un t'a fait des misères aujourd'hui ? m'a demandé Angelo d'un air soucieux.

— Ben, non. Mais ça pourrait arriver ! J'ai vu ça dans des films.

— Maggie, ma puce, a-t-il repris en souriant, aurait-on enfin découvert ton talon d'Achille ?

— Moi qui croyais que tu n'en avais pas !

— Quoi ? me suis-je exclamée avec dédain. (En réalité, j'étais terrifiée. Mais pour rien au monde je ne le lui aurais avoué.) N'importe quoi ! J'étais en Égypte au moment de la chute du gouvernement. Là, c'était flippant. Cette histoire-ci est juste ridicule et exaspérante. Et même, ridicule à un point exaspérant.

Je me suis adossée au banc en faisant un geste en direction des filles, qui hurlaient de rire, penchées sur un téléphone portable.

— Regarde-les, elles sont copines, mais dans la bande, il y a le chef de gang (j'ai eu une pensée furtive pour Roux), la suiveuse qui ne se mouille jamais, et en gros, les deux autres jouent les faire-valoir et…

Angelo a posé une main sur mon bras.

— Maggie. Tu fais ce métier depuis toujours. Cette fois, tu dois espionner dans un lycée. Ça s'arrête là. Ni plus, ni moins. Explique-moi un peu ta mission.

Je lui ai dressé un rapide portrait de la famille Oliver, du père et du fils frondeurs.

— En résumé, je dois faire ami-ami avec un gars. Un connard, à tous les coups, ai-je conclu en levant les yeux au ciel.

Angelo s'est éclairci la gorge.

— Désolée, un *abruti*, à tous les coups. Tu te rends compte qu'il n'est même pas fichu de voler un livre de poche ? En plus, je vais avoir des devoirs à faire, et des contrôles, ça va être l'enfer.

Angelo m'a tapoté le dos avec commisération.

— Écoute, ma puce, tout ce que je peux dire, c'est que tu es une espionne géniale, élevée par des espions géniaux, et que je suis convaincu que tu t'en sortiras très bien dans le rôle de la lycéenne.

— Merci, ai-je marmonné. Redis-moi le passage où je suis une espionne géniale.

Il a ri.

— Tu n'as pas changé depuis notre première rencontre. Toujours aussi maligne *et* mélodramatique.

Je n'ai pas pu m'empêcher de sourire.

— Au fait, merci pour les bottines, ai-je dit en dépliant une jambe pour lui montrer mon pied. J'ai tout de suite su que c'était toi qui les avais choisies.

— Pas de quoi. Je me suis renseigné sur ce qui est à la mode pour les filles de ton âge. Tiens, à ce propos…

Il a plongé la main dans sa sacoche dont il a sorti un sac en plastique.

— … je t'ai aussi pris un peu de lecture.

Le sac renfermait *Teen Vogue* et *Seventeen*, avec des filles tout sourire en couverture. « Pimentez votre uniforme ! » intimait l'un des gros titres. Je me suis demandé s'ils conseillaient de le porter à l'envers.

— C'est toi qui les as achetés ? ai-je demandé.

— Ça m'a valu un moment un peu embarrassant, a admis Angelo avec un léger haussement d'épaules, mais oui. Disons que c'est un petit cadeau de bienvenue à New York.

— Tu savais déjà que j'étais inscrite au lycée, avoue.

— Bien sûr. Il m'a semblé que tu étais prête à affronter ce genre d'expérience.

J'ai posé les magazines sur mes genoux, un peu penaude. Je n'avais fait que me plaindre depuis que j'étais là.

— Excuse-moi, Angelo. Ça va aller. J'arriverai bien à traverser l'épreuve du feu en limitant la casse. Et toi, qu'est-ce que tu deviens ? Tu restes ici combien de temps ?

— Va savoir, m'a-t-il répondu sur un ton qui montrait qu'il le savait très bien. Je profite de ma petite vie, de mon quartier, de mes nouveaux couteaux.

— Tu découpes quoi, des aliments ou des gens ?

— À ton avis ? a-t-il répliqué en me faisant les gros yeux. *Franchement*, Maggie.

— Quoi, je me renseigne ! ai-je dit, amusée. Des missions sympas, ces derniers temps ?

— Oh, par-ci par-là. J'aime bien aussi me reposer de temps en temps.

Impossible de lui tirer les vers du nez, c'était horripilant.

— Peuh, ai-je ricané. Te reposer ? C'est le type qui s'amuse à courir plus vite que les trafiquants de diamants au Botswana qui dit ça ?

Il a froncé les sourcils.

— Tes parents n'étaient pas censés te raconter cette histoire.

— Je les ai entendus en parler entre eux.

Nouvelle mimique de désapprobation, suivie d'un soupir.

— Ça ne se fait pas d'écouter aux portes, Maggie.

— D'ailleurs, jamais tu ne ferais une chose pareille, l'ai-je taquiné. Mais sérieusement, pourquoi tu ne vas pas travailler au siège du Collectif à Londres ? Ça te conviendrait très bien. Avec ton côté calme et mystérieux.

Angelo a changé de position et levé le nez vers le nichoir.

— Une pagode pour les oiseaux… Absurde, a-t-il murmuré. Je ne sais pas, ma chérie. Qui vivra verra.

J'allais essayer d'en savoir plus, quand il m'a coupée dans mon élan :

— Je dois y aller, ma belle. Mais ne t'inquiète pas. Si tu as besoin de moi, je suis là.

Il s'est levé en lissant sa veste.

— Et tu vas faire une lycéenne absolument charmante. Rappelle-toi juste ce qu'on a dit : il suffit de faire semblant.

— Il suffit qu'ils y croient, ai-je rectifié.

Il me martelait cela depuis des années.

— Et merci pour les magazines.

— Merci à toi pour le café.

Il m'a offert son bras.

— Tu accompagnes un vieux bonhomme jusqu'à la sortie ?

J'ai levé les yeux au ciel, mais pris son bras quand même.

— Retour au monde des identités usurpées et des sombres secrets, ai-je commenté tandis qu'on franchissait les grilles.

— Personne n'y échappe, a-t-il observé avant de déposer un baiser sur mon crâne. Salue tes adorables parents de ma part.

Et en quelques secondes, il avait dégagé son bras, tourné à l'angle du trottoir, et disparu une fois de plus.

Après son départ, j'ai fait un tour du parc pour vérifier qu'il n'y avait pas de nouvelles serrures. Mais c'était toujours les mêmes, faciles à atteindre et à ouvrir. J'ai fini mon expresso en tachant mon chemisier blanc (bien sûr) et repris le chemin de chez moi.

Ma mère m'a appelée alors que je n'étais plus qu'à deux rues de l'appartement. Je n'ai pas tout de suite compris que c'était mon portable que j'entendais. C'était un jetable, avec une sonnerie genre musique de rave party. Comme il m'a fallu mille ans pour l'extirper de mon sac, j'ai eu tout le temps de mourir de honte.

— Où es-tu ?

— Je suis passée voir un ami. Il m'a acheté des magazines pour ados.

« Un ami », c'est comme ça qu'on appelle Angelo au téléphone.

— C'est sympa, a-t-elle commenté machinalement. Comment ça s'est passé, au lycée ?

— Wouah, ça me fait vraiment bizarre que tu me demandes ça.

— Oui, à moi aussi. Et tu comptes me répondre ?

Une bourrasque montée du fleuve a fait battre un pan de ma veste, que j'ai essayé de boutonner d'une main.

— Je ne l'ai pas encore vu.

— Ah bon ? Pourquoi ?

— Parce qu'il y a environ un millier d'élèves dans ce lycée ! ai-je explosé. Et apparemment, il sèche tout le temps. Alors si tu tiens à ce qu'on fasse connaissance, je crois que je vais devoir me mettre à fumer de l'herbe dans des impasses glauques avec des délinquants !

J'ai soupiré en repoussant mes cheveux de mon visage. Débile, cette frange !

— C'est compliqué, OK ? Ça demande du doigté. Je dois ouvrir la serrure d'une personne ! Laisse-moi le temps de trouver le code.

— Chérie, on a besoin de cette information au plus vite…

— Je sais ! me suis-je écriée. Tu crois que je ne suis pas au courant ? Je suis parfaitement consciente que tout repose sur *moi*, merci bien.

— Margaret.

— Excuse-moi, ai-je dit aussitôt. Écoute, maman, je vais y arriver. Je suis mieux placée que n'importe qui pour le faire. Je suis une espionne, non ? Une *super* espionne et… attends, il y a un truc qui me lèche.

Je sentais nettement quelque chose de mouillé sur mon mollet. En baissant les yeux, j'ai découvert un énorme golden retriever plein de poils en train de frotter sa truffe contre ma jambe. Après quoi il a levé vers moi un regard béat. Mes yeux ont suivi sa laisse jusqu'à son charmant maître.

Mon cœur s'est mis à battre à trois cents à l'heure.

« Oh non. Oh non, non, non, c'est pas vrai. »

— Intéressant, l'histoire de la super espionne, m'a déclaré Jesse Oliver.

— Maggie ? a repris ma mère dans le téléphone. C'est quoi, ce truc qui te lèche ?

— Salut, ai-je dit avant d'appuyer précipitamment sur la touche FIN.

Jesse n'avait pas bougé ; son chien s'était couché et me gratifiait toujours de son sourire canin.

— C'est une habitude chez toi d'écouter les conversations ? ai-je demandé. On ne t'a pas appris que ça ne se faisait pas ?

— Et toi, tu parles toujours au téléphone devant tout le monde ? m'a-t-il rétorqué en haussant les épaules.

Mince, il avait de la répartie. J'ai essayé de penser plus vite que lui.

— Je n'ai pas à te répondre.

Il a levé un sourcil.

— C'est parce que tu es…

Il s'est penché vers moi pour insister sur la suite. Et il avait une peau de bébé, par-dessus le marché !

— … une espionne ?

— Je parlais d'un *déguisement* pour Halloween, ai-je répliqué d'un ton pincé. Le plus génial qui ait jamais existé, en plus.

Je racontais n'importe quoi. Halloween n'était que dans un mois, et j'avais quatre ans la dernière fois que je m'étais déguisée ; j'étais allée sonner à une porte et une seule : celle d'Angelo. (Il m'avait offert une barre de Snickers géante et un petit journal intime avec un cadenas et une clé miniature. La classe.)

C'était une autre époque. Là, j'allais devoir jouer serré.

— Ma copine Roux organise une fête pour Halloween, ai-je poursuivi, comme si je la connaissais depuis des années. Le déguisement, c'est super important.

— Roux ? a-t-il répété. Une fête ?

— Tu la connais ? ai-je dit en enroulant une mèche de cheveux autour de mon index, histoire de faire l'idiote jusqu'au bout.

— Je ne pense pas qu'il y en ait des milliards.

— Celle que je connais est la seule qui compte.

Ma mèche de cheveux s'était coincée autour de mon doigt et ça commençait à me faire mal. Quand j'ai réussi à me libérer, elle a rebondi en tire-bouchon. Génial.

Jesse a ricané, ce qui ne lui allait pas particulièrement bien.

— Tu seras sans doute la seule personne présente à sa fête. Tu es à Harper ?

— Possible. Et toi ?

— Moi aussi.

Il a tendu la main et son adorable golden retriever (c'est idiot, je sais, mais il me faisait craquer) a bondi vers lui comme s'il espérait un sucre.

— Moi, c'est Jesse. Je te présente Max.

— Salut. Salut, Max, ai-je ajouté pour ne pas faire de jaloux.

Max semblait avoir un problème de bave et j'ai reculé d'un pas en le voyant approcher.

— Quoi, tu n'aimes pas les chiens ?

— Si, mais j'aime moins la salive. Tu es sûr qu'il ne risque pas de se déshydrater ?

— Alors comme ça, tu débarques à Harper ?

— Tu poses toujours autant de questions ?

Il a haussé les épaules.

— Bah, tant qu'on me répond…

— Oui, je débarque à Harper. (« Houhou ! On se re-ssai-sit, Maggie. ») Je suis en première. Mais je ne t'ai pas vu au lycée. Tu vas où quand tu sèches ?

Jesse m'a décoché son premier vrai sourire.

— À droite, à gauche.

— C'est facile de sortir ?

— Pas trop, non. Il faut être motivé.

— Oh, pour ça, compte sur moi. Il faudra que tu me montres, un de ces jours.

Je me suis surprise à rougir.

Une chance pour moi que notre conversation n'ait pas été enregistrée. Je crois que j'aurais préféré être visée par un sniper que d'être entendue par un tiers.

— On verra. Allez, Max, on y va, a-t-il ajouté en tirant sur sa laisse. Salut, l'espionne !

Le chien est passé devant moi en trottinant, laissant une traînée de bave derrière lui. Je les ai suivis des yeux en mettant à jour ma liste de trucs à faire. Numéro un : devenir amie avec Roux. Numéro deux : la persuader d'organiser une fête d'Halloween. Numéro trois : inviter Jesse Oliver.

Et quelque part dans tout ça, comprendre comment j'avais réussi à me transformer d'un seul coup en espionne idiote et bafouillante.

4

Le lendemain matin, après avoir passé la nuit à me tourner et à me retourner dans mon lit, j'avais un plan parfaitement infaillible.

Et comme presque tous mes plans, il reposait sur une solide base de perversité, de mensonges éhontés et de café.

J'avais mis au point ce plan parfaitement infaillible (ou « PPI », parce que les acronymes, ça fait toujours plus sérieux) aux alentours de trois heures du matin, après m'être rendu compte que ce que j'avais dit à ma mère était tout à fait vrai : je devais ouvrir une personne et non un coffre. Jesse Oliver n'avait pas un pavé numérique collé sur le front, et cette histoire de « regardons-nous dans le blanc des yeux » serait loin d'être aussi facile que je ne l'avais supposé. Autrement dit, je n'avais pas l'habitude de tomber sur des pavés numériques qui me regardaient dans le blanc des yeux.

Première étape : modifier mon emploi du temps.

Deuxième étape : faire de Roux ma nouvelle BFF (toujours des acronymes, comme je disais).

À huit heures du matin, j'entrais d'un pas nonchalant dans le secrétariat du lycée, un grand gobelet de café à la main, toujours vêtue de mon uniforme moche et rêche. (Malheureusement, mon PPI ne prévoyait pas d'accessoires. J'ai beau être douée, certaines choses n'entrent carrément pas dans mon champ de compétences.) Il y avait des élèves plein les couloirs, tous plus stylés les uns que les autres. Les lycéens étaient-ils toujours aussi bruyants ? J'allais devoir m'acheter une boîte d'aspirine format familial avant la fin de ma mission.

— Eh ! a braillé quelqu'un.

En me retournant, j'ai vu Roux qui arrivait tranquillement vers moi.

— Sérieux, même pas un badge ? a-t-elle attaqué.

— Pardon ?

Elle a agité la main dans ma direction.

— Ton uniforme. On n'en a pas parlé hier ?

J'ai baissé les yeux sur ma monstruosité BCBG.

— Oh. Je pensais qu'il s'agissait de considérations théoriques.

Roux m'a dévisagée.

— Des « considérations théoriques » ? D'où tu viens, de Mars ? Écoute, fais-le au moins pour moi. Ça me pique les yeux de regarder ça. Aide-moi à t'aider, quoi !

J'ai rencontré toutes sortes de gens dans ma vie, mais cette fille remportait la palme.

— Tu es au courant que c'est juste un uniforme ? lui ai-je signalé. L'habit ne fait pas le moine, comme disent les Français.

— Tant mieux. Parce que porté comme ça, ton uniforme veut dire : « Je suis quelqu'un de super rasoir. »

— *Rasoir* ? me suis-je écriée malgré moi. C'était une blague ?

Je me suis mise à rire :

— Aaah, si tu savais !

« Les gens rasoir ne se font pas courser en sortant du siège du gouvernement luxembourgeois », aurais-je voulu ajouter.

Roux m'a coulé un regard en biais tandis que je tâchais de me reprendre.

— D'accooord, a-t-elle dit. C'est bon, je fais demi-tour en douceur et je file en cours pendant que tu médites sur la question.

— Voilà, ai-je acquiescé, toujours en riant. Pendant ce temps-là, je trouverai bien quelques idées innovantes à base de trombones et d'épingles à nourrice.

— Tu as compris le principe. Fais-moi confiance, j'essaie de te sauver d'un suicide social.

Sur quoi elle est repartie dans l'autre sens, d'un pas si assuré que les autres s'écartaient sur son passage.

Visiblement, la deuxième étape du PPI allait demander quelques ajustements. De même que mon uniforme.

J'ai décidé d'éluder ces questions dans l'immédiat parce que j'avais d'autres problèmes à régler. Il fallait que j'aie des cours en commun avec Jesse Oliver, ce qui exigeait que j'accède au système informatique du lycée.

C'est toujours la partie du boulot que je préfère.

Le secrétariat sentait le vieux papier et le café bouilli, et ressemblait au genre de pièce où viennent s'échouer les rêves. Sur l'un des murs s'étalait une pancarte qui proclamait « ALLEZ HARPER ! » avec si peu de conviction qu'elle aurait pu aussi bien annoncer « ON ADORE LE FROMAGE ! »

Il n'y avait qu'une secrétaire ce matin-là. Elle tapait furieusement sur son clavier et n'a même pas levé le nez quand je me suis postée en face d'elle.

— Que puis-je faire pour vous ? m'a-t-elle demandé.

— Bonjour, je suis Maggie Silver, je suis nouvelle et je crois que j'ai un problème d'emploi du temps.

— Ah oui ?

Mais son ton n'était pas vraiment interrogatif.

Je me suis laissée tomber sur la chaise devant son bureau sur lequel trônaient une grosse boîte de mouchoirs en papier et une photo de ses deux enfants. J'ai entrepris de fouiller dans mon sac d'une main, mon café en équilibre dans l'autre.

— Oui, je suis en géométrie, et mes parents voudraient que je me donne le maximum de moyens pour développer mon potentiel, vous voyez, quoi.

J'improvisais totalement, mais je trouvais que ça sonnait assez bien.

— Votre emploi du temps est définitif, à moins que…

— Wouah, c'est vos enfants ?

J'avais changé de sujet comme une vraie pro, que j'étais.

— Ils sont trop mignons ! (C'était vrai, en plus, dans le genre écureuils édentés.) C'est des jumeaux ?

Cette fois, la secrétaire a ébauché un sourire.

— Oui. Ils ont six ans.

— Comment ils s'appellent ?

— Detroit et Dakota.

Son sourire s'est élargi, tandis que je m'efforçais de ne pas écarquiller les yeux. Finalement, je ne m'en étais pas si mal tirée avec un prénom comme Margaret.

— Ils ont fait leur rentrée à l'école primaire hier et ils…

Mon gobelet m'a échappé et s'est répandu sur le bureau en inondant la boîte de mouchoirs jusque sur les genoux de la secrétaire.

J'avais attendu qu'il soit tiède, au cas où.

— Oh, mince, je suis désolée ! me suis-je exclamée. Attendez, je vais vous aider !

Elle a bondi de son siège tandis que le café s'étalait en mouillant tout sur son passage.

— Pas de problème, m'a-t-elle dit en tenant son sweat-shirt éloigné de son corps. Ce n'est pas bien grave.

Elle a essayé d'éponger son bureau, ce qui était peine perdue. On peut compter sur moi pour mettre vraiment le bazar.

— Oh là là…

— Je suis vraiment confuse, lui ai-je assuré, sans mentir. Je suis tellement empotée. J'ai peut-être bu un peu trop de café ce matin. Je vous rembourserai les frais de pressing.

Elle a hoché la tête, déjà en route vers les toilettes.

— Vous pourriez revenir cet après-midi ? m'a-t-elle demandé. On serait plus tranquilles pour parler de votre emploi du temps et…

— Super.

J'ai noté mentalement que je devrais lui faire livrer anonymement une boîte de chocolats. Ça plairait sûrement beaucoup à Dakota et Detroit.

— Il faut juste que j'aille nettoyer ça et… bon.

Elle n'avait pas l'air ravie, et je ne pouvais pas le lui reprocher. Je déteste que des innocents se retrouvent dans la ligne de tir.

Dès qu'elle a disparu, je me suis glissée sur sa chaise et je suis allée directement à l'écran d'ouverture de session. Son nom d'utilisateur figurait dessus, mais l'encadré du mot de passe était vide.

Coucou, les jumeaux. J'ai d'abord essayé « DETROIT », mais ça n'a pas marché. J'ai tenté « DAKOTA ».

Bingo.

Quand c'est aussi facile, ça finirait par gâcher le plaisir.

Mes doigts ont couru sur le clavier pour afficher l'emploi du temps de Jesse. Il avait chimie, français, algèbre (où il n'avait pas la moyenne, ai-je remarqué), littérature anglaise et histoire des États-Unis. À part une sale moyenne en maths, ses résultats n'étaient pas mauvais. « Il triche à mort », me suis-je murmuré.

Puis j'ai ouvert mon propre emploi du temps et je me suis inscrite dans les mêmes cours de français et de maths que lui, en supprimant la géométrie. Un instant, j'ai pensé à me mettre aussi en anglais spé, mais il ne fallait pas abuser. Comme si j'avais le temps de lire tous ces livres et de rédiger toutes ces disserts.

La secrétaire ne revenait pas. (Les taches de café sur le coton, ça peut être un cauchemar. Mon expérience d'empotée me l'avait appris.) J'en ai profité pour ouvrir l'emploi du temps de Roux. Elle avait aussi français en option, mais je n'allais pas la mettre dans le même cours que nous. Pas question de l'entendre me répéter tous les jours en français : « Pourquoi ton uniforme est-il aussi immonde ? » ou « Qu'est-ce que tu as contre les accessoires ? »

J'ai fermé la session et je me suis faufilée hors du bureau poussiéreux dans le couloir, pile au moment où la porte des toilettes se rouvrait. La secrétaire n'a pas bondi de joie en me voyant.

— Je suis vraiment désolée ! ai-je répété. Quelle gourde ! J'ai de la chance de ne pas passer la moitié de ma vie avec le bras dans le plâtre.

— Vous devriez vous dépêcher d'aller en cours, m'a-t-elle conseillé. Vous allez être en retard.

En première heure, j'avais maths avec Jesse.

— Oui, vous avez raison, ai-je acquiescé. Brillante idée.

5

Au bout d'une semaine de cours, je ne rêvais que d'en voir la fin.

J'étais épuisée de devoir me lever tous les jours à cinq heures quarante-cinq (pendant que mes parents faisaient la grasse matinée !), fatiguée de naviguer dans des couloirs bondés, et exaspérée par la quantité de travail. Ils cherchaient peut-être à nous occuper pour nous tenir à l'écart des dangers des rues de Manhattan ? J'avais l'impression d'être victime d'une conspiration, et si je voyais encore une fois les phrases « Développez vos arguments » ou « Justifiez vos affirmations » écrites sur mes copies, j'allais péter un plomb.

J'avais croisé Jesse Oliver à plusieurs reprises dans le hall, mais je ne voyais pas comment entamer la conversation. Il faisait toujours signe à tout le monde et il a même hoché la tête une fois dans ma direction (bon, j'avoue, j'étais assez excitée), mais le temps que je trouve quoi lui dire, il était déjà loin.

De leur côté, mes parents devenaient dingues à force de tourner en rond à la maison. Ils n'avaient pas l'habitude de traîner sans rien faire, et ils me bombardaient de questions tous les soirs quand je rentrais. « Tu as parlé avec Jesse aujourd'hui ? » « Tu as discuté avec d'autres gens ? » « Comment se présente la configuration géographique du lycée ? » « Est-ce que certaines personnes te paraissent suspectes ? »

— Tout le monde a l'air suspect, répondais-je à la dernière question. C'est un lycée.

La deuxième semaine a débuté par une surprise.

— Une réunion parents-profs ? ai-je lu sur la feuille distribuée en première heure. Oh, non, j'y crois pas.

Mes parents étaient conviés aux réjouissances le mercredi à quinze heures.

— Dingue, non ? a commenté Roux en arrivant derrière moi. On se croirait en primaire. Mais bon, quand tu paies trente mille dollars par an pour la scolarité de ton gamin, c'est normal que tu en veuilles pour ton argent.

— Tes parents vont venir ? lui ai-je demandé.

— Euh, non, m'a-t-elle répondu en examinant ses ongles. Ils sont à Londres pour le Frieze Art Fair, un marché d'art. Et les tiens, ils arrivent à quelle heure ? Je pourrai les voir ?

« Et quoi encore ? » a été ma première pensée, mais je l'ai gardée pour moi.

— Euh, je ne sais pas non plus s'ils pourront venir, ai-je éludé.

— Ils devraient. C'est l'événement de l'année. Genre, le concours des parents qui s'intéressent le plus à leurs enfants.

— Donc, s'ils se montrent pas…

— Ça va jaser sur toi autant que ça va jaser sur moi.

— Génial, ai-je soupiré.

Inutile de dire que mes parents ont sauté sur l'occasion d'avoir enfin quelque chose à *faire*.

— Voilà les règles, leur ai-je expliqué le mercredi matin avant de partir en cours. (Ils s'étaient levés à l'aube ce jour-là, par acquit de conscience.) Interdiction de me coller la honte.

— Et ? a demandé mon père. Quoi d'autre ?

— C'est tout. Considérez que ce sont les règles numéro un, deux et trois.

J'ai pris mon sac et mon Thermos de café.

— Ah, et par pitié, habillez-vous comme d'habitude, OK ? Comme des parents qui habitent Soho, quoi. Vous n'avez jamais eu de mission aussi simple. Restez vous-mêmes.

Mais je ne me faisais pas d'illusions : au lycée, c'est plus facile à dire qu'à faire.

Huit heures plus tard, à quatorze heures quarante-cinq, j'étais une épave.

— Tu as bu un triple expresso ou quoi ? m'a demandé Roux alors qu'on ramassait nos affaires à la fin du dernier cours. Tu as l'air à cran.

— Ne me tente pas, s'il te plaît.

— Tiens, m'a-t-elle dit en agitant un flacon sous mon nez.

— C'est quoi ?

— À ton avis ? Du Xanax[1] ! Je ne sors jamais sans.

1. *Anxiolytique.*

— T'es dingue ? ai-je lâché entre mes dents, en jetant un coup d'œil dans le couloir pour m'assurer que personne ne nous regardait. Tu pourrais nous faire virer toutes les deux avec ça sur toi !

— Hé, relax ! J'ai une ordonnance.

— Ah bon ?

— Enfin, ma mère en a une.

J'ai remis le flacon dans son sac.

— Tiens. File. Essaie plutôt de faire un truc sympa cet après-midi.

— C'est prévu. J'ai un massage avec Rosie les Doigts de Fée. Ce n'est pas son titre officiel, mais ça devrait. Elle fait beaucoup plus de bien qu'une réunion parents-profs.

— Relaxe-toi bien, alors. Pendant que je reste là à mourir de honte.

— Bye-bye, m'a-t-elle répondu en agitant les doigts. Tu ne vas sans doute pas me reconnaître la prochaine fois, tellement je serai détendue.

— Je croise les doigts.

Dès que mes parents sont arrivés au lycée, j'ai regretté de ne pas être partie avec Roux.

— C'est *quoi*, ces tenues ?

Ma mère avait opté pour un tailleur Chanel et des talons vertigineux comme elle n'en met jamais, qui la faisaient dépasser mon père de trois ou quatre centimètres. Elle avait une double rangée de perles autour du cou et semblait avoir été maquillée par une professionnelle. Elle portait une perruque, un carré court blond qui cachait ses cheveux noirs et paraissait cent pour cent naturel. Elle s'était parfumée aussi, avec un truc entêtant.

— J'en ai fait un peu trop ? m'a-t-elle demandé.

— Trop de parfum, a répliqué mon père en agitant la main devant son nez froncé.

Il avait mis un costume et n'arrêtait pas de tirer sur son col, mais ses chaussures étaient cirées et il semblait sortir de chez le coiffeur. Tous les deux, ils avaient le look des parents parfaits de l'Upper East Side que je n'aurais jamais.

— Juste un problème, ai-je commenté. En fait, il y en a un paquet, mais le plus gros, c'est qu'on habite un quartier bobo et que vous avez l'air de bourges.

— Les bobos sont les nouveaux bourges, a argumenté mon père. Regarde, j'ai des chaussettes assorties à ma cravate !

— Il a lu ça dans la rubrique « Style » du *Times*, m'a expliqué ma mère en levant les yeux au plafond. Arrange un peu tes cheveux, Maggie.

Elle a tendu la main pour dégager une mèche rebelle de mon épaule.

Ils n'avaient peut-être pas la même apparence que d'habitude, mais pour le reste, c'était bien mes parents.

Ils ont été plutôt impressionnés par les locaux.

— Wouah, vous avez vu cette architecture ? s'est exclamé mon père. C'est quoi, à votre avis, années trente ? Ou alors… ?

— C'est vieux, l'ai-je coupé. Voilà ce que c'est. Et ça vaut trente mille dollars par an, apparemment.

— Il y a un jardin communautaire ? a demandé ma mère. Ils cultivent du bio ?

— Mais oui. Tout le bio que tu voudras.

Cela dit, je n'étais pas la seule à pousser mes parents dans le couloir. Il y en avait d'autres qui faisaient entrer les leurs dans les salles comme des moutons dans des enclos, l'air aussi consterné que moi.

Mes parents avaient rendez-vous avec le prof de français, M. McPhulty, ce dont mon père avait du mal à se remettre. « Ça m'étonnerait que "McPhulty" soit un nom d'origine française », avait-il marmonné quand je le lui avais dit. Ce qui ne l'a pas empêché de se répandre en *bonjour** et en *merci** au moment des présentations.

— J'ignorais que vous parliez français, a observé M. McPhulty avec un petit regard dans ma direction. L'accent de votre fille est, pour tout dire, effroyable.

Sur quoi j'ai décidé que les réunions parents-professeurs étaient les trucs les plus nuls de la terre.

J'ai traîné dans le couloir pendant qu'ils discutaient, en décrivant des demi-cercles du bout du pied droit sur le carrelage. Quelqu'un cognait sur un casier et, le bruit devenant énervant, j'ai fini par aller voir. Je suis tombée sur Jesse Oliver qui se battait avec son cadenas à code. Il faisait une tentative, s'arrêtait pour se défouler sur son casier, et recommençait.

Si ce n'était pas un signe des dieux, je ne m'y connaissais pas.

— Salut, ai-je dit. Tu as besoin d'aide ou c'est juste un nouveau sport ?

— Tout va bien, a-t-il grommelé, les dents serrées. C'est juste un cadenas pété.

— Tu veux que j'essaie ?

— Je t'en prie. J'espère que tu as un penchant pour les expériences frustrantes.

— Oh, je ne vis que pour ça, ai-je assuré en entreprenant de faire tourner le cadran. Tu es là pour la réunion parents-profs ?

— Ouais, mon père ne devrait pas tarder.

Armand allait venir ! Mes battements de cœur ont marqué une légère accélération et j'ai jeté un coup d'œil vers la porte fermée de la salle de français. Il ne fallait pas que mes parents le voient, pas si je pouvais l'éviter. À tous les coups, ils se mettraient en tête de me piquer ma mission, et il n'était pas question que je renonce à ma première affaire. En tout cas pas déjà.

— Tu sais ce que tu fais ? m'a demandé Jesse en me regardant tourner le cadran dans un sens, puis dans l'autre, à l'affût du déclic.

— C'est un truc que j'ai appris à l'école primaire, ai-je prétendu. Mon cadenas était toujours coincé. C'est quoi, ta combinaison ?

— 24-37-2.

— Pas très compliqué.

J'ai donné quelques tours et senti la roue se bloquer sur un 3.

— En fait, je crois que c'est 24-37-3.

— Pas du tout. Sur le papier, il y a écrit…

Le casier s'est ouvert.

— C'est un 3, ai-je confirmé. Tu peux me croire.

Ses yeux se sont posés sur le cadenas puis sur moi.

— Wouah ! Ça explique pourquoi je n'y arrivais jamais !

— Pas de quoi.

— Pardon. Merci, tu m'épates.

J'ai haussé les épaules.

— Comme je te disais : pas très compliqué.

À cet instant, la double porte du bout du couloir s'est ouverte et j'ai vu un homme brun arriver vers nous. Il avait le même gabarit et le même type de physique que Jesse. Même sans avoir vu sa photo dans le dossier, j'aurais su que c'était Armand.

— Bon, à plus, ai-je dit à Jesse en m'éloignant à reculons. Et bonne chance pour la réunion. Surtout pour l'algèbre.

Il m'a regardée d'un drôle d'air.

— Je suis *nul* en algèbre. Comment tu… ?

Mais j'avais déjà disparu à l'angle du couloir, en me planquant derrière une autre rangée de casiers.

— Mais quelle crétine ! me suis-je murmuré.

Pourquoi ne pas lui avoir récité la liste complète de ses notes, tant que j'y étais ? Je ne m'étais jamais trahie comme ça.

— Maman est venue ? ai-je entendu Jesse demander à son père.

Je me suis collée contre le mur en me faisant la plus petite possible.

Armand a marqué une pause :

— Non.

Puis, après une pause encore plus longue :

— Désolé.

Où était Mme Oliver ? Le dossier ne parlait pas de divorce.

— Pas de problème, a répondu Jesse.

Je n'ai pas eu besoin de voir sa tête pour savoir qu'il était déçu. Son ton m'a fait penser au gémissement d'un chiot qui aurait reçu un coup de pied.

— Je lui ferai un compte rendu par mail, a proposé Armand. Je suis sûr que ça lui fera plaisir. Je le lui envoie dès que je rentre à la maison.

Il avait une voix grave, mais pas particulièrement celle d'un sale type.

— Pas la peine, a répondu son fils. Si ça l'intéressait, elle serait venue.

— Jesse, je suis sûr que…

— Laisse tomber. Allez, viens, on va être en retard.

Armand avait l'air bien plus sympa que je ne l'avais supposé. Je ne sais pas pourquoi, je m'étais imaginé un type revêche mâchonnant un cigare devant son ordinateur. Or, il faisait visiblement ce qu'il pouvait pour consoler Jesse de l'absence de sa mère.

J'ai eu envie de les suivre pour en apprendre davantage, mais j'ai entendu la porte de la salle de français s'ouvrir et je me suis dépêchée de reprendre ma place devant, dans le couloir. Je suis tellement nulle en français que je ne comprenais pas ce que mes parents et le prof se racontaient, mais on aurait dit de vieux amis.

— Alors ? ai-je lancé d'un ton enjoué. Comment ça s'est passé ? Je suis virée ?

— Eh non, raté, a répliqué ma mère.

— On devrait y aller, ai-je dit. Tout de suite. Merci, Mister… heu, *monsieur** McPhulty.

— *En français, s'il vous plaît**.

Oh non.

— *Bonjour**. Je veux dire, *merci**. Mince, je veux dire, *au revoir**.

J'avais tellement hâte qu'on s'en aille pour ne pas croiser Armand que je m'en serais mieux sortie en parlant suédois.

— Qu'est-ce qui te prend ? m'a chuchoté mon père dès qu'on a tourné au bout du couloir. Il y a une alerte à la bombe ?

— Pire. Armand est là.

— Il t'a vue ? m'ont demandé mes deux parents en chœur.

— Non, mais j'ai eu chaud. Allez, on file.

— Ce jardin est vraiment trop *chou*, a déclaré ma mère tandis qu'on quittait le lycée à la hâte.

6

J'ai mis presque une heure à retrouver Roux le lendemain après les cours. Je l'ai cherchée dans tout le lycée, puis dans le quartier, en passant la tête dans tous les Starbucks, les anti-Starbucks et les boutiques de vêtements. Je comptais sur le fait de l'entendre de loin, vu que sa bouche est plus grande qu'elle, mais je suis retournée bredouille au lycée.

Et elle était là, devant son casier, en train d'y prendre et d'y remettre des livres d'un air furieux, comme s'ils l'avaient insultée personnellement.

— Roux ! ai-je lancé du bout du couloir.

Pas de réaction.

— Roux, s'te plaît !

— Pas besoin de crier, m'a-t-elle répondu quand je suis arrivée à sa hauteur. C'est pas comme si la moitié du lycée s'appelait comme ça.

— Où tu étais passée ? Je t'ai cherchée partout. J'ai dû manger au CDI ce midi.

— Je suis sûre que ça t'a fait du bien. Ça forge le caractère.

— Roux.

Elle a soupiré en refermant sèchement son casier.

— Écoute, cette journée a été la plus longue de ma vie. Je rêve de prendre un bain et de regarder une émission de téléréalité. Alors s'il te plaît, dis-moi ce que tu veux, et qu'on en finisse.

— Tu sais quoi ? ai-je déclaré après une pause. Tu ferais une super avocate, tu es très éloqu…

— C'est pour me dire ça que tu as passé la journée à me chercher ?

— Euh, non.

Je me suis redressée de toute ma hauteur en arborant mon plus beau sourire.

— Il faut qu'on parle d'Halloween.

Elle est passée devant moi avec un nouveau soupir.

— Désolée, le diable est en congés. Ne mange pas les bonbons sans enlever le papier. Fais-toi accompagner pour aller sonner chez les gens. Voilà, je crois qu'on a fait le tour des recommandations.

Je me suis plantée en face d'elle.

— J'ai besoin de ton aide.

— Sans blague.

— J'ai peut-être bien dit à Jesse Oliver que j'allais me déguiser en espionne pour Halloween.

— Bravo. Plus qu'à trouver comment tu peux concilier ça avec un décolleté.

Elle a fait mine de repartir et j'ai manœuvré de manière à lui bloquer le passage.

— Mais c'est du harcèlement, ma parole ! m'a-t-elle lancé.

— S'il te plaît. J'ai besoin d'aide. Tu me l'as assez répété.

— C'est pas faux. On peut dire que tu as de la suite dans les idées, ça mérite le respect. Qu'est-ce qu'il te faut ? Des lunettes de vision nocturne ?

— Non, c'est beaucoup trop lourd, ai-je répondu sans réfléchir.

Ma bourde a juste arraché un sourire à Roux ; un petit, lâché à contrecœur, mais quand même.

— OK, donc tu as besoin d'aide pour ton déguisement.

— Oui, enfin, plus ou moins… ai-je dit en me tordant les mains.

Roux a attendu la suite, les sourcils levés.

— J'aurais aussi besoin d'une fête…

Elle s'est remise en marche en roulant des yeux.

— Attends ! Jesse m'a entendue parler de mon costume, et du coup maintenant j'en ai un, mais à quoi ça m'avance de le mettre pour Halloween si je ne sors pas ? C'est pour ça qu'il me faut une fête.

— Et tu crois quoi ? Que j'ai ça en stock au fond de ma poche ?

J'ai dégainé mon arme de dernier recours, un vrai sourire de BFF.

— En fait, je me disais que *tu* aurais pu en organiser une ?

— HA ! (Son rire n'avait rien d'amusé.) Tu peux me croire, Mags, si j'organisais une fête, les seules personnes présentes seraient toi, moi et la femme de ménage. Et elle part à dix-neuf heures.

— Allez ! l'ai-je suppliée en la poursuivant jusque sur le trottoir.

Il faisait froid, et j'ai remercié mentalement Angelo d'avoir pensé à m'acheter un caban.

— Je suis certaine que tu es super douée pour ça ! ai-je tenté.

En cas de doute, essayez toujours la flatterie. C'est une règle éprouvée.

— Là, t'as pas tort, m'a concédé Roux. Je peux te préparer des fêtes d'enfer. Le seul problème, je viens de te le dire, c'est que personne ne viendrait.

— Tu veux dire que tu n'es pas populaire ?

Elle a ricané avec mépris.

— Tu as quand même des amis ?

Elle a ouvert les bras en regardant partout autour d'elle.

— Ah oui ? Où ça ?

Elle a laissé retomber ses bras et m'a jeté un regard noir.

— Au cas où tu serais aveugle, je te signale que je n'ai pas d'amis.

— OK, peut-être pas ici, au lycée, mais…

— Pas d'amis. Nulle part. Nada. On ne te l'a pas encore dit ?

— Les gens ne me parlent pas beaucoup, ai-je admis. Je n'ai pas d'amis non plus.

— Au moins, toi, tu peux avoir l'espoir que ça change. J'ai vraiment besoin d'une cigarette.

— Tu fumes ?! me suis-je exclamée malgré moi.

— J'ai arrêté l'an dernier. Ça finissait par me revenir trop cher en blanchiment des dents.

— C'est super mauvais. La clope, je veux dire.

— Les deux, en fait. Écoute. Je vais te raconter un truc parce qu'il faut que quelqu'un le fasse, manifestement.

Elle a pris une profonde inspiration et fermé les yeux, avec un air sérieux que je ne lui connaissais pas.

— L'an dernier, je suis sortie avec le petit ami d'une fille, une certaine Julia. Elle l'a pris super mal parce qu'elle était super amoureuse, etc. Et, va savoir pourquoi, tout le monde a pris sa défense.

— « Va savoir pourquoi ? » ai-je répété. Tu l'as quand même cherché !

Elle a haussé les épaules.

— Je ne sais pas, c'était… Disons que je n'ai jamais voulu lui faire de mal.

— Et du coup, tout le monde a arrêté de te parler ?

Elle avait l'air de plus en plus penaude au fil des secondes.

— En fait, il y avait pas mal de gens avec qui je n'étais pas franchement sympa. Même pas du tout sympa. Et puis c'est un petit bahut, ta réputation est vite faite. Bref, tu vois, quoi.

— Un peu comme dans *Lolita malgré moi* ? ai-je demandé.

Roux a réfléchi un bon moment avant de répondre :

— À peu près, oui. J'étais une vraie garce. Je racontais des trucs sur les autres filles, je lançais des rumeurs, ce genre de chose. Depuis le CM2.

— Et maintenant, tu es la brebis galeuse… ai-je conclu. Comme quoi, il y a une justice !

Elle a froncé les sourcils et tourné les talons.

— Attends ! lui ai-je lancé. Je suis désolée ! C'est sorti tout seul !

— Mais je t'en prie, savoure mon châtiment bien mérité ! a-t-elle rétorqué sans se retourner. Oublie ce que je t'ai dit. Et amuse-toi bien à ta fête !

Et elle a disparu dans la foule au coin de la rue.

Un quart d'heure plus tard, alors que je me dirigeais d'un pas lourd vers Gramercy Park, mon portable « perso » a sonné.

— Allô ?

— Salut.

— C'est qui ?

— C'est ROUX ! Tu es sûre que tu sais te servir d'un portable ?

— Oh, salut !

J'avais rarement reçu des appels d'amis ; plus exactement, jamais.

— Je n'avais pas regardé qui m'appelait.

— Oui, je vois ça. Écoute… Excuse-moi de m'être énervée et d'être partie comme ça. Je n'avais jamais raconté ça à personne, et… Bref, j'ai des réactions un peu bizarres, des fois.

— Pas de problème, ai-je répondu avec un grand sourire. Ça m'arrive aussi.

— Ah tiens ? Je n'avais pas remarqué, m'a-t-elle vannée. Tu es toujours au lycée ?

— Non, je rentre chez moi, ai-je dit en marchant dans la direction opposée à Soho. Et moi aussi, je suis désolée. Je n'avais pas à te juger.

— Zéro partout. Excuses présentées ET acceptées. Tu la veux toujours, ta fête ?

— Évidemment. Tu as décidé d'être héroïque et d'en organiser une ?

J'ai laissé glisser mes doigts le long des barreaux glacés de la grille sud de Gramercy Park.

— Non. Mais il paraît que Jesse Oliver en fait une.

J'ai pilé net.

— Sérieux ? Comment tu le sais ?

— J'ai croisé une fille qui en parlait au lycée. Une terminale ; elle est toujours au courant de tout. On était am... Enfin, il fait une fête dans quinze jours. Tu es la bienvenue.

J'ai senti un sourire idiot s'étirer sur ma figure.

— Génial ! Ça se passe chez lui ? C'est quand exactement ?

— Oui à la première question, le soir d'Halloween pour la deuxième.

J'ai sauté en l'air et donné des grands coups de poing enthousiastes dans le vide, sans qu'un seul passant s'en étonne.

— C'est trop génial ! ai-je répété à Roux, qui ne se doutait pas de ce que ça représentait pour moi.

Devenir pote avec Jesse Oliver ? OK. Trouver le moyen d'entrer chez lui pour fouiller le bureau de son père et localiser son coffre ? OK. Déjouer le plan de papa Oliver, sauver le monde et être promue *meilleure championne des espions de tous les temps* ? OK, OK, trois fois OK !

— Tu es toujours là ? a demandé la voix inquiète de Roux dans le téléphone. Maggie ?

J'espère que tu ne t'es pas fait renverser par un bus !

— Je suis là, pas d'accident de bus.

J'ai rajusté mon manteau et tâché de remettre de l'ordre dans mes cheveux.

— Tout va bien, je suis juste super contente !

— Tu n'es jamais allée à une fête ?

— Euh, tu veux dire, jamais de ma vie ?

— Je veux dire, au cours de ces trois ou quatre dernières années.

Plusieurs secondes se sont écoulées, pendant lesquelles j'ai cherché la réponse adéquate.

— J'y crois pas, a-t-elle gémi. Donc c'est non.

— Mais j'apprends vite ! lui ai-je rappelé. Tu viendras avec moi ?

— Ho-oh, je ne t'entends plus ! m'a-t-elle lancé, alors que la réception était nickel. Pas de bol ! C'est une horreur, le réseau du côté de Central Park ! Salut !

J'ai rangé mon portable en souriant. Persuader Roux de m'accompagner allait être du gâteau.

J'ai dit du gâteau ? Je souhaite revenir sur ma déclaration. Persuader Roux était aussi simple que de hisser un rocher au sommet d'une montagne pour une fourmi. Deux fois de suite. Voilà l'effet que ça m'a fait.

Je l'ai suppliée, cajolée et implorée plus d'une semaine, sans qu'elle cède.

— Pas question que je me déguise en paria pour Halloween, me répondait-elle chaque fois.

— Mais c'était l'an dernier, ai-je protesté tandis qu'on traversait le lycée, quatre jours avant Halloween. Franchement, tu sais comment sont les gens. Ils oublient.

— Ah oui ?

Sur quoi elle s'est retournée sur une brune qui nous croisait pour lui lancer avec grand sourire :

— Salut, Julia, ça roule ? Comment ça va ?

— Sale garce, a sifflé la dénommée Julia sans s'arrêter.

Roux m'a regardée d'un air satisfait.

— Tu disais ?

— Roux…

— C'est comme ça que ça marche, a-t-elle repris sans même ralentir. Une fois qu'on est tombé, on ne se relève pas. Comme l'anneau dans la lave. On ne revient pas.

— Quel anneau dans la lave ?

— Celui avec les nains.

— Oh, tu parles du *Seigneur des Anneaux*.

— Ouais, c'est ça. Je me suis fait éjecter du système. Peut-être qu'en m'exilant en banlieue, je pourrais retenter ma chance, mais pour le moment, je ne vais nulle part. Je ne suis qu'un déchet. Et les déchets, a-t-elle conclu juste avant d'entrer en cours d'anglais, ne sont pas les bienvenus aux fêtes.

— Je ne sais pas par quel bout la prendre, ai-je avoué à Angelo le lendemain, tandis qu'on buvait un chocolat chaud devant la bibliothèque publique de New York. (Il m'y avait convoquée par le biais d'un petit croquis qui représentait deux lions en train de lire.) J'ai tout essayé.

— La flatterie ?

— Qu'est-ce que tu crois ?

Du bout de ma cuiller, j'ai tapoté les marshmallows qui flottaient à la surface de mon chocolat tiède.

— On ne pourrait pas se donner rendez-vous dans un endroit chauffé, de temps en temps ? Au cinéma, par exemple ?

— Je ne savais pas que tu aimais le septième art, a observé Angelo en haussant un sourcil.

— Je pourrais toujours apprendre à l'apprécier, si au moins j'étais au chaud.

— C'est vrai que tu apprends vite. Je suis sûr qu'avec quelques bonnes VO tu ferais d'énormes progrès en français.

— Arrête la brosse à reluire. Tu connais mon accent.

Angelo a rajusté son écharpe avec un sourire.

— Je suis démasqué. Pour en revenir à ton amie Roux – charmant prénom, d'ailleurs…

— Attends de l'avoir vue.

— … elle refuse de t'accompagner à cette fête d'Halloween. Et ça te contrarie. Tu ne peux pas y aller toute seule ?

Mon visage devait parler pour moi, parce que Angelo n'a pas attendu ma réponse.

— Admettons que non. Mais je suis certain que tu vas trouver une solution.

— C'est tout ?

Il a haussé les épaules.

— Je ne connais pas cette Roux aussi bien que toi. Je peux juste te dire ce que je ferais, moi, si je devais te persuader de faire quelque chose.

J'ai attendu la suite, en vain.

— Alors ? l'ai-je relancé. Donne-moi un indice au moins !

— Je te dirais que tu n'en es pas capable. (Il avait un peu de chocolat sur la moustache, ce qui lui donnait un air comique.) Si je te disais que tu n'es pas capable d'ouvrir un coffre, tu ferais quoi ?

— J'apprendrais à le faire, et ensuite je le ferais, ai-je admis. Sans perdre une seconde.

— Eh bien voilà ! Roux et toi, vous semblez avoir beaucoup de points communs. Tu me diras si ça a marché.

— Des points communs ? Tu crois ?

— Oh, oui. Futées, douées et en manque d'amis.

Il m'a tapoté le haut du crâne et a déposé son gobelet au sommet d'une poubelle déjà débordante.

— Et si tu as besoin d'une idée de déguisement, fais-moi signe, a-t-il conclu en désignant son costume bleu marine à rayures. Je peux être très chic, quand je veux.

— Les pingouins aussi ! ai-je lancé tandis qu'il s'éloignait.

Je n'étais pas sûre qu'il m'ait entendue. Ce n'était peut-être pas plus mal.

7

Le jeudi matin, j'ai attendu que Roux vienne me retrouver. Comme on peut le deviner, je ne suis pas quelqu'un de très patient. J'ai horreur de poireauter. Mon père dit toujours que je serais nulle en infiltration et que je ne pourrais sans doute jamais travailler pour le FBI. Je lui réponds que c'est surtout cette histoire au Luxembourg qui m'en empêcherait.

Bref, je déteste attendre.

Et attendre Roux était encore pire. Si mon plan de manipulation psychologique échouait, je n'aurais plus qu'à aller à la fête de Jesse Oliver toute seule, et ce serait quasiment impossible de fouiner dans les dossiers sans un comparse pour détourner l'attention. Au bout de trois heures de cours, n'ayant toujours pas vu Roux, je commençais à me dire qu'elle devait être malade, ou, pire, coincée sous une bibliothèque effondrée au fond de son appartement. À la fin de la quatrième heure, j'étais sûre qu'elle avait été contaminée par la variole et qu'elle y avait succombé, le tout en moins de vingt-quatre heures.

Quand j'ai fini par l'apercevoir dans la cour à midi, je me suis précipitée sur elle pour la serrer dans mes bras de toutes mes forces.

— Ce que je suis contente que tu ne sois pas morte ! me suis-je exclamée avec un soupir de soulagement.

— *Mmmmpphow*.

— Tu peux répéter ? ai-je demandé en m'écartant.

— Pourquoi tu me serres comme ça ?

— Oh, désolée.

Je me suis empressée de remettre en place le col de sa veste d'uniforme. En un mot, elle paraissait exaspérée.

— C'est juste que comme je t'ai pas vue ce matin, j'ai eu peur qu'il te soit arrivé un truc.

— Il *m'est* arrivé un truc. Tu viens pratiquement de m'écrabouiller.

Elle a lissé ses cheveux avant de les rejeter en arrière.

— Tu m'as broyé les côtes.

— Désolée, ai-je répété. Tu veux un strapping pour soulager la douleur ?

— Sans façon. Quoi de neuf, sinon ?

J'ai poussé un profond soupir, comme je m'y étais entraînée la veille devant le miroir.

— Je voulais surtout m'excuser.

Elle a froncé les sourcils.

— De quoi ?

J'ai poussé un nouveau soupir en traçant une ligne par terre du bout du pied, comme je l'avais vue le faire quelques jours plus tôt, quand son assurance s'était envolée.

— Bah, tu sais, de t'avoir mis la pression à propos de cette fête. Je comprends que ça te stresse et que tu ne veuilles plus aller à ces trucs-là.

— Enfin, ce n'est pas que je ne veuille pas…

— Et tu dois avoir mieux à faire que de me tenir la chandelle à ma première sortie. Je suis certaine que les autres filles qui viendront pourront me donner des tuyaux.

Elle a écarquillé les yeux.

— Les autres filles ? Ma belle, tu seras un petit poisson innocent perdu dans des eaux infestées de requins. Tu te rappelles ce que je t'ai expliqué sur le fait d'être un déchet ? La seule chose qui puisse être pire, c'est d'aller *seul* à une fête.

À l'entendre, c'était aussi enviable qu'une invasion de punaises.

— Oui, enfin, je survivrai. Il faut bien un début à tout, non ? Ça me fera des souvenirs pour quand je serai vieille.

À ce stade, j'improvisais totalement. Je commençais à parler comme dans un téléfilm à l'eau de rose.

— Bref, il faut que je me fasse ma petite carapace « spécial fête ».

— Elle appelle ça une « petite carapace » !

Roux a levé les yeux au ciel.

— Au secours. C'est d'un suicide social qu'on parle, là !

— J'ai vu pire ! ai-je répliqué gaiement. Et puis comme ça, on sera des parias toutes les deux !

— C'est bon, m'a-t-elle interrompue. Ce ne serait pas humain de te laisser faire ça.

Puis, posant une main sur mon bras avec un soupir :

— Crois-moi, je te sauve la vie.

— Ça veut dire que tu viens avec moi ?

Roux a fermé les yeux quelques secondes avant de répondre :

— Oui. Tu as à peu près autant de chances de survivre qu'un lionceau paumé dans la savane. Tu vas te faire dévorer vivante par les hyènes et…

— OK, on pourrait juste laisser tomber les métaphores du *Roi Lion* sur la façon dont je vais finir ?

— Ce sont des images.

— Si tu le dis. Alors, tu viens avec moi ?

— Oui. En tournant résolument le dos à la raison, oui.

— Ouaaaiiis !

J'ai bondi en l'air et voulu la serrer de nouveau dans mes bras, mais elle a reculé en levant une main.

— Holà, doucement. Je ne me suis pas encore remise de tout à l'heure.

— Pardon, pardon ! Mais je suis tellement excitée ! On va s'éclater ! Ce sera notre première fête ensemble !

— Une petite minute, a dit Roux en croisant les bras d'un air suspicieux. Tu ne viens pas de m'embobiner pour que j'aille à cette apothéose de l'horreur ?

— Tu as promis !

— Mais si, elle l'a fait ! s'est-elle indignée. Ce que je peux être naïve, j'y crois pas !

— On va bien s'amuser ! lui ai-je assuré.

Elle m'a fusillée du regard.

— Je vais te tuer. Et ce n'est pas une métaphore.

— Une image, ai-je rectifié. En quoi tu vas te déguiser ?

— En quelqu'un qui prévoit d'assassiner sa meilleure amie.

On s'est figées toutes les deux.

— Attends, ai-je dit. C'est vrai ? Je suis ta meilleure amie ?

— Je te rappelle que les candidates ne se bousculent pas. Inutile de t'exciter.

Je sentais déjà un sourire idiot s'élargir sur mon visage.

— En tout cas, ça me va. On pourrait même mettre des costumes assortis pour fêter ça !

Mais Roux avait déjà ramassé son sac et s'éloignait dans la cour.

— T'as une dette envers moi ! m'a-t-elle lancé par-dessus son épaule.

— Oui, je sais. Et pas une petite.

8

J'avais verrouillé la fête d'Halloween du samedi. Roux avait promis de m'accompagner, ce qui n'était pas loin de représenter un miracle de Noël avant l'heure, et avec un peu de chance, elle ferait assez de ramdam sur place pour me permettre d'aller fouiner dans le bureau de papa Oliver sans me faire repérer. Les choses s'annonçaient bien. Je me sentais pousser des ailes.

Jusqu'à ce que je me rappelle qu'il me fallait un costume. Un costume d'espionne.

Il y avait juste un hic : un costume d'espion authentique, ça n'existe pas. Ça a peut-être l'air sympa dans les films, mais pour travailler, on s'habille comme tout le monde. Vous croyez vraiment qu'un type puisse opérer discrètement en imperméable, avec un chapeau et des lunettes de vision nocturne ? Soyons sérieux. Vous pouvez être sûrs que le gars en question est soit un paranoïaque de la conspiration, soit quelqu'un qui n'a pas tout compris à l'art des accessoires, mais certainement pas un espion.

À vrai dire, je ne savais pas du tout quoi me mettre. La dernière fois que j'avais fêté Halloween, à l'âge de quatre ans, j'étais déguisée en fantôme, ce qui ne demandait qu'un drap, une paire de ciseaux et du sparadrap pour les genoux, à force de tomber tous les trois mètres en me prenant les pieds dans le tissu. (Je n'en ai pas retiré la moindre amertume, cela dit. Juste quelques cicatrices.)

Le vendredi matin, avant de partir au lycée, j'ai fait des recherches sur Internet sur les costumes d'espion pour Halloween, ne serait-ce que pour me faire une idée de ce que j'étais censée porter. Le premier déguisement que j'ai déniché impliquait beaucoup trop de latex pour être confortable, et le deuxième, un soutien-gorge push-up et un porte-jarretelles. Un autre site me suggérait de porter une robe de bal super classe ou, encore mieux, une tenue de danseuse du ventre.

J'étais pliée de rire.

— Qu'est-ce qu'il y a de si drôle ? m'a lancé mon père depuis la cuisine.

— Rien du tout ! ai-je crié à mon tour en commençant à effacer l'historique du navigateur.

— Il y a vraiment des gens qui mettent ça ? ai-je commenté à voix haute. Comment peut-on courir habillé comme ça ? C'est comme Wonder Woman qui sauve le monde tous les jours en short moulant et en bustier. Je rêve !

J'ai poursuivi mon enquête en marmonnant :

— Crétinerie d'Halloween…

J'ai réfléchi à la question toute la journée, et même consulté Roux dans le couloir juste avant son cours de français.

— Alors, tu mets quoi demain ? lui ai-je demandé tandis qu'elle faisait un échange de livres dans son casier.

— Ce que tu as sous les yeux. Je te l'ai dit, je me déguise en paria.

— Non, mais sérieusement ?

— Non, mais sérieusement. Et toi ? Tu veux que je te prête mon déguisement de l'an dernier ? J'étais en pom-pom girl.

J'étais incapable d'imaginer Roux en train d'encourager une équipe de quoi que ce soit.

— On parle de soutien-gorge push-up ou de trucs du même genre ?

— Évidemment. Pourquoi s'embêter à mettre un costume de pom-pom girl si ça ne sert pas à mettre ta poitrine en valeur ?

Elle a jeté un coup d'œil dans la salle pour voir s'il y avait déjà des élèves. Elle était déserte, bien sûr. Tout le monde était dehors, en train d'attendre la sonnerie. Il ne m'avait pas fallu plus d'une journée pour comprendre que seuls les super fayots entraient en cours avant la sonnerie.

— Pitié, a repris Roux, dis-moi que tu ne vas pas te pointer déguisée en pionnière de l'Ouest ou en figurante de *La Petite Maison dans la prairie*.

— Pas de risque, je suis allergique au tissu à fleurs. En plus, j'ai déjà dit à Jesse Oliver que…

— Pourquoi tu précises toujours son nom de famille ? Je sais de qui tu parles si tu dis juste « Jesse ».

— Je sais, c'est bizarre ! Ça sort tout seul. Donc, j'ai dit à Jesse Ol… je lui ai dit que j'y allais en espionne, tu te rappelles ?

— Ah oui, super sexy, a commenté Roux en se trémoussant. En combinaison moulante, je parie.

— Pas du tout adapté, ai-je objecté sans réfléchir.

— Quoi ?

— Euh, c'est super pas confortable. Bref, je ne sais pas quoi me mettre.

— Je ne vois plus qu'un chapeau ou un imper – sexy, l'imper –, un truc dans ce style. Et roule, ma poule !

Elle m'a tapoté l'épaule avant de filer en cours, tandis que je restais plantée là à me demander à quoi pouvait ressembler un imper sexy.

Finalement, le lendemain, je me suis débrouillée pour bricoler un déguisement. J'ai mis un pull à col roulé et un jean noirs, et trouvé au fond de ma penderie un imper Burberry qui ne pouvait être qu'un achat d'Angelo. J'avais un doute sur le côté sexy, mais j'ai supposé que l'étiquette compenserait. J'ai accroché des jumelles autour de mon cou, mis une paire de lunettes noires et agrémenté le tout d'un chapeau déniché dans une friperie de Crosby Street.

On était loin du costume de danseuse du ventre, mais c'était mieux que rien.

Quand je suis sortie de ma chambre, mes parents étaient assis à la table de la cuisine, penchés sur des plans.

— Parfait, te voilà, m'a dit ma mère. Viens voir, ce sont les plans de chez les Oliver.

J'ai jeté un coup d'œil au labyrinthe de lignes et de chiffres. Même sur le papier, la maison paraissait immense, répartie sur quatre niveaux reliés par de larges escaliers.

— Eh bé, sympa, la baraque. Pourquoi on ne loge jamais dans des endroits comme ça, nous ? J'en veux une pareille la prochaine fois qu'on déménage.

Mes parents ne m'ont pas répondu.

— On pense que la chambre d'Armand se trouve là, a dit mon père en posant le doigt sur une pièce au troisième. Il y a un disjoncteur dans le mur. Tu suis, là ? Non, tu ne suis pas.

— Je suis, je suis. Disjoncteur dans la pièce de gauche au bout du couloir.

Mon chapeau commençait à me gratter.

Ma mère a tracé avec l'index le trajet vers la sortie.

— Il y a un balcon au premier étage. Si tu te retrouves bloquée, vas-y et fais signe à Angelo.

— Quoi ? me suis-je exclamée. Vous rigolez ? Je n'ai pas besoin de chaperon ! Je me suis toujours parfaitement débrouillée sans.

— Peut-être, mais c'est la première fois que tu vas à une fête, et il n'y aura pas d'adulte et…

— Non, non, non et non. Franchement, c'est vexant.

J'ai croisé les bras sur ma poitrine, mais comme l'imper était un peu serré, je les ai laissés retomber.

— Si je me retrouve coincée, je ferai comme d'habitude dans ce cas-là : je me décoincerai. Vous vous souvenez, à Buenos Aires, quand le type a débarqué dans notre chambre d'hôtel ? Je m'en suis très bien sortie.

— C'est vrai, a concédé ma mère avec un soupir, et moi, j'ai vieilli de dix ans ce jour-là.

Elle n'aime pas qu'on parle de Buenos Aires. La situation a un peu dérapé au cours de cette mission. Il y a eu quelques quiproquos et on s'est emmêlé les pédales ; les risques du métier.

— Tout va très bien se passer, leur ai-je assuré. Le pire qui puisse se produire, c'est que quelqu'un ait trop bu et me vomisse dessus. Ce qui serait effectivement *horrible*, mais j'y survivrais.

— Armand est à Los Angeles pour affaires, a commencé mon père, mais…

— Le veinard. Quand est-ce qu'on y retourne ?

— Maggie, s'il te plaît, chérie, concentre-toi. Armand est à Los Angeles, mais il y a sûrement un peu de personnel de maison…

— Vous croyez qu'ils ont un valet de chambre qui s'appelle Jeeves[1] ?

— Maggie.

— Pardon. C'est bon, je me concentre.

J'ai souvent une poussée d'adrénaline juste avant une mission, et avec la perspective de ma toute première fête de lycée en prime, je sentais quasiment mon sang bouillonner dans mes artères.

— Tu vois ça ? m'a demandé ma mère en me désignant sur le plan ce qui ressemblait à un long couloir. C'est l'ascenseur. (Elle a levé sur moi un

1. Valet de chambre qui apparaît dans plusieurs romans célèbres de l'écrivain anglais P.G. Wodehouse, où il sort toujours son maître de situations inextricables.

regard lourd de sens.) Interdiction de le prendre. N'y songe même pas.

— C'est bon, c'est bon, OK, pas d'ascenseur. Ce soir, je bannis la technologie du XXe siècle.

Mon père, qui était sur le point d'ajouter quelque chose, a soudain froncé les sourcils en m'examinant.

— Tu es censée être déguisée en quoi, au fait ?

— C'est un imper Burberry ? m'a demandé ma mère. J'avais pourtant précisé à Angelo : pas de marques.

— Oui, c'est un imper, et je suis déguisée en espionne. C'est une longue histoire. Ne vous inquiétez pas, je gère.

Les expressions de mes parents se sont figées.

— En espionne ? a répété mon père.

— Oui. Ce n'est pas un problème, si ?

J'aurais peut-être dû poser la question plus tôt.

Ma mère a éclaté de rire la première.

— C'est comme ça que les gens imaginent les espions ? a-t-elle hoqueté. Aah, c'est pas croyable !

— Et le chapeau ! s'est exclamé mon père en se bidonnant à côté d'elle. Et ça, c'est des jumelles ? Ne me dis pas que tu portes des lunettes de vision nocturne en plus !

— Arrête ! l'a supplié ma mère. J'ai mal aux côtes !

Elle rigolait tellement qu'elle en avait les larmes aux yeux.

— J'espère que vous vous rendez compte à quel point votre attitude est destructrice pour l'estime de soi d'une ado, me suis-je indignée. Mais ne vous gênez pas, allez-y, riez, c'est cool.

— Désolée, chérie, a dit ma mère en s'essuyant les yeux. Tu es adorable comme ça.

Dans un monde de soutien-gorges push-up, de porte-jarretelles et de tenues de danseuses du ventre, « adorable » n'était pas tout à fait l'objectif que je m'étais fixé.

— Bon, j'ai l'air d'une espionne, oui ou non ?

— Tu as l'air de quelqu'un qui ne sait pas ce que c'est qu'une espionne mais qui essaie de s'habiller comme telle, m'a assuré mon père.

Il était tout rouge, signe qu'il essayait désespérément de ne pas se remettre à rire. Il est archi nul pour cacher ses émotions. C'est pour ça qu'il s'en tient toujours au travail dans les coulisses.

— Parfait, c'était l'idée, ai-je répondu.

J'ai noué la ceinture de mon imper et vérifié que mes jumelles restaient visibles.

— On dirait Kojak, mais en plus mignon, a ajouté mon père.

— Qui ça ?

Il a secoué la tête.

— Tu as des lacunes à combler en matière de classiques.

— Je peux y aller maintenant, s'il vous plaît ? J'ai rendez-vous avec Roux au coin de la rue et je vais être en retard.

— Ça commence à quelle heure ?

— Roux dit qu'il n'y a pas d'heure pour les fêtes. Ça commence quand ça commence.

J'ai omis de préciser que j'avais demandé à Roux si je devais accepter l'invitation pour nous deux ou juste pour moi, et qu'elle m'avait dévisagée une bonne minute avant de me demander si j'avais grandi dans une grange.

— Rappelle-moi où se trouve le coffre ? m'a demandé ma mère.

Elle a redressé mon chapeau, que j'ai aussitôt remis sur le côté.

— Chambre au troisième étage. Ayez un peu confiance en ma mémoire.

— Très bien. On t'aime.

— Moi aussi. Et dites à Angelo que je ne veux pas le voir !

J'avais rendez-vous avec Roux à vingt heures trente. Dehors, les rues étaient déjà pleines de gens déguisés. Il y avait une parade dans le West Village, mais on aurait dit qu'elle se déroulait dans toute la ville. J'ai même croisé un autre « espion » en imperméable, qui m'a saluée en portant une main à son chapeau.

Roux m'attendait sur Broadway devant la grande épicerie Dean & DeLuca, coiffée de cornes de diable scintillantes, l'air un peu chancelante. Elle semblait toute petite au milieu de la bousculade générale, mais son visage s'est éclairé quand elle m'a aperçue et elle m'a fait le plus beau sourire que je lui aie jamais vu.

— Je suis le diable ! s'est-elle exclamée. Regarde. Des cornes, comme un taureau !

Elle a fait mine de me foncer dessus.

Oh, non.

— Tu as bu ? ai-je chuchoté. Sérieusement ?

— Mais nan ! La preuve : les gens bourrés sont sinistres, alors que moi, je suis *contente*. Mais pourquoi tu parles tout bas ? Hé, c'est des jumelles ?

Elle s'en est emparée pour regarder dedans, à l'envers.

— Wouah, t'es super loin ! Ho hé, Maggie !

Elle a agité la main devant mon visage et je lui ai arraché les jumelles.

— Ça va pas ? ai-je dit sèchement. Tu veux te faire arrêter pour ivresse sur la voie publique ?

— À New York le soir d'Halloween ? Pas de danger. Et je n'allais pas débarquer sobre à cette fête. Avec un peu de chance, je n'en aurai plus *aucun* souvenir demain.

Elle a vacillé sur ses talons aiguilles, et ses cornes ont un peu glissé sur le côté.

— Ne bouge pas de là, lui ai-je ordonné.

Je l'ai calée contre le mur, d'où elle s'est mise à lorgner une vitrine de fromages, pendant que je réfléchissais. Avec Roux sobre, j'aurais déjà eu du pain sur la planche. Mais Roux ivre ? J'allais devoir la surveiller toute la soirée, ce qui ne me laisserait pas le loisir de me faufiler dans le bureau à la recherche du coffre.

— Si j'ai une fille, un jour, je l'appellerai Brie, a déclaré Roux d'une voix rêveuse.

J'avais intérêt à réagir vite, ou les choses allaient tourner encore plus mal qu'à Buenos Aires.

— Roux, regarde-moi, ai-je dit en la prenant par les épaules pour la forcer à se concentrer sur moi. Voilà le plan. Tu vas dégriser tout de suite.

— Ça ne marche pas comme ça, andouille, m'a-t-elle répondu en gloussant.

Elle n'avait pas tort.

— Bon, on va te trouver du café et de l'eau. On te décrasse le système, et *ensuite*, on va à la fête.

Ses yeux roulaient dans tous les sens comme des billes de flipper.

— On peut acheter du fromage, aussi ?

Une demi-heure, deux bouteilles d'eau, un double expresso et une tranche de brie plus tard, on était devant chez Jesse dans Warren Street.

— J'aurai peut-être besoin de vomir toutes ces calories fromagères un peu plus tard, m'a avertie Roux en continuant à manger son morceau de brie. Non, je blague, a-t-elle ajouté en croisant mon regard assassin. C'était de l'humour *made in* Upper East Side.

— Très drôle.

Je m'étais déjà sentie stressée, bien sûr, mais jamais à ce point-là. Je devais entrer en douce dans un bureau, trouver un coffre et réussir à l'ouvrir, le tout sans que Jesse Oliver ne s'aperçoive que je fouillais dans les dossiers de son père, et si possible en évitant que Roux ne fasse un coma éthylique.

— Mmm, du fromage, a répété Roux d'une voix pâteuse à côté de moi.

Franchement, qu'est-ce qui pouvait dérailler ?

9

Ici, je dois faire une petite pause pour vous expliquer quelque chose : Jesse Oliver n'habitait pas simplement dans un loft. Il n'habitait pas non plus dans une maison bourgeoise du XIXe siècle. Non, la famille Oliver vivait dans une *maison* bâtie *au-dessus* d'un immeuble de cinq étages.

— Quelqu'un a fait s'envoler la maison de Jesse sur un immeuble, ai-je déclaré à Roux en penchant la tête en arrière pour mieux la voir.

Même à cinq étages de distance, elle représentait une masse blanche impressionnante.

— Oh, ce truc, là-haut ? m'a répondu Roux en me tendant un morceau de brie : T'en veux ?

— Toujours partante pour du fromage.

J'ai relevé le nez en l'air.

— T'es sûre que c'est pas la Méchante Sorcière de l'Ouest qui habite là-haut ?

Roux m'a regardée, perplexe.

— Quoi ?

— Tu sais, dans *Le Magicien d'Oz*, quand la maison tombe du ciel et s'écrase sur la sorcière…

— Tu es sûre que tu n'as pas bu, toi aussi ?

Mais je ne vais pas te contrarier. C'est Jesse qui habite là-haut.

— Ah ouais ?

— Ouais, m'a-t-elle confirmé avec un petit hoquet.

— Wouah… Bon. (J'ai incliné mon chapeau pour la quatre-vingt-cinquième fois avant de me tourner vers elle.) Prête ?

— Absolument pas. Pourquoi tu crois que je me suis soûlée ?

J'allais lui répondre quand j'ai aperçu une silhouette familière dans la librairie qui occupait le rez-de-chaussée de l'immeuble.

— C'est pas possible, je rêve, ai-je marmonné avant de pousser Roux vers la porte d'entrée. Attends-moi à l'intérieur, lui ai-je dit. Mon portable vibre, je dois répondre.

— Mais…

— J'en ai pour une seconde.

— Depuis quand tu es devenue aussi autoritaire ? l'ai-je entendue demander tandis que la porte se refermait derrière elle.

J'ai sorti mon téléphone et fait semblant de parler dedans, et dès que Roux a été hors de vue, j'ai foncé dans la librairie, où j'ai trouvé Angelo campé devant le rayon des livres rares. Il n'était pas difficile à repérer : c'était le seul homme en costume trois-pièces dans un rayon de dix kilomètres. Tout le monde devait croire qu'il était déguisé, alors qu'un costume trois-pièces est son idée d'une tenue de week-end décontractée.

— Excuse-moi ? ai-je dit.

Il s'est retourné avec un grand sourire, un livre à la main.

— Tu ne trouves pas ça fascinant, les librairies ? m'a-t-il demandé. L'odeur du vieux papier, toutes ces idées nouvelles, ça me donne toujours le frisson.

— Super. Tu m'espionnes ? Franchement, je n'aurais pas cru que tu pouvais tomber aussi bas.

Je voyais bien qu'il se retenait de sourire encore plus largement.

— Pardon, *qui* espionne *qui*, ici ?

J'ai chassé sa remarque d'un geste de la main.

— Tu comprends ce que je veux dire. Allez, Angelo, on parle d'une soirée, là, pas d'une tentative de meurtre. Je suis assez grande.

— Ton amie semble avoir déjà commencé à fêter ça.

Il ne prenait même plus la peine de réprimer son sourire.

— Bon, d'accord, Roux a un sérieux coup dans le nez, mais ce n'est pas grave. Je peux toujours la pousser dans un vestiaire si nécessaire. J'ai seize ans, je vais à une fête, et je vais faire mon travail par la même occasion. Pas de quoi ameuter les secours.

Évidemment, Angelo a joué les innocents.

— Je ne vois pas de quoi tu parles, mon ange. Je ne faisais que consulter des éditions originales – tu as déjà lu Agatha Christie ? Tu devrais, je t'assure. C'est bourré d'intrigues, un régal pour nous – quand tu m'as interrompu.

Quelquefois, le calme d'Angelo pourrait faire exploser ma pression artérielle.

— S'il te plaît… reste en dehors de ça, d'accord ? Les seules personnes qu'il y aura dans cette maison sont des jeunes qui auront trop bu et un valet de chambre qui s'appelle Jeeves.

— Ah oui ?

— Ça se peut. C'est une mission pour un gamin de trois ans.

Angelo a haussé en même temps un sourcil et une épaule.

— Je te propose un marché. Toi, tu vas à ta fête, et moi, je feuillette tranquillement ces merveilles.

— Marché conclu.

J'avais traversé la moitié de la librairie en sautillant vers la sortie, quand j'ai fait demi-tour pour retourner lui chuchoter :

— Au fait, merci de ne pas avoir écouté ma mère et de m'avoir acheté l'imper.

Il s'est contenté de me faire un clin d'œil avant de se replonger dans son livre.

Le temps que je rejoigne Roux dans l'entrée de l'immeuble, elle avait un peu dessoûlé… et perdu patience.

— Désolée, les parents, tu sais ce que c'est, ai-je dit en tapotant mon portable dans ma poche. Ils stressent.

— Ma pauvre, ta vie m'a l'air d'être un enfer.

J'avais raison, elle avait repris ses esprits.

On accédait directement dans l'entrée des Oliver par un ascenseur privé, et quand ses portes se sont rouvertes, j'ai manqué défaillir devant le spectacle. Tous les murs semblaient être en verre, révélant un panorama à 360° sur les gratte-ciel de Manhattan. Par ailleurs, le salon était bondé, à croire que tous les jeunes du district avaient été invités.

— C'est pas vrai, ils sont tous là, a marmonné Roux entre ses dents, au point que j'ai dû me pencher pour l'entendre. Tout le monde a dû se passer le mot.

Je commençais à avoir chaud, trop chaud avec mon pull à col roulé, mon chapeau et mon imper. Et ce n'était pas le seul problème : presque personne n'était déguisé.

Il était temps de réévaluer la situation.

J'ai enlevé le chapeau que j'ai roulé en boule dans mon poing et accroché mon imper dans le vestiaire, avec l'intention de l'oublier en partant. J'aurais peut-être besoin d'une excuse pour revenir, et le coup du manteau était tout à fait plausible. En plus, pas question de le laisser se froisser sur un canapé, pour que quelqu'un renverse de la bière dessus. Pitié pour ma doublure Burberry.

Roux a maté mon col roulé et mon jean noirs.

— Tu n'avais pas parlé d'une combinaison moulante version Catwoman ?

— Finalement, j'ai préféré la Panthère rose. Pas la même bête.

Après un regard réprobateur, elle a changé de sujet :

— Je me demande où est Jesse.

De plus en plus nerveuse, elle m'a emmenée à la cuisine, une des plus grandes que j'aie jamais vues. Il n'y avait rien à manger, mais les plans en marbre étaient envahis par les bouteilles de vin et d'alcool divers.

— Dis donc, même pas de bâtonnets de carotte crue ni rien ? ai-je observé.

— Quoi ? a hurlé Roux.

Il fallait bien ça pour couvrir la sono qui braillait à plein volume. J'ai supposé que c'était le genre de musique qu'on appréciait mieux après quelques verres.

— Il n'y a rien à manger ? ai-je hurlé en retour.

— Apparemment, ce soir, c'est régime liquide, m'a confirmé Roux avec un clin d'œil appuyé.

Sur quoi elle s'est immédiatement emparée d'une bouteille de vin pour boire au goulot. L'étiquette était française et le vin avait l'air aussi cher que tout le reste dans cette maison.

— Euh, tu ne veux pas prendre un verre ? Ou un gobelet en carton ? lui ai-je suggéré.

— Non merci ! m'a-t-elle répondu en s'essuyant les lèvres. C'est meilleur quand ça vient directement de la source !

En sortant de la cuisine, on est tombées sur un énorme escalier métallique en colimaçon qui traversait trois étages et me donnait le vertige rien qu'à le regarder. Tout à coup, j'ai regretté d'avoir promis de ne pas prendre l'ascenseur. Alors que j'allais dire un truc à Roux, un garçon déguisé en ninja s'est précipité d'un bond vers l'escalier.

Même si on ne voyait pas son visage, il était clair qu'il avait trop bu.

Ça n'a pas raté : en essayant de sauter par-dessus la rampe, il a perdu l'équilibre et il est resté vaguement suspendu en l'air pendant une seconde, avant de s'écraser sur le sol en marbre. Il y avait tellement de bruit que presque personne ne s'en est aperçu, mais Roux l'a vu et elle a secoué la tête d'un air dégoûté.

— Pfff… a-t-elle commenté tandis qu'il se relevait, un peu sonné. Bonjour le ninja.

Elle s'est remise en marche avec sa bouteille de vin. J'aurais vraiment voulu la suivre, histoire de m'assurer qu'elle ne finisse pas recroquevillée dans une baignoire je ne sais où, mais j'avais une mission à remplir. Roux était une grande fille, elle allait devoir se débrouiller toute seule. Ça ne m'a pas empêchée de me sentir coupable en l'abandonnant.

Tandis que je me dirigeais un peu au hasard vers le ventre de la maison, j'ai reconnu quelques visages du lycée, mais pratiquement personne ne m'a fait signe, ce qui était parfait. Moins il y aurait de témoins qui se rappelleraient ma présence, mieux ça vaudrait. En revanche, j'avais du mal à me déplacer dans cette foule et j'ai fini par balancer des coups de coude discrets pour me frayer un passage dans la marée humaine.

Après avoir écarté Batman de mon chemin et repoussé les avances déplacées de Spiderman (« Non merci, je ne tiens pas à être prise dans ta toile, gros pervers »), j'ai réussi à regagner l'escalier géant. J'avais gravi la moitié des marches quand j'ai entendu un grand bruit. J'ai prié pour que ce ne soit pas Roux, en train de perdre son sang du côté de la cheminée. Qu'est-ce qui m'avait pris de l'amener ? Elle était dans un état pitoyable, tellement imbibée qu'on aurait dit un pantin désarticulé. Je ne m'étais jamais retrouvée avec un handicap pareil, et je me suis juré que dès que j'en aurais terminé avec cette mission, plus jamais je n'aurais une autre am...

— Tu parles souvent toute seule ?

Jesse me souriait du haut des marches.

— Laisse-moi deviner. Trouble dissociatif de l'identité ? a-t-il ajouté.

— Pardon ?

— Ton déguisement.

Je savais que j'aurais dû prendre l'ascenseur. J'ai envisagé de pousser Jesse dans l'escalier et de faire passer ça pour un tragique accident.

— Je suis une espionne, ai-je répliqué. Les troubles de l'identité ne se sont pas encore déclarés.

Tout de suite après, je me suis demandé si le fait d'avoir douze passeports n'était pas un peu contradictoire avec cette affirmation.

— Aaaah, c'est vrai ! m'a répondu Jesse en s'appuyant sur la rampe. L'espionne, ça y est, je me souviens ! Ça va ?

— Impec. J'halloweene un max !

En regardant par-dessus son épaule, j'ai vu que l'ambiance dans les pièces du haut était plutôt calme, comparée à l'émeute d'en bas.

— Je ne connaissais pas le verbe « halloweener ».

— Juste une petite licence poétique.

J'avoue que cette ébauche de conversation lexicale avec Jesse me l'a rendu un peu moins antipathique.

— Et toi, tu es déguisé en quoi ? me suis-je informée.

Il a reculé d'un pas en me désignant son smoking, son verre à moitié rempli de glaçons et de ce qui ressemblait à du whisky, et le pistolet en plastique glissé sous sa veste.

— Je suis James Bond.

J'ai tressailli ; le sujet glissait vers un terrain un peu trop personnel à mon goût ; mais Jesse a dû prendre ma surprise pour du dédain.

— Je sais, c'est pas terrible, a-t-il ajouté avec un grand sourire.

Aucun rapport avec son sourire ni ses fossettes craquantes, mais qu'est-ce qu'il faisait chaud dans cette baraque !

— Non, non, c'est très bien, lui ai-je assuré. Il y aurait une salle de bains là-haut ?

Il a vaguement agité la main derrière son épaule.

— Il y en a quelques-unes, mais elles sont toutes occupées par des gens en train de se faire des papouilles.

Il a remué les sourcils d'un air entendu avant d'éclater de rire.

— Désolé, ça non plus, c'était pas terrible. Tu viens d'arriver ?

— Euh, ouais.

Mon opinion sur Jesse changeait d'une seconde à l'autre. Il savait ce qu'était un verbe ? Il avait un sourire craquant ? Il ne se prenait pas au sérieux ? Il fallait vraiment qu'on pense à intégrer ce genre de données dans nos dossiers.

— Je suis venue avec une amie.

— Ah oui ? Qui ça ?

— Roux ?

J'ai opté pour un ton interrogatif pour me désolidariser au cas où elle commettrait un délit qui nous expédierait tous au tribunal. Pas question que j'aille en prison pour cette marionnette avinée, non mais.

— Roux ? Elle est venue ? a demandé Jesse en se penchant par-dessus la rampe. La vache, elle ne manque pas de cran.

— Ouais, bah, c'est une grande fille.

J'ai monté les dernières marches jusqu'au palier pour me retrouver à son niveau.

— Elle a bu ?

— Devine. Tu as droit à une seule réponse.

Il a laissé échapper un petit soupir.

— Je ferais mieux d'aller fermer à clé la porte de la cave. L'an dernier à Halloween, elle s'est enfilé une bouteille de bordeaux 72. J'ai cru que mon père allait avoir une attaque. Il ne rigole pas avec ses bouteilles.

Apparemment, Armand avait un point commun avec Roux, mais j'ai remisé cette information dans un coin de ma tête pour plus tard. Ce n'était pas dans mes principes de mettre un somnifère dans le verre de pinot noir de quelqu'un pour accéder à ses fichiers.

— Ouais, va fermer ta cave à vin, ai-je dit en lui tapotant l'épaule. Moi, je vais faire la queue devant la salle de bains. Salue Q[1] de ma part !

— Attends, je ne sais même pas comment tu t'appelles !

— C'est toi, l'agent secret. À toi de le découvrir !

Je suis montée au dernier étage, qui donnait sur une double porte fermée à clé.

— Salut, toi, ai-je murmuré.

Prenant dans mes cheveux l'épingle fixée là en prévision, je l'ai redressée, glissée dans la serrure et l'ai tournée à l'intérieur. Ouvrir une serrure, ça peut faire du bruit, mais la musique me fournissait la couverture idéale. J'aurais pu y aller à la dynamite, personne ne l'aurait remarqué. Une minute plus tard, j'ai senti un déclic et les portes se sont ouvertes sur une grande pièce lambrissée de bois sombre, au sol recouvert d'une épaisse moquette. Une fois à l'intérieur, j'ai refermé les portes en lançant :

— Hé ho ? Il y a une salle de bains par ici ?

Je savais que mes parents avaient localisé Armand à Los Angeles, mais il pouvait y avoir une femme, ou une maîtresse, ou un petit ami, ou, je ne sais pas, moi, Max le golden retriever fou, en train de rôder à l'étage. Inutile de prendre des risques.

1. Responsable de la section Q du MI6 (d'où son surnom), qui fournit ses gadgets à James Bond.

La voie était libre. J'ai reverrouillé les portes avant d'enfiler les gants en cuir que j'avais dans la poche.

— C'est parti, ai-je murmuré en me mettant au travail.

Je me suis vite aperçue que la totalité de l'étage était constituée d'une suite, incluant une salle de bains géante avec jacuzzi et un énorme dressing équipé d'un Velux, qui révélait un ciel sans nuages. Après la clarté des nuits islandaises, je n'avais plus l'habitude des ciels plus sombres de New York. C'était sympa de revoir la lune.

La musique de la fête vibrait sous mes pieds. J'ai commencé à inspecter le dressing, qui devait faire la même surface que notre loft temporaire de Soho, et bien deux fois celle de notre maison à Reykjavík. Bref, il y avait largement la place d'y planquer un coffre.

Eh bien non.

Le disjoncteur que mes parents m'avaient montré sur les plans n'existait pas. J'ai repoussé les vêtements, déplacé les chaussures, tâté les murs, vérifié si les coins de la moquette ne cachaient pas une trappe dans le plancher. Rien. Mon cœur commençait à battre aussi vite que la musique, et je regrettais d'avoir mis un col roulé. Comment est-ce que je pouvais être efficace en me faisant à moitié étrangler par mes propres vêtements ?

— Allez, allez, *allez*, ai-je murmuré en glissant une main le long du mur derrière un cintre à cravates.

Jesse savait que j'étais là. Et s'il se demandait où j'étais passée ? Le temps est toujours un élément primordial, mais quand quelqu'un vous cherche, ça devient carrément chaud.

Après avoir fouillé encore quelques minutes, j'ai dû admettre que je perdais mon temps. Il n'y avait rien dans le dressing, pas de coffre ; que des chaussettes, des cravates et des chaussures d'homme, qui avaient toutes l'air particulièrement inconfortables. De retour dans la chambre, j'ai regardé derrière des tableaux qui devaient valoir chacun plusieurs millions de dollars. Je me suis accroupie pour inspecter l'arrière d'une commode trop lourde pour être déplacée. Toujours rien.

Cinq minutes plus tard, je sortais de la chambre, frustrée et bredouille. Ça me met en rogne quand je n'arrive pas à trouver un foutu coffre, ça *m'exaspère*. C'est mon travail, la seule chose que je sache faire ! Quand le coffre n'est pas là, c'est un peu comme si je n'y étais pas non plus.

En bas, la fête battait son plein et j'ai même eu l'impression qu'il y avait encore plus de monde qu'à mon arrivée. Roux n'était nulle part et j'ai juste entraperçu le haut de la tête bouclée de Jesse avant qu'elle ne disparaisse dans une autre pièce. Je ne connaissais personne d'autre et, cédant à l'un de mes rares moments d'abattement, je me suis dit que j'aurais peut-être mieux fait de rester chez moi avec un bon bouquin. Angelo pourrait toujours venir plus tard et s'introduire par une fenêtre.

J'étais en train de chercher laquelle ouvrir pour lui faciliter la tâche quand j'ai entendu la bagarre, même si je n'ai pas compris tout de suite de quoi il s'agissait. J'ai juste pensé que c'était une fille qui criait très fort. Puis j'ai entendu prononcer le nom de Roux et, en suivant le bruit, je me suis retrouvée dans la bibliothèque.

La bibliothèque.

« C'est pas vrai, quelle idiote », ai-je songé. Et apparemment, mes parents n'étaient pas doués pour lire les plans. Dans une bibliothèque, il y a des étagères, des couvertures de livres, des cachettes en veux-tu en voilà pour planquer un coffre !

J'ai effacé l'image mentale d'Angelo en train d'entrer par la fenêtre suspendu à un câble.

Cela dit, la bagarre se poursuivait. Roux avait le dos collé contre une rangée de livres, tenant à peine sur ses quilles, un mélange de colère et de tristesse sur le visage.

— Tu sais très bien ce que t'as fait ! lui hurlait une fille.

J'ai reconnu la fameuse Julia, celle dont le copain était sorti avec Roux.

Houston, nous avons un problème.

— De toute façon, tu ne lui plaisais plus, a répliqué Roux d'une voix pâteuse. C'était moi qui l'intéressais. Il allait rompre avec toi !

— Tu mens, espèce de traînée !

Dingue : j'étais dans une fête de lycéens, avec de l'alcool et une bagarre de filles. À quel moment ma vie était-elle devenue un film ?

Tous les spectateurs ont arrêté de respirer au mot « traînée ». J'en ai déduit que ça faisait partie du vocabulaire annonciateur de baston dans les lycées privés de Manhattan. Les cornes rouges à paillettes de Roux avaient glissé sur le côté et on aurait dit qu'elle crachait du feu.

— Tu n'as qu'à lui demander ! a-t-elle crié en désignant un garçon.

Il avait un air crétin comme j'en avais rarement vu. Ses yeux cernés de rouge et son sourire niais suggéraient qu'il avait passé les six dernières années totalement défoncé. Il avait gardé l'uniforme du lycée, et j'aurais parié cent dollars qu'il faisait partie de ces mecs qui vont sonner aux portes à Halloween déguisé en « jeune ».

Elles se disputaient pour ce *bouffon* ?

Julia a croisé les bras et s'est tournée vers M. Défoncé.

— C'est vrai, ce qu'elle dit, Jake ? Qui tu préférais, mon ange ?

« Mon ange » ? Ils étaient toujours ensemble ? Jake avait trompé Julia et elle était restée avec lui ? Si ç'avait été une émission de télé, j'aurais téléchargé la scène. Et à voir la tête des autres, je n'étais pas la seule à en rester comme deux ronds de flan.

Jake a fait une tête de lapin pris dans des phares de voiture.

— Euh…

Roux a réussi à lever les yeux au ciel en guise de commentaire. Mais tout de suite après, elle s'est mordu la lèvre et l'a regardé. Ça crevait les yeux : elle était toujours amoureuse de lui.

Julia a jeté à Jake un coup d'œil lourd de menace et il s'est empressé de répondre :

— Mais c'est toi, ma puce.

Il lui a souri.

— On en a déjà parlé, Julia, ça ne voulait rien dire avec Roux. C'était une erreur. Ce n'était *rien du tout*.

J'ai regardé Roux à ce moment-là, et je l'ai aussitôt regretté. On aurait dit qu'elle avait reçu une gifle ; sa bouche s'est déformée avant de reprendre son expression neutre habituelle.

— Tu as gagné, Julia, a-t-elle déclaré. Il est à toi.

— Un peu, ouais, a répliqué Julia avant de se jeter au cou de Jake tandis que les autres se dispersaient.

Roux est restée près de la bibliothèque, une main crispée sur l'acajou sombre de l'étagère.

— Roux, ai-je dit en m'approchant.

— Quoi ?

Elle a soupiré. Je ne savais pas du tout ce que j'allais dire, mais avant que j'aie pu trouver, elle a repris :

— Ce n'est qu'un connard.

— Oui.

Aller dans son sens était encore le plus simple.

— Un gros connard.

— Parfaitement.

— Je lui souhaite de se faire rouler dessus par un camion au point qu'on ne puisse même plus le décoller du bitume.

Elle avait du mal à articuler sous l'effet de l'alcool, mais c'est ce que j'ai compris.

— Et qu'un rouleau compresseur lui passe dessus après pour le raplatir encore plus, ai-je complété. Comme une crêpe.

Roux s'est laissée glisser le long du mur, entraînant avec elle le buste en plâtre de je ne sais quel dieu grec.

— Je pense que je vais rester ici et ruminer avec mon nouveau copain romain.

— Je crois qu'il est grec.

— Ouais, bon, Maggie, franchement ? Tu trouves que c'est le moment de réviser les cours d'histoire ?

— Désolée. Pardon, je suis débile. Mais pas autant que ce cake de Jake, quand même.

— Ouais, a-t-elle reniflé. Même que Jake et cake, ça rime. Alors que Maggie et cake, euh... ouf, non, ça rime pas.

Il fallait la voir, accroupie par terre avec ses cornes qui glissaient sur son front et sa tête de Grec dans les bras (impossible que ce truc soit romain).

Je me suis agenouillée à côté d'elle, sans trop savoir quoi faire ni quoi dire. Je n'avais jamais été amoureuse et je n'avais certainement jamais assisté à une bagarre de filles. On était censées faire quoi, après, manger du chocolat pour se réconforter ? Peut-être que la mère de Jesse avait des bonbons planqués dans sa table de nuit. Si je n'étais pas capable de trouver un coffre, je devais encore être en mesure de mettre la main sur des confiseries d'Halloween.

Roux a soupiré.

— Il était sympa, pourtant, avant. Il me disait des tas de trucs…

Ses yeux se sont remplis de larmes.

— Oh, non ! Roux, s'il te plaît, ne pleure pas ! Tu l'as dit toi-même, ce n'est qu'un connard !

— Je vais rester seule toute ma vie !

— Tu n'as même pas dix-sept ans !

— Justement, ça va être super long !

Elle s'est essuyé le nez sur sa manche et a reniflé de nouveau.

— Le seul qui m'aimera jamais, c'est lui, là, César.

— Euh… (J'ai cherché un truc à dire.) Ben au moins, lui, il est mort dignement.

Roux m'a regardée un long moment et j'ai cru qu'elle était sur le point de hurler. Finalement, elle s'est mise à rire doucement.

— T'es vraiment trop bizarre !

— … dit la fille démon qui fait un câlin à la tête de Jules César, ai-je rétorqué, avant de glousser moi aussi. Elle craint, cette fête.

— Elle craint à mort. Mais c'est toujours comme ça. Le meilleur moment, c'est quand on se prépare. À partir de là, ça ne fait que dégénérer.

Son regard a glissé de la tête de César aux étagères de livres.

— Ce tableau aussi, il craint. Il est atroce.

— Ça, c'est vrai.

C'était une toile accrochée entre deux bibliothèques, qui représentait un voilier pris dans la tempête, le style peinture de marine du XIXe siècle. Même le cadre faisait cheap. J'aurais pourtant juré que rien chez Armand Oliver ne pouvait être cheap.

— J'ai besoin de boire un coup, m'a annoncé Roux en essuyant ses dernières larmes. Et tout de suite ! Garçon !

— Tu es sûre ?

Elle a balayé mon inquiétude d'un geste de la main tout en se démenant pour se lever, lâchant au passage la tête de César qui a rebondi par terre.

— Ça va très bien. Tu ne vas pas jouer la mère angoissée, c'est pas cool. Sois cool. Où est-ce qu'ils l'ont planqué, leur paradis pour amateurs de vin ?

Une petite minute.

Pourquoi la tête de César avait-elle rebondi ? Ce truc était en *plâtre* ! Le plâtre, ça se brise ; au mieux, ça tombe tout simplement, mais ça ne rebondit pas.

— Jackpot ! s'est exclamée Roux.

Apparemment, Jesse n'avait pas eu le temps de fermer la cave, parce qu'elle a disparu dans le couloir, suivie par plusieurs autres. Mais j'avais mieux à faire que de les imiter : je venais de découvrir la planque du coffre.

Je me suis levée et j'ai ramassé la tête, étonnamment légère. Elle n'était pas en plâtre mais en plastique, et s'ouvrait à l'arrière du crâne par une charnière presque invisible. Et il y avait une clé à l'intérieur.

Il fallait reconnaître qu'Armand savait s'y prendre pour transformer une mission en casse-tête.

J'ai pris la clé, remis César sur son piédestal et filé jusqu'à cette horreur de tableau de marine. Je savais qu'Armand n'aurait jamais fait dans le cheap. Si cette croûte était là, c'était forcément pour planquer quelque chose.

J'ai décroché le tableau du mur et bingo, il y avait bien un coffre derrière, un de ces trucs classiques qui s'achètent fixés derrière un tableau, justement. En plus, ils sont notoirement faciles à ouvrir, même sans clé. Il suffit de connaître le code à quatre chiffres et dans l'ensemble, les gens ne sont pas très créatifs.

Mais ce n'était même pas un problème, en l'occurrence.

J'avais à peine tourné la clé dans la serrure que la porte du coffre s'est ouverte comme sous l'effet d'un ressort, révélant de petites étagères, pareilles que celles d'une armoire à pharmacie. Il y avait une clé USB sur celle du bas, dont je me suis emparée.

— Mais où est ce bordeaux ? braillait Roux.

Sa voix semblait venir de loin. « Pas besoin de m'inquiéter pour elle pour l'instant », ai-je songé en fourrant la clé USB dans la poche de mon jean. Dans les autres pièces, la fête continuait ;

n'importe qui pouvait entrer dans la bibliothèque d'une seconde à l'autre et me demander ce que je fabriquais avec un tableau dans les mains.

Dix secondes plus tard, la toile avait retrouvé sa place sur le mur et la clé, la sienne dans le crâne de César. J'avais réussi. J'avais le dossier. Je pouvais m'en aller.

— Ah, t'es là, m'a dit Jesse en me voyant sortir de la pièce. Tu es un rat de bibliothèque, toi ?

— Ça, c'était mon déguisement de l'an dernier.

Je me sentais assez bien disposée envers lui, maintenant que je détenais de quoi sans doute réduire à néant le gros scoop de son père, voire son magazine dans la foulée. Je me suis demandé si les Oliver allaient aussi perdre leur maison, et si Jesse allait devoir changer de lycée. Et s'il se retrouvait SDF ?

La bonne humeur qui m'avait gagnée commençait à refluer. D'habitude, je n'avais pas affaire aux gens impliqués dans nos missions. C'était juste moi, quelques serrures à combinaison et éventuellement quelques clés sophistiquées si le coffre avait une double sécurité. Mais en me retrouvant tout à coup en face de Jesse, qui paraissait un peu soûl et plutôt joyeux, tout ce qui me venait en tête, c'était : « Je suis vraiment désolée. »

— J'aime bien les livres, ai-je admis en jetant un coup d'œil sur le tableau pour m'assurer qu'il était droit. Il y en a à toi, là-dedans ?

— Non, c'est ceux de mon père. Et il y en a quelques-uns à ma mère.

Il m'a désigné un livre abîmé sur l'étagère du haut.

— Première édition de *Gatsby le Magnifique*. C'était… C'est son livre fétiche.

— C'est dingue, les gens ne parlent que de celui-là. À croire que personne n'a lu *Tendre est la nuit*, ça devient ridicule.

Me rendant compte que je venais de critiquer les goûts de sa mère, j'ai essayé de me rattraper :

— Cela dit, je n'ai rien contre *Gatsby* ! C'est vrai, c'est très bien aussi. Je veux dire…

Jesse m'observait avec un demi-sourire qui devenait de moins en moins irritant au fil des secondes.

— Tu veux boire quelque chose ? m'a-t-il proposé.

Croyez-le ou non, j'ai déjà bu du vin. J'ai peut-être grandi dans la lointaine galaxie des espions internationaux, mais justement, il s'avère qu'en Europe, ce n'est pas mal vu qu'un jeune boive du vin. N'empêche qu'il y a une nuance entre siroter une demi-flûte de champagne sous l'œil vigilant de sa mère et se faire offrir un truc dans un gobelet en plastique rouge à une fête d'Halloween par un garçon craquant. Je veux dire un garçon que vous devez surveiller.

Mais bon, j'étais censée m'intégrer, oui ou non ?

On est d'accord.

— Je prends la même chose que toi.

— Tu veux du jus de pomme ? m'a-t-il demandé en haussant un sourcil.

— Ce n'est pas du whisky ?

Il m'a tendu son verre pour que je le renifle.

— Ça reste entre nous ?

— Je vais faire de mon mieux, ai-je promis avec un sourire.

10

Une demi-heure plus tard, j'en avais appris pas mal sur Jesse.

Lui aussi détestait *Gatsby*, mais pas autant que *L'Attrape-cœurs*. Il n'avait pas bu d'alcool depuis un an, depuis que son père avait lui-même arrêté de boire. Sa couleur préférée était le bleu et son chien, Max (celui qui avait failli me noyer sous sa bave), était en train de dormir dans sa chambre, à l'écart du raffut ambiant.

— Mais si tu ne bois pas et que ton chien n'aime pas la foule, pourquoi tu as organisé cette fête ? lui ai-je demandé.

On était assis dans l'énorme escalier métallique, ce qui nous obligeait à bouger chaque fois que quelqu'un passait.

Il a haussé les épaules.

— Je ne sais pas, parce que c'est ce que les autres attendent. Et quand les gens attendent que tu fasses un truc…

— … tu le fais, ai-je complété, ne comprenant que trop bien ce qu'il voulait dire. Les autres ne savent pas que tu n'as pas bu ce soir ?

— Rien que toi, m'a-t-il répondu en entrechoquant son verre avec le mien. Et aussi, je me suis dit que si j'organisais une fête, tu viendrais peut-être.

J'ai avalé mon jus de pomme de travers et il m'a tapé dans le dos.

— Ça va ?

— Aïe, ça n'arrange rien, ai-je crachoté.

— Désolé.

— Pas de problème.

Je me suis essuyé la bouche sur ma manche et j'ai aussitôt imaginé Angelo portant une main à son cœur avec une moue choquée.

— Résumons la situation. Tu as organisé une fête.

— Il semblerait.

Je lui ai fait une grimace.

— En espérant que je viendrais.

— Mince. Me voilà démasqué.

— Mais sans prendre la peine de m'inviter. Vous fonctionnez toujours comme ça, les mecs ?

— Euh, un peu ?

— Tu m'étonnes que cette planète soit un vrai bazar si personne ne dit jamais ce qu'il a à dire ! me suis-je écriée en levant les bras en l'air.

— Je crois que c'est les paroles d'une chanson de John Mayer, m'a signalé Jesse.

— Pas du tout. Et ne change pas de sujet. Pourquoi ne pas m'avoir invitée tout simplement ?

Il a inspecté la pièce du regard, espérant sans doute que Roux allait surgir tel un ouragan dans sa meilleure imitation de derviche tourneur pour le tirer de là.

— Ben, en fait, il n'y avait pas d'invitations. Les gens se pointent comme ça.

— Et si je n'étais pas venue ? Si j'étais restée chez moi à distribuer des bonbons aux gamins ou à jouer à des jeux sur mon portable ?

— Tu fais ça ? C'est quoi, ton jeu préféré ?

— Arrête de changer de sujet !

Il s'est mis à rire.

— Tu faisais passer des interrogatoires dans une vie antérieure ? Relax, ça a marché, non ? Tu es là, je suis là, c'est cool.

J'ai pris une grande inspiration et je me suis appuyée contre la rampe métallique (atrocement inconfortable, c'est dingue, qui avait conçu un truc pareil ?).

— Pas sûr que ce soit cool pour Roux demain matin, remarque. Mais pourquoi tu ne m'en as pas parlé ?

Jesse a haussé les épaules et passé une main dans ses cheveux dans un geste très sex… je veux dire, un peu gêné.

— Disons que tu es un peu intimidante ?

Ça, c'est sûr, mais pour des raisons qu'il ignorait et qu'il ne devait surtout pas connaître.

— Comment ça ?

— Je ne sais pas… En cours, tu prends toujours des notes… avec un air super sérieux ?

— C'est une question ou une affirmation ?

— Tu vois ? En plus, tu pinailles tout le temps.

(C'était normal que j'aie des palpitations dès qu'il prononçait un mot de plus de deux syllabes ? Peut-être pas. Faites comme si je n'avais rien dit.)

— Mais c'est plutôt mignon, a-t-il précisé. Quand tu prends des notes, tu as toujours une petite ride, là.

Il a plissé le front dans ce qui était censé être une imitation de ma tête quand je prends des notes.

Mes palpitations se sont changées en espèces de mini décharges électriques et j'ai senti une vague de chaleur me monter aux joues. C'était la première fois que je rougissais dans le cadre d'une mission.

— Si tu le dis. Merci ?

— C'est une question ou une affirmation ?

Il a ri tandis que je lui donnais une tape sur la tête.

— Hé, mon brushing !

— Interdiction de te moquer de moi ! me suis-je exclamée. Personne ne m'a jamais qualifiée de « mignonne ». Je ne sais pas comment réagir !

Il avait encore son sourire de petit malin qui a réussi son coup.

— Parce que d'habitude, tu sais toujours comment réagir ?

Eh oui ; c'était bien là le problème.

Mais avant que j'aie pu lui donner une réponse, bonne ou mauvaise, on a entendu un vacarme dans la salle de home-cinéma. Roux s'y était retranchée avec un côtes-du-rhône pour regarder un film tranquillement toute seule.

À en croire le bruit, le film était fini.

— Roux boit toujours comme un trou ? ai-je demandé à Jesse. Ou est-ce que c'est juste une sorte de hobby ?

— Seulement quand elle fait la fête. C'est comme ça depuis qu'elle a douze ans.

— *Douze ans* ? Et elle a encore un foie ?

— Il faut dire qu'elle n'a pas été souvent invitée ces derniers temps. Tu sais, avec toutes ces…

Il a agité la main vers la bibliothèque où avait eu lieu l'esclandre avec Julia.

— Oui, elle m'a expliqué. Je crois qu'elle s'en veut vraiment pour ça.

Jesse m'a jeté un petit coup d'œil.

— Et moi, je crois qu'elle est contente d'avoir trouvé une amie.

J'ai acquiescé d'un hochement de tête.

— Je peux te poser une question ? ai-je demandé.

— Vas-y.

— C'est à propos de Roux, de Julia et de ce mec.

— Tu parles de Jake le loser ? a-t-il ricané.

— Ah, quand même ! Pendant tout le temps où elles se disputaient à cause de lui, j'ai dû me pincer !

— Ce n'était qu'un prétexte. Il trompe Julia quasiment toutes les semaines. Mais Roux était la meilleure amie de Julia, c'est ça qui a choqué tout le monde.

— Mais pourquoi Julia reste avec lui ?

— Bonne question.

— C'est n'importe quoi.

Le vacarme dans la pièce voisine montait en puissance, et j'étais presque sûre d'entendre quelqu'un chanter « Tomorrow », la chanson de la comédie musicale *Annie*, d'une voix ivre qui ressemblait beaucoup à celle de Roux.

J'ai regardé Jesse :

— S'il te plaît, ne me dis pas…

— Oh si.

— Oh non.

— Quoi, tu n'aimes pas le karaoké ?

— Je te donne vingt dollars si tu vas l'endormir avec une fléchette tranquillisante.

— Je te le fais pour dix. Soldes d'Halloween.

Le temps qu'on arrive sur place, un petit cercle s'était formé autour de Roux, qui s'éclatait visiblement comme une folle avec la machine à karaoké des Oliver. (Au fait, je n'avais lu nulle part qu'Armand Oliver se détendait en chantant. Ç'aurait pu servir, pourtant.)

— Maggie ! s'est écriée Roux en me voyant. Cette chanson est une métaphore de la vie !

Jesse m'a donné un coup de coude.

— Tu veux faire les chœurs ? m'a-t-il suggéré avec un grand sourire.

— Après toi, Oliver Warbucks[1]. Je me suis tournée vers Roux.

— Roux, excuse-moi, mais ça fait un peu mal aux oreilles.

1. *Milliardaire qui se prend d'affection pour l'héroïne dans la comédie musicale Annie.*

— Je saaaiiis… m'a-t-elle assuré, le micro dans une main et sa bouteille de vin vide dans l'autre. Mais le soleil, Maggie ! « Le soleil brillera » ! « Demain » !

Elle a brandi la bouteille dans ma direction.

— Et tu sais quel genre de vie c'est ?

— Trop facile : une vie à la dure[1].

— On peut lui réclamer les morceaux qu'on veut ? m'a demandé Jesse avant de reculer pour éviter que je ne le frappe.

— Absolument ! m'a confirmé Roux. Mais enfin, où se planquait cette chanson pendant tout ce temps ?

Elle a appuyé sur un bouton pour la remettre.

Pour être honnête, elle avait beau être soûle et tout juste capable de tenir debout, elle ne chantait pas si mal que ça. Elle avait même une très jolie voix, et toutes les notes étaient justes, même si elle avait du mal à articuler les paroles.

— Ce truc est insupportable, un vrai supplice, a grommelé Jesse. Le soleil brillera, ça va, on a compris !

Une fois de plus, l'espionne a dû sauver la situation. Je suis allée jusqu'à la machine et j'ai débranché la prise. Roux a obtenu quelques applaudissements épars auxquels elle a répondu par une courbette vacillante.

— Je suis là tous les soirs de la semaine ! a-t-elle déclaré. En invitée d'honneur !

1. *En anglais, « hard-knock life », allusion à « It's a Hard-Knock Life », autre chanson de la comédie musicale.*

— Roux ! suis-je intervenue. On rentre à la maison.

Elle avait l'air d'un de ces caméléons qu'on voit dans les documentaires, dont les yeux partent dans deux directions différentes.

— Il reste du vin ? a-t-elle demandé.

— Pas pour toi.

Je l'ai laissée glisser un bras autour de mon cou.

— D'accord. T'as raison, c'est important de connaître ses limites. On va où ?

— À la maison.

— La tienne ou la mienne ?

— La tienne.

Elle s'est mise à glousser.

— Tu ne sais même pas où j'habite !

Je me suis tournée vers Jesse. S'il me trouvait mignonne quand je plissais le front en prenant des notes, il allait sûrement adorer mes yeux de cocker.

— Oh, non, a-t-il déclaré. Oublie. Pas question. Débrouillez-vous sans moi.

— Je ne vais pas la porter toute seule ! ai-je protesté. Allez, s'il te plaît ! Tu as dit toi-même qu'elle avait besoin d'amis.

— Il y a pas loin de cent personnes ici, chez moi ! Comment veux-tu que je vire tout le monde ?

— S'il n'y a que ça…

J'ai passé la tête dans l'encadrement de la porte de la pièce voisine.

— Barrez-vous, v'là les flics ! ai-je hurlé.

Ça n'a pas fait un pli, la horde de jeunes s'est aussitôt ruée hors de la maison.

Jesse m'a dévisagée.

— Toi, tu as vraiment de la chance d'être aussi mignonne.

Je l'ai aidé à porter Roux dans les escaliers jusqu'à la porte d'entrée. Les mini décharges électriques continuaient à me picoter le ventre.

Le chauffeur de taxi qui s'est arrêté à l'angle a secoué la tête dès qu'il a vu Roux.

— Vous avez la monnaie sur cent dollars ? lui a demandé Jesse en brandissant un billet, avant de nous pousser toutes les deux dans le taxi.

— C'est cinquante dollars, plus le nettoyage si quelqu'un vomit dans la voiture, a précisé le chauffeur en empochant le billet avant même que Jesse ait eu le temps de s'asseoir.

— Une affaire, pour ce prix-là, lui ai-je répondu.

Ça n'a pas eu l'air de l'amuser, mais Jesse a ri en repoussant Roux qui commençait à s'affaler sur lui.

— Maggie ? a-t-elle dit.

— Oui ?

Elle a ouvert les yeux et m'a souri.

— Je crois que Jesse Oliver craque pour toi.

Un geignement de Jesse l'a fait se retourner vers lui.

— C'est pas vrai, t'es là aussi, toi ?

11

Le chauffeur de taxi nous a déposés en face de chez Roux, et on a dû s'y mettre à deux, Jesse et moi, pour la ramener chez elle, avant tout parce qu'elle n'arrivait pas à décider si elle voulait marcher à côté de lui ou à côté de moi. D'abord ç'a été moi, le temps qu'elle décrète que j'étais trop petite. Puis ç'a été lui, jusqu'à ce qu'elle juge qu'il était trop grand (« Tu m'écrases ! ») et qu'elle avance entre nous deux.

— J'ai besoin d'être encadrée ! nous a-t-elle expliqué en gloussant.

Là-dessus, elle s'est mise à agiter sa bouteille vide comme une massue, ce qui nous a obligés à esquiver. Même vide, une bouteille de vin pèse son poids, et je ne suis pas née dans une famille d'espions internationaux pour me faire assommer par une fille de seize ans totalement soûle qui ne maîtrise plus ses gestes.

L'appartement de Roux se trouvait en face de Central Park. Il nous a fallu treize minutes (Jesse a chronométré sur son portable) pour lui faire traverser la rue. Ça vous donne une idée de l'épreuve qu'on a subie.

Le portier nous a dévisagés d'un œil soupçonneux tandis qu'on tractait Roux dans une entrée super classe.

— Harold ! a-t-elle croassé en le voyant. C'est moi ! Attendez ! Attendez !

Jesse et moi, on s'est arrêtés tandis qu'elle fourrageait dans son sac. Un tube de gloss est tombé par terre, suivi d'une carte de métro et de ce qui ressemblait à un ticket de cinéma. Je l'ai imaginée allant voir un film toute seule, et ça m'a fait de la peine.

— Voilà ! a-t-elle fini par déclarer en brandissant un billet de cinq dollars. Pour la tirelire à gros mots.

Jesse et moi, on s'est regardés sans comprendre, pendant qu'Harold sortait d'un tiroir un vieux bocal rempli de billets.

— Ton portier tient une tirelire à gros mots pour toi ? lui a demandé Jesse, incrédule.

Roux a chancelé sur ses talons et raffermi sa prise sur mon bras.

— Disons que j'ai eu un petit accrochage avec un voisin il y a quelques mois.

— Qu'est-ce que tu entends par « accrochage » ?

Entre-temps, Harold s'était replongé dans son journal comme si on n'existait pas. Roux a souri jusqu'aux oreilles, la plus joyeuse des ivrognes du quartier.

— J'ai juste suggéré à un locataire de – comment dirais-je – d'avoir des relations sexuelles avec lui-même. Il ne l'a *pas* très bien pris.

— Je me demande pourquoi, a fait Jesse.

— Donc, depuis, j'essaie de m'amender, ce qui implique de surveiller mon vocabulaire. Et ça finance les études des petits-enfants d'Harold.

Ce dernier s'est contenté de ranger son bocal sous le bureau de la réception en marmonnant quelque chose sur les gosses de riches. Mais je n'ai pas bien entendu, parce que Roux était en train de brailler :

— Salut, Harold !

Dans l'ascenseur, j'ai fouillé dans le sac de Roux à la recherche de ses clés, pendant que Jesse la stabilisait en la calant contre la paroi avec son bras et sa hanche.

— Ouh, répétait-elle en boucle.

Mais comme elle ne bougeait pas, on était tranquilles.

La serrure de la porte de son appartement était tout à fait standard – un modèle à pêne dormant – mais je ne pouvais pas l'ouvrir à ma manière sous le nez de Jesse et Roux. Du moins pas sous celui de Jesse ; Roux n'aurait pas remarqué grand-chose.

J'ai fini par trouver ses clés et ouvrir la porte pendant que Jesse poussait Roux à l'intérieur. Tout était sombre, les rideaux tirés. C'était un peu glauque d'entrer dans cet immense appartement déserté par les adultes, mais ça ne semblait pas déranger Roux et j'ai supposé qu'elle en avait l'habitude.

— OK, la Castafiore, lui a annoncé Jesse en la menant vers l'escalier. Voilà le plan : tu vas boire un peu d'eau, faire un gros dodo et repartir du bon pied demain matin.

— J'adore l'eau, a-t-elle soupiré. J'adore Maggie, aussi. Jesse !

— Ouais ?

Il a répondu d'une voix étouffée parce qu'elle venait de jeter son bras autour de son cou en le fouettant avec la manche de son manteau oversize.

— Toi aussi, tu aimes bien Maggie, hein ? Tu ne la trouves pas super sexy ?

— Roux, je vais te tuer, ai-je maugréé. Bon, peut-être pas moi-même, mais je connais des gens qui peuvent faire ça très proprement.

— Super sexy, a-t-elle poursuivi sans se préoccuper de mes menaces de mort, en posant le pied sur la première marche.

Elle s'est immobilisée.

— Ouh, un escalier qui tournoie. C'est nul, comme idée.

Jesse m'a jeté un coup d'œil.

— Carrément à la ramasse, m'a-t-il murmuré.

— Carrément, ai-je acquiescé.

— Elle devrait pourtant avoir amélioré son seuil de tolérance, depuis le temps.

— Hé, je *suis* tolérante, a-t-elle affirmé avant de chanceler violemment, manquant nous faire tomber tous les trois dans l'escalier. La preuve, je ne déteste personne.

— Non, c'est vrai, a concédé Jesse tandis que j'attrapais Roux par les épaules pour la pousser en avant.

— C'est les *autres* qui me détestent, a-t-elle repris. Alors que moi, je n'ai que de l'amour dans le cœur pour ces petits cons. Ah, la tirelire à gros mots ! Ça y est, je dois encore cinq dollars à Harold. Où est ma chambre ? Je vais vomir.

J'ai regardé Jesse. Jesse m'a regardée. Il restait encore un très long couloir à parcourir pour atteindre la chambre de Roux et elle avait l'air furieusement nauséeuse.

— Je peux vomir là-dedans ? a-t-elle demandé en s'approchant d'une plante en pot sur le palier. Tiens, c'est une plante. Salut, toi.

— J'y crois pas, a marmonné Jesse.

— Bon, on passe à l'opération « Sauvetage botanique en urgence », ai-je annoncé.

Et on a réussi à lui faire traverser le couloir en un temps record.

— Tiens… trente secondes, s'il te plaît, lui a demandé Jesse. Ou je ne te le pardonnerai jamais.

Roux l'a gratifié d'un grand sourire.

— Ouais, t'es un pote, Jesse. Un vrai. Avant, tu l'étais, après, tu l'étais plus, et maintenant tu l'es.

Puis ses yeux se sont posés sur moi.

— C'est parce que t'es sexy, Maggie, m'a-t-elle murmuré sur le ton de la confidence.

— Mais tu vas la fermer, oui ? ai-je sifflé. S'il reste ne serait-ce qu'une molécule sobre dans ton organisme, je t'en supplie, tais-toi.

Elle s'est contentée de rire en entrant dans sa chambre d'un pas incertain. Elle se serait rétamée dans une pile de chaussures si on ne l'avait pas retenue.

— Tu sais que tu es en train de prendre une couleur verdâtre assez originale ? lui a signalé Jesse avec une grimace en lui faisant effectuer un demi-tour sur elle-même.

On l'a conduite dans son énorme salle de bains, dont le plan de toilette en granit disparaissait sous les flacons et les produits de beauté. Un sèche-cheveux pendait au bout de son câble.

— C'est bon, ai-je dit à Roux. Tu peux tout lâcher.

Et sans se le faire répéter, elle s'est penchée sur les toilettes pour dégobiller le vin français hors de prix du père de Jesse.

12

Je me suis chargée de la suite, vu que les garçons, s'ils aiment bien se lancer dans des concours de remarques répugnantes, se changent tout à coup en pauvres petites âmes sensibles dès que les filles se mettent à faire des trucs répugnants. Ah là là.

J'ai débarbouillé Roux, je lui ai donné de l'eau et de l'aspirine, Jesse m'a aidée à la coucher et on est ressortis de la chambre sur la pointe des pieds.

— Tu crois qu'on devrait rester ? lui ai-je demandé à voix basse.

— Non, ça va aller. Je l'ai déjà vue bien plus beurrée que ça. Là, c'est la version collège.

— Ça ne me rassure pas vraiment, figure-toi.

— Crois-moi, ça ne craint rien tant qu'elle ne commence pas à parler avec l'accent russe.

— L'accent russe ?

Je me suis demandé si elle pourrait m'apprendre.

— Oui, c'est très bizarre. Personne n'arrive à l'expliquer.

On a traversé plusieurs pièces aux moulures dorées et longé une enfilade d'immenses portes-fenêtres avant de regagner la porte d'entrée en acajou massif.

— Cet appartement est totalement abracadabrantesque, ai-je chuchoté.

— Je n'aurais pas cru qu'il existait des gens qui utilisaient ce mot-là, a observé Jesse.

— Et moi, qu'il existait des gens pour s'intéresser à son utilisation.

— C'est toi qui as commencé, m'a-t-il rappelé avec un coup d'épaule taquin.

— Avoue que cet appart, c'est de la folie. Cela dit, le tien, c'est carrément du délire.

— On peut dire ça.

Après une hésitation, j'ai décidé d'assumer une question très « jeune fille qui a les pieds sur terre » :

— Les parents de Roux ne sont pas là ? Genre, il n'y a pas d'adulte responsable ici ?

— Ben non, ils voyagent beaucoup. Quand Roux était petite, c'était sa nounou qui venait aux fêtes de l'école. Mais bon, on a grandi, fini les nounous. En plus, ses parents sont toujours ensemble. Elle a gagné le gros lot.

Dans l'ascenseur, puis en traversant l'entrée sous le nez du portier, je pensais à mes parents. De toute ma vie, je n'avais pas passé une nuit sans eux. Ils étaient toujours à la maison quand je rentrais, et j'aurais parié que même s'ils n'avaient pas été des espions, ils auraient été au courant si j'étais rentrée totalement beurrée en titubant. Puis j'ai pensé à Roux, dans son appartement vide et plein d'échos, et j'ai eu de la peine pour elle.

Moi qui avais grandi entourée d'espions, j'avais toujours eu quelqu'un sur qui compter.

Je me suis demandé si, par hasard, Roux ne comptait pas sur *moi*.

On a pris la 82e Rue en direction de Central Park. Je frissonnais dans mon pull à col roulé.

— Les espions ne mettent pas de manteau ?

— Quoi ? ai-je lâché avec un sursaut. Qu'est-ce que tu dis ?

Il a haussé un sourcil.

— Ton déguisement.

— Oh ! (« Et voilà, la petite touche qui manquait cette semaine pour me flanquer une attaque », ai-je songé.) J'ai dû le laisser chez toi. Si quelqu'un me l'a piqué, ça ne va pas me plaire.

Il a entrepris d'enlever sa veste de smoking.

— Tiens, ma bonne action de la journée.

— Merci.

Sa veste sentait un peu le renfermé, mais aussi son odeur.

« On se concentre, Maggie. Prépare-toi à porter l'estocade finale. »

— Dis donc, ai-je dit alors qu'on passait sous les drapeaux du Metropolitan Museum of Art, Roux ne t'a pas laissé ta chance avec la machine à karaoké magique.

OK, on a vu mieux dans la catégorie mise à mort, mais ce genre de situation était nouveau pour moi. Une conversation seul à seul, quoi. Avec un garçon. En tête-à-tête.

— Toi non plus, m'a-t-il répondu.

J'ai ri en rabattant mes cheveux derrière mes oreilles. Ma pince avait dû se détacher en fin de soirée, pendant que Roux me montrait son vin préféré pour la troisième fois.

— De toute façon, au karaoké, je ne chante que « Bootylicious », et tu ne l'avais pas.

— Tu veux le faire là ?

Je me suis tournée vers lui.

— T'es dingue ?

— Allez ! Tiens, là, dans cette bodega, a-t-il insisté en agitant la main vers un petit café à l'angle de la rue. C'est tout petit, ton public sera restreint.

— Je blaguais ! Je ne chante même pas sous la douche. Alors en public…

Moi qui essayais de me fondre dans la masse depuis toujours, il y avait de grandes chances pour que tous mes efforts soient réduits à néant si je me mettais à chanter comme Beyoncé à un carrefour de Manhattan.

Jesse a commencé à chantonner en tortillant des hanches et des sourcils :

— *You know you want to…*

Il était temps que je crée une diversion :

— Tu sais de quoi j'ai envie, moi ? D'une glace.

— Quoi ?

— D'une glace. *Me likey*, comme dit Kanye West.

— D'une glace, a répété Jesse.

— De la Cherry Garcia. Cerise et pépites de chocolat.

Il m'a regardée.

— C'est une idée *géniale*.

Quelques minutes plus tard, il sortait de chez le glacier avec un sac en papier kraft, deux cuillers en plastique et une petite boîte qu'il m'a lancée.

— Tiens. Ne t'excite pas, ce n'est pas un vrai rubis.

La boîte contenait une Ring Pop – une de ces bagues en plastique avec une petite sucette en guise de pierre. Je l'ai glissée à ma main gauche, que j'ai portée à mon cœur.

— Je ne l'enlèverai jamais, ai-je promis.

— Viens, on va trouver un coin pour s'asseoir.

Et c'est comme ça qu'on s'est retrouvés sur les marches d'une maison en brique à une heure du matin, à se partager un pot de glace.

Il faisait encore plus frais la nuit, mais la veste de Jesse me tenait plus chaud que je ne l'aurais cru, et cette glace était un tel délice que le froid ne me dérangeait même pas.

— Tu sais ce qui serait cool ? ai-je demandé en lui passant le pot.

— Que ce soit un vrai rubis, qu'on le vende aux enchères et qu'on se partage le fric ? Soixante/quarante, hein, c'est quand même moi qui l'ai payée.

J'ai ri. Le bonbon était ridiculement disproportionné sur ma main, mais je n'avais pas envie de l'enlever.

— Perdu. Deuxième chance.

— Que Radiohead joue à ma fête d'anniversaire ?

— Ils ne l'ont pas déjà fait l'an dernier ?

Jesse m'a repassé la glace.

— Eh non. Pas sympas, les mecs.

— C'est triste. Ce que j'allais dire, c'est que ce serait cool qu'on continue à se voir comme ça.

J'ai plongé ma cuiller dans le pot en lui jetant un coup d'œil.

— Tu ne serais pas en train de piquer toutes les cerises ? ai-je ajouté.

— Non. Et oui, ce serait cool.

Mais *si*, il piquait les cerises, le morfale !

— Ah ouais ?

Mon rythme cardiaque s'était accéléré, mais je me suis dit que c'était à cause de la glace et de l'adrénaline des dernières heures.

Il s'est tourné vers moi en souriant.

— L'étape où on ramène Roux chez elle totalement beurrée serait facultative ?

— Oui, on pourrait s'en tenir à un truc plus facile la prochaine fois. Comme escalader l'Empire State Building sans les mains.

Il m'a donné un coup d'épaule en riant.

— Tu passeras devant, l'espionne. Tu m'en as l'air parfaitement capable.

— Oh, ne m'appelle pas comme ça, ai-je dit sans réfléchir.

— Quoi, « l'espionne » ?

J'ai inspecté discrètement les alentours, mais les passants avaient tous l'air pressés de rentrer chez eux. Personne ne s'occupait de nous.

— C'est juste un costume. Et puis, j'ai un nom, je te signale.

— Je sais. *Maggie*.

Personne n'avait jamais prononcé mon prénom de cette manière, à voix basse, comme si c'était quelque chose de spécial, d'unique, mon seul vrai nom, celui que presque personne ne connaissait.

J'ai cherché comment m'expliquer sans me trahir.

— C'est juste… c'est juste que j'aime bien mon nom. J'aime bien quand c'est toi qui le dis.

Je lui ai repassé la glace.

— Tu devrais te dépêcher de la finir, elle est en train de fondre.

— C'est bon, je n'en veux plus.

Il a posé le pot sur la marche sans me quitter des yeux.

— Maggie.

Mon cœur s'était mis à palpiter comme un colibri, et se cognait contre mes côtes chaque fois qu'il disait mon nom. Je m'étais déjà sentie à cran, effrayée, pétrifiée même, mais je n'avais jamais éprouvé cette sensation-là.

— Pas la peine de l'user, non plus, l'ai-je taquiné en m'écartant très légèrement et en reprenant la glace. T'es sûr que t'en veux plus ? Je meurs de faim, moi.

Je n'avais pas si faim que ça.

— Hé, tu me demandes de t'appeler par ton prénom, et quand je le fais, tu deviens toute bizarre.

Son regard me transperçait, comme s'il pouvait voir en moi tous mes certificats de naissance bidon et mes passeports trafiqués.

— Tu as un problème avec ton nom ?

— Non, je l'aime beaucoup, ai-je menti. Margaret, c'est un prénom très… classique. Mais… j'ai l'impression qu'on ne parle que de moi. Et de Roux. On pourrait parler un peu de toi.

Il s'est passé une main dans les cheveux, ne réussissant qu'à les ébouriffer encore plus.

— Que veux-tu que je te dise ? Tu as cherché des trucs sur moi sur Google ou quoi ?

Il avait l'air vexé, tout à coup, et faisait tout pour détourner les yeux. Je m'étais dit que je ne pourrais pas tenir s'il continuait à me regarder, mais maintenant qu'il avait arrêté, j'aurais donné cher pour qu'il recommence.

— Je n'ai pas cherché sur Internet, ai-je soutenu, j'ai…

— Alors tu as dû te renseigner sur mon père, comme toutes les autres filles.

Le froid de la glace commençait à transpercer le carton et me gelait les doigts.

— Pourquoi, c'est qui, ton père ? ai-je demandé, en détestant le goût de cendre de ce mensonge dans ma bouche. Pourquoi j'aurais cherché des trucs sur lui sur Google ?

Jesse a poussé un profond soupir et ses épaules se sont affaissées. Ses cheveux sont retombés sur ses yeux, et j'ai eu envie de les écarter et de toucher son front du bout des doigts.

— Désolé, a-t-il repris. Mais il y a plein de filles qui essaient de se servir de moi pour entrer en contact avec mon père. Pour obtenir un stage, une lettre de recommandation pour une université, des invitations à des fêtes, ce genre de trucs.

Et cette année a été vraiment merdique. Surtout cet été.

— Qu'est-ce qui s'est passé ?

Il a eu un petit rire sans joie, presque un soupir.

— Je n'en ai parlé à personne pour le moment. Et tu ne dois pas le répéter, parce que ça causerait des tas d'ennuis à mon père.

Mon cœur s'est remis à battre à toute allure. Était-ce parce que Jesse était sur le point de me dire quelque chose sur l'article du magazine ? Ou bien parce qu'il était assis tellement près que nos hanches se frôlaient ?

— OK. Je sais garder un secret.

— Ma mère est partie en juin.

— Oh, je suis désolée.

— Ouais… Mon père et elle ne se sont jamais vraiment entendus. Soit ils se disputaient, soit ils se faisaient la gueule. Mais ça a fini par devenir invivable et elle est partie juste avant les vacances d'été.

— Mais tu sais où elle est ?

La rue était très calme à cause de l'heure et parce que les feux étaient passés au rouge, et j'avais baissé la voix pour me mettre au diapason de la rumeur lointaine des voitures.

— Dans le Connecticut, je crois. On a une maison à Westport. À moins qu'elle ne soit en Europe. Je ne sais pas vraiment. Elle était censée donner des nouvelles (il a haussé les épaules), mais elle ne le fait jamais. Quand elle est partie, elle a dit qu'elle avait juste besoin de passer un peu de temps seule. Et mon père ne veut pas que ça se sache parce qu'il est déjà beaucoup sous pression. Et si un blogueur ou un journaliste l'apprenait…

Il a fait une pause et ses yeux sont devenus vitreux comme ceux d'une poupée.

— … il a peur que ça lance des rumeurs et que ça nuise à ses affaires.

J'ai repensé à mon été passé à regarder les chaînes de télé islandaises, à faire tourner des combinaisons sur des serrures et à mener des conversations imaginaires avec le Beau Gosse d'en Face. Je me suis demandé si Jesse éprouvait la même chose, s'il subissait le poids de secrets qui n'étaient pas les siens et la frustration de ne pas pouvoir se confier à quelqu'un.

— Elle te manque ?

Il n'a pas répondu tout de suite.

— Elle, je ne sais pas, mais c'est l'idée qui me manque, a-t-il dit enfin. Tu vois, une fois que les gens sont partis, on ne peut plus rien changer ni améliorer. On ne peut pas toujours le faire non plus quand ils sont là, mais on peut au moins se dire qu'il nous reste du temps pour essayer. Et devine ce que j'ai fait ! Je suis vraiment trop con. J'ai piqué un livre à la librairie et je me suis fait choper.

Je me suis raidie.

— C'est vrai ?

— Tout juste si je n'ai pas brandi ce fichu bouquin sous le nez des vigiles en sortant. Ils n'ont pas eu beaucoup de mérite à me mettre la main dessus. Je m'étais dit…

Il s'est tu un long moment et a repris après un nouveau soupir :

— Je m'étais dit que si je me faisais prendre, ce serait peut-être dans les journaux et sur Internet, et que ma mère penserait à moi en lisant mon nom.

J'avais une boule dans la gorge, si grosse que ça me faisait mal.

— Je crois que c'est le truc le plus triste que j'aie jamais entendu, ai-je murmuré.

— Si tu veux dire « pitoyable », ouais, c'est sûr.

Il a souri, d'un pauvre petit sourire.

— Enfin, bref, voilà à quoi a ressemblé ma grande tentative de jouer les ados rebelles. Bilan : interdiction de sortie et quelques lignes dans la rubrique « People » du *New York Post*[1].

— C'est très *Gossip Girl*, dis donc, ai-je commenté, dans l'espoir d'alléger l'atmosphère.

De fait, son visage s'est un peu décrispé.

— Je suis désolée pour ta mère. Et pour l'incident de la librairie.

Il a haussé les épaules.

— Ouais, enfin. Qu'est-ce qu'on peut y faire ?

— N'empêche que je comprends ce que tu veux dire. À propos des gens qui ne sont plus là.

Il a relevé la tête.

— Ta mère aussi est partie ?

L'idée que ma mère s'en aille tout à coup un beau matin était totalement inconcevable.

1. *L'un des quotidiens new-yorkais les plus diffusés.*

— Non, non, pas du tout. Je voulais simplement dire que je sais ce que c'est de devoir partir. Ou que les autres partent.

— Ah oui ?

J'ai hoché la tête en touillant le reste de notre glace fondue.

— On déménage beaucoup à cause du boulot de mon père.

— Qu'est-ce qu'il fait ?

— Il travaille pour des universités. Il parle un tas de langues, mais il a parfois du mal à trouver un poste, alors on déménage tout le temps.

J'avais dû raconter ce bobard si souvent que parfois, je me surprenais même à le croire.

— Ça veut dire quitter des amis, des maisons, ai-je repris. Et tout recommencer ailleurs.

Jesse m'a fait signe qu'il comprenait en me prenant le pot de glace des mains.

— Ce truc est devenu infâme. On dirait de la soupe au sucre.

— Bien essayé, le changement de sujet.

— Je plaide coupable, a-t-il admis avec un haussement d'épaules.

On est restés quelques minutes sans rien dire. C'était chouette. À certains moments, New York est bien plus calme qu'on ne le croirait possible.

— Je ne l'ai dit à personne, pour ma mère, a fini par ajouter Jesse, le regard perdu quelque part du côté du Chrysler Building. Alors si tu pouvais, tu vois…

— Tu peux compter sur moi, ai-je promis. Tiens, on fait le serment du petit doigt.

Il a tourné la tête vers moi.

— Le « serment du petit doigt ». T'as quel âge, déjà, cinq ans et demi ?

— Ben quoi, il a fait ses preuves ! ai-je argumenté. Allez, donne ton petit doigt !

Il a levé les yeux au ciel, mais il s'est exécuté. Ses mains étaient un peu froides. « Est-ce que ça revient à donner la main à un garçon ? » me suis-je demandé. « C'est pas vrai, je donne la main à un garçon ! Un garçon *craquant* ! Pas le genre de rancard pourri qu'on accepte pour être sympa, avec le cousin de je ne sais qui ! »

— Ça y est ? On a prêté serment ? m'a-t-il demandé, un pli moqueur au coin des yeux.

— Oui, ai-je répondu en tirant sur son petit doigt par acquit de conscience. Mais il se peut aussi qu'on soit désormais considérés comme mariés selon les usages en Nouvelle-Guinée.

On a éclaté de rire.

— Je plaisante ! ai-je ajouté. Enfin espérons. Va savoir !

— Plus qu'à vérifier sur Wikipédia en rentrant chez nous, a suggéré Jesse, toujours en riant. Tu dis toujours des trucs aussi barge ?

— Euh, je ne sais pas.

Et c'était vrai. Je n'avais jamais fréquenté d'ados avant. Je n'avais pas eu d'amis de mon âge depuis le CE2.

— Disons que je dois avoir un certain don pour ça. Un de mes nombreux talents cachés.

— Ah bon ? C'est quoi, les autres ?

— Ah, ça, je ne peux pas te le dire, ou alors… (j'ai baissé la voix pour murmurer sur le ton du secret) ce ne serait plus des talents *cachés*. Mais oui, j'en ai quelques-uns. Tout à coup, je me suis rendu compte qu'on était vraiment très très près l'un de l'autre. Nos bouches, en particulier, étaient très très proches.

— Oh, euh, hello, ai-je dit.

— Hello, a-t-il murmuré. Je suis trop près, là ?

— Bah, on est déjà mariés en Nouvelle-Guinée. C'est juste la suite logique de…

Et il m'a embrassée.

Non pas que j'aie eu la moindre expérience de ce genre de chose, mais il embrassait super bien, et je me suis brusquement demandé si j'assurais ma part du marché, si l'on peut dire. J'ai désespérément tenté de penser à tous les films dans lesquels j'avais vu des gens s'embrasser, mais mon cerveau était en mode court-circuit et je me suis contentée de suivre le mouvement.

LA mission de RÊVE.

— Tu trembles, a-t-il observé quand on s'est écartés l'un de l'autre au bout d'une minute, ou d'une heure, ou d'une année.

J'aurais été incapable de dire combien de temps ça avait duré. En tout cas, c'était trop court.

J'ai posé une main sur son bras pour arrêter mon tremblement.

— Désolée. C'est la glace. Trop de sucre dans le sang.

— Au fait, excuse-moi de m'être comporté comme un crétin la première fois qu'on s'est vus, a-t-il murmuré en écartant mes cheveux.

— Pas grave. Je peux en dire autant. J'ai un côté petit chef, des fois.

— Sans blague ? J'avais pas remarqué !

— Tais-toi ! me suis-je exclamée en lui donnant une tape sur le bras. J'y peux rien, c'est ma nature !

— Une chance que tu embrasses bien.

J'ai eu comme un vertige et j'aurais été obligée de m'asseoir si je n'avais pas déjà été assise.

— C'est vrai ? Je veux dire, c'est vrai !

— Attends, a fait Jesse tout à coup en reculant un peu pour me fixer. C'était la première fois ?

Oups.

— Définis « première fois ».

— Ça me paraît clair.

— Dans ce cas, la réponse est non. Parce que Bryan McConnell était toujours partant en maternelle.

— OK, la première fois depuis l'âge de douze ans.

J'ai fermé les yeux très fort tellement j'étais gênée.

— Oui.

Quand j'ai rouvert les yeux, il me fixait toujours.

— C'est bon, tu peux arrêter de faire ça, maintenant, l'ai-je informé.

— J'aime bien te regarder. Et j'aime bien t'embrasser.

— Ah oui ?

Il a hoché la tête et s'est penché vers moi.

On s'est séparés de nouveau quelques minutes plus tard.

— Tu sais quoi ? ai-je murmuré.

J'avais les bras noués autour de son cou, mon front contre le sien. C'est quand même stupéfiant, tout ce qui peut se passer en une soirée.

— Quoi ?

— Les deuxièmes baisers, c'est encore meilleur que les premiers.

— Attends de voir le troisième.

J'allais le découvrir quand son portable a sonné, ce qui nous a fait nous redresser en sursaut.

— Oh non, a-t-il marmonné en regardant l'écran. C'est mon père. Je suis en retard.

J'ai regardé l'heure sur son portable. Deux heures deux.

— Wouah, on est déjà demain.

— Comme tu dis.

Il a envoyé un SMS à son père avant de ranger son téléphone.

— Allez, viens, on va chercher un taxi.

On a marché jusqu'au carrefour la main dans la main.

— Tu as les mains glacées ! ai-je constaté. Tu veux récupérer ta veste ?

— Non.

Il a levé le bras et un taxi s'est arrêté, avec la radio à fond sur Céline Dion.

— Après toi, m'a dit Jesse. Céline insiste. À tue-tête.

Le chauffage du taxi était réglé au maximum, au point qu'on se serait cru dans un sèche-cheveux sur roues. Je me suis poussée sur le siège en Skaï craquelé pour faire de la place à Jesse.

— Juste histoire que ce soit clair, les jeunes, nous a annoncé le chauffeur par-dessus son épaule, en plus de la course, je facture…

— … cinquante dollars pour le nettoyage, on sait, l'a coupé Jesse.

— Ça tombe bien que Roux ne soit pas là, ai-je glissé tandis que le taxi démarrait.

— Pour toutes sortes de raisons, a approuvé Jesse.

Je l'aurais bien embrassé encore une fois, mais j'ai eu peur que le chauffeur n'applique un tarif supplémentaire de dix dollars pour les pelles et je me suis contentée de garder sa main dans la mienne.

— Tu sais ce qui me plaît dans les taxis ? ai-je murmuré en me laissant aller contre son épaule. Ça va vite.

Il a ri doucement.

— Tu te déplaces comment, d'habitude ? En carriole attelée ?

— Non, c'est juste qu'à New York, les gens marchent beaucoup. Mais quand on est dans un taxi, on a l'impression de voler.

— Sauf si ça bouchonne. Et le métro est plus rapide.

— Exact. Mais on aurait raté la sérénade de Céline.

— Pour rien au monde je n'aurais voulu manquer ça.

Le chauffeur a freiné brutalement et on s'est cognés tous les deux contre la paroi en plastique qui isolait la banquette arrière du siège du conducteur.

— Et dans le métro, on ne se retrouverait pas avec des hématomes cérébraux, a grommelé Jesse en reprenant sa place.

— Ça fait partie de l'aventure. Tout ce qui manque ici, c'est un distributeur de pilules contre le mal des transports.

Le temps que le taxi arrive devant chez moi, on avait les mains crispées sur les poignées des portières.

— Tu habites là ? m'a demandé Jesse en se penchant pour observer mon immeuble. C'est dingue, c'était ma rue, avant.

— Ah oui ? C'est marrant, le hasard.

Je me suis dépêchée de sortir de la voiture avant qu'il puisse lire sur mon visage que le hasard n'y était pour rien. Le contraste de l'air vif sur mes joues en feu m'a fait l'effet d'une gifle. Ce n'est que là que j'ai commencé à mesurer la situation : d'une, j'avais embrassé un garçon, et de deux, je n'avais fait que lui mentir.

Jesse a payé le chauffeur et m'a accompagnée jusqu'à mon entrée.

— Tout va bien, lui ai-je dit à la hâte. À partir de là, je connais le chemin.

— C'était chouette. Ne perds pas ton rubis.

J'ai souri en regardant ma Ring Pop, toujours aussi ridicule.

— Je jure de le chérir pour toujours.

Il a souri à son tour, s'est penché vers moi et m'a embrassée si passionnément que j'en ai eu le souffle coupé.

— Je suis vraiment content de t'avoir rencontrée, m'a-t-il murmuré. Sincèrement.

— Moi aussi. Encore plus sincèrement.

— Bonne nuit. Et joyeux Halloween.

— Halloween, c'est fini, lui ai-je rappelé. On est le premier novembre.

— Ah, c'est vrai. Tu n'es plus une espionne, alors.

Je lui ai souri, avec l'impression qu'une main me broyait le cœur de toutes ses forces.

— Eh non. Bonne nuit.

Une fois dans l'ascenseur, j'ai inspiré à fond en m'appuyant contre la paroi.

— C'est pas vrai, ai-je murmuré toute seule. Je viens de sortir avec un garçon. C'est pas vrai, c'est pas vrai…

Trois mois plus tôt, je n'étais pas capable de croiser le regard du Beau Gosse d'en Face, et maintenant, j'étais sortie avec un garçon. Voilà ce qu'on appelle rattraper le temps perdu.

J'ai tapé le code de la porte d'entrée et je suis entrée sur la pointe des pieds. Mes parents dormaient sûrement, et je ne voulais pas…

— *Où étais-tu passée* ?

Debout dans la cuisine, mon père et ma mère me fixaient, les bras croisés. Je ne les avais jamais vus aussi furieux.

— Je peux tout vous expliquer.

13

— Tu te rends compte qu'on était morts d'inquiétude ?

Le face à face s'était déplacé de la porte d'entrée jusqu'à la cuisine, où une assiette traînait sur la table près de l'ordinateur de mon père, garnie d'une croûte de pain et d'un reste de confiture : derniers indices de son syndrome « je me goinfre quand je stresse ». Mauvais signe.

— Écoutez, je suis désolée, mais qu'est-ce que vous voulez ? Vous m'avez enrôlée pour cette mission et je fais ce que j'ai à faire, à savoir aller à des fêtes d'Halloween et passer du temps avec des gens de mon âge ! C'est mon boulot !

— Il est deux heures et demie du matin ! s'est écriée ma mère. À Manhattan ! Tu réalises tout ce qui aurait pu t'arriver ?

J'ai regardé mes parents comme s'ils me parlaient coréen. (D'ailleurs, mon père parle le coréen, donc pourquoi pas ?)

— Soyons clairs, ai-je déclaré. On s'est installés ici pour que je me fasse des amis et que je soutire des infos à Jesse Oliver, OK ? Et maintenant, vous me reprochez d'avoir passé la moitié de la nuit à faire précisément ça ?

— Mais il est deux heures et demie du matin ! a répété mon père – en anglais.

— Il faut qu'on établisse des règles, a dit ma mère. Ça ne doit pas se reproduire. On était fous d'angoisse.

Elle s'était mise à marcher de long en large ; la marche de long en large, chez ma mère, étant le pendant des crises de goinfrerie de mon père.

— Ça ne t'a pas traversé l'esprit de nous appeler ? m'a demandé mon père.

Quelle question ! J'avais passé la nuit à tracter une Roux totalement soûle dans l'Upper East Side et à embrasser Jesse. Je ne voyais pas comment j'aurais pu penser une seconde à les appeler.

— Je suis d'accord avec maman : il nous faut des règles. Et règle numéro un : vous devez me faire confiance.

— Tu aurais pu te faire enlever !

— Ou pire !

— C'est pas vrai ! me suis-je exclamée pour la trentième fois de la soirée. Écoutez, vous savez quoi ? Vous n'avez qu'à décider si vous voulez que je fasse ce boulot ou pas.

Ça les a calmés.

— Je ne blague pas, ai-je ajouté. Parce que j'ai le choix entre le faire, en traînant avec ce mec et en me faisant des amis pour *obtenir l'info qu'on m'a demandée*, ou le laisser faire par quelqu'un d'autre.

Je n'avais aucune intention d'abandonner. C'était ma première mission en solo, dont les avantages incluaient de sortir avec un garçon craquant. J'étais prête à m'y accrocher bec et ongles.

— On doit fixer un compromis, a fini par répondre ma mère. Un couvre-feu.

— Très bonne idée, a approuvé mon père. Vingt-deux heures.

Les yeux ont failli me jaillir de la tête.

— Vingt-deux heures ?! ai-je couiné. À New York ? C'est du sabotage !

— Margaret.

Le ton de ma mère était un avertissement en soi. Chez nous, « sabotage » est un mot qui ne s'emploie pas à la légère. Mais je n'avais aucune envie de faire machine arrière.

— Je ne blague pas, ai-je persisté. C'est la première fois de ma vie que je sors avec des gens de mon âge et vous essayez déjà de m'en empêcher !

— On ne veut rien saboter du tout, a rectifié mon père. On veut juste être sûrs que tu ne risques rien. On a besoin de savoir où tu es parce qu'il y a des gens dangereux dehors, et je ne te parle pas des dingues qu'on croise en ville. Il y en a d'autres qui rêveraient de savoir faire ce que tu fais.

Il s'est tu quelques secondes avant d'ajouter :

— Des gens qui seraient prêts à tout pour avoir ton talent.

L'atmosphère était lourde. Bien sûr, ils ne m'apprenaient rien. On ne peut pas mener une vie comme la nôtre sans être conscient de ces choses.

— Mais… c'est juste que ça fait du bien de faire semblant d'être normale, ai-je répondu. Vous, quand vous êtes entrés au Collectif, vous aviez eu une vie d'ados normale. Moi pas.

Ils ont échangé un regard.

— Une vie d'ado normale, ça implique des règles et des limites, a argumenté ma mère.

— Mais je n'ai *pas* une vie normale. C'est bien le problème.

Mon père s'est appuyé contre le plan de cuisine en soupirant.

— On ferait mieux d'aller se coucher, a-t-il déclaré. Il est tard et on est fatigués. On en reparlera demain.

L'idée de reprendre cette conversation le lendemain au réveil m'épuisait d'avance, mais je n'ai rien dit.

— Oh, à propos, ai-je conclu, je me suis bien amusée ce soir. Merci de m'avoir posé la question.

14

J'ai à peine dormi cette nuit-là, prise dans mes réflexions sur Jesse et sur mes parents, et sur mes parents et sur Jesse. Je ne voyais pas bien comment ma soirée avait pu passer de sublime à merdique en aussi peu de temps, mais c'était un fait. C'était la première fois qu'un garçon m'embrassait. C'était la première fois que je me disputais comme ça avec mes parents. Bref, c'était une drôle de nuit « spécial premières fois ».

J'ai fini par m'assoupir, au moment où le soleil n'était qu'un voile rose dans le ciel gris. Quand j'ai rouvert les yeux, la pluie battait contre ma fenêtre et la carte d'Angelo était posée à côté de ma lampe de chevet. En plissant les yeux, j'ai identifié un dessin au crayon représentant un patio couvert d'une verrière, avec au milieu une fontaine à trois vasques superposées, entourée de colonnes grecques. C'était le patio du Frick Museum, dans l'Upper East Side. Angelo m'y emmenait autrefois quand il pleuvait. J'étais convoquée.

Mon portable a sonné et je l'ai cherché à tâtons. Est-ce que c'était Jesse qui m'appelait ? J'étais trop occupée à retourner le téléphone dans le bon sens pour consulter l'écran. Ou est-ce qu'il se demandait s'il devait m'appeler ou pas ? Et moi, est-ce que je devais attendre lundi pour lui parler ?

Le numéro de Roux s'est affiché sur l'écran.

— Tu peux me dire pourquoi il y a des plumes partout ? a-t-elle croassé quand j'ai répondu.

— Ça va très bien, je te remercie. Et toi, comment tu te sens ?

— Eeuuuuurgh. (Le son qu'elle a produit était à peine humain.) Des plumes, mais pourquoi des plumes ?

— Je donne ma langue au chat.

— Je crois que j'ai rêvé que j'étais le Cygne noir dans *Black Swan*. La vache, il me faut un caféééééé. Si je ne bois pas de café, je vais me flétrir et mourir, tu sais, comme les petits cloportes.

Puis, après une pause :

— J'ai une plume dans la bouche. Beeerk.

— Roux, il faut que je te parle, ai-je dit en espérant la ramener dans le présent.

— T'as besoin de réunir tes amis pour discuter d'un problème ?

— Quoi ? Mais non ! (Comme si c'était mon style !) J'ai juste quelques questions à te poser.

— OK. Passe à la maison. Et apporte du café à ton amie Roux.

— Je ne peux pas, pour l'instant. Je dois…

J'ai hésité, ne voulant pas parler d'Angelo.

— J'ai des courses à faire pour ma mère.

— Par ce temps ? C'est du mauvais traitement.

J'ai levé les yeux au ciel et appuyé mon front contre la vitre. La prochaine fois que je devrais infiltrer une bande de lycéens, je m'arrangerais pour me choisir une autre amie que la garce ostracisée qui en fait des tonnes. J'irais droit au CDI pour dénicher l'intello à lunettes.

— Rassure-toi, je sais me défendre, lui ai-je répondu. Va prendre une douche. Fais un truc utile. Ramasse toutes tes plumes pour en faire une sculpture de pigeon.

— Les pigeons, c'est dégueu. Mon rêve, ce serait que tous les pigeons se barrent de New York avec un écureuil dans le bec.

— Très poétique, ton image. Écoute, je serai bientôt chez toi, d'accord ?

Angelo pouvait bien m'attendre une petite heure. En plus, il adorait se balader au Frick Museum.

— Ça marche. Appelle-moi quand tu pars de chez toi. Et n'oublie pas le café !

Quand j'ai fini par émerger de ma chambre, douchée, habillée et moi-même en manque de café, j'ai trouvé mes parents dans la cuisine.

— Angelo est passé ? leur ai-je demandé en brandissant sa carte de visite. Parce que ce truc-là est tombé du ciel.

— Il a dit que tu pouvais le retrouver quand tu aurais le temps, m'a dit ma mère en tapant sur son ordinateur sans me regarder.

Elle était toujours en colère.

— Si tu sors, prends un parapluie. Il pleut dehors.

J'ai ravalé une riposte sarcastique et pris la cafetière.

— Je ne sais pas à quelle heure je reviens. Je vais peut-être passer chez Roux.

« Et chez Jesse », ai-je songé. Le simple fait de penser à lui me rendait nerveuse, ce qui était très étrange, parce que je ne le suis *jamais*. Quand j'étais petite, mon père m'appelait « McGee les Nerfs d'acier » parce que mes mains ne tremblaient jamais, même quand j'ouvrais les serrures à codes les plus compliqués. Mais là, en pensant à Jesse, j'avais l'impression d'avoir l'estomac rempli de métal en fusion.

Et pour être franche, je ne savais pas trop ce que j'étais censée faire maintenant qu'on était sortis ensemble. Lui envoyer un SMS ? Lui écrire un petit mot de remerciement pour la fête ? Je n'étais même pas sûre qu'il veuille me revoir. J'avais besoin des conseils de Roux, et je pouvais compter sur elle pour ça.

— … voiture, a dit mon père.

Je me suis rendu compte qu'il me parlait.

— Pardon, quoi ?

— On nous a attribué une voiture avec chauffeur. Nouvelle règle à compter d'aujourd'hui : tu te fais conduire partout.

J'ai ouvert de grands yeux.

— Si je comprends bien, on ne discute pas d'hier soir et vous me sortez une voiture avec chauffeur ?

— Hé, ce n'est pas notre décision, d'accord ? a rétorqué ma mère en levant les mains dans un geste défensif. C'est une idée de Colton et tu le sais très bien.

D'accord, n'empêche que ça m'énervait. Je me serais bien excusée de m'être mise en colère la veille, mais je ne savais ni quoi dire, ni comment le dire. Mes parents et moi, on avait toujours formé une équipe, et tout à coup, c'était comme si on jouait dans deux camps adverses, sans que je connaisse les règles.

— Tu ferais bien d'y aller, m'a dit mon père. Au fait, le parapluie est cassé. Je m'en suis aperçu à mes dépens.

Super.

Alors que je me dirigeais vers la porte dans mes bottes de pluie, qui faisaient un bruit d'enfer, ma mère m'a arrêtée en posant une main sur mon bras.

— Tiens, prends une pomme. Tu n'as pas petit-déjeuné.

Elle a ôté une peluche invisible de mon manteau rouge à carreaux et déposé un baiser sur ma tempe.

— Ne t'en fais pas, ma puce, ça va s'arranger.

Je lui ai fait un câlin rapide en me mordant la lèvre.

— Ne passe pas trop de temps sur l'ordinateur, lui ai-je dit en partant. Vous, les jeunes d'aujourd'hui, vous allez vous flinguer les yeux.

Tout n'était pas revenu au beau fixe, mais ça allait déjà un peu mieux.

Notre voiture noire au look anonyme m'a conduite en ville par le pire trajet, dans le trafic le plus bouché possible, encore ralenti par la pluie. On a quand même fini par atteindre l'Upper East

Side. L'immeuble de Roux paraissait encore plus sinistre de jour que de nuit, ce qui n'est pas peu dire. Pour commencer, il était orné de gargouilles – à fond dans le genre « je vais vous bouffer la tête, espèces de citadins sans foi ni loi » – qui m'ont regardée d'un sale œil pendant que j'attendais que Harold le portier m'introduise dans l'entrée en marbre. (Lui arrivait-il quelquefois de ne *pas* bosser ?)

— Oh, c'est *vous*, a-t-il dit en me voyant. Merveilleux.

Il avait l'air tout sauf émerveillé.

— Eh oui, je me suis tellement amusée à porter mon amie beurrée hier soir que je reviens. Merci pour le coup de main, au fait. Super sympa.

Il m'a expédiée d'un geste et j'ai appuyé sur le bouton « Loft » de l'ascenseur pour monter chez Roux, où le spectacle était tout aussi désolant. Tous les rideaux étaient encore fermés et il y avait eu une sorte d'explosion atomique de smoothie dans la cuisine, où de la purée de fruit avait fui du blender sur le comptoir. Ma mère aurait eu une attaque en voyant ce bazar.

Moi, en revanche, ça ne m'a pas posé de problème de laisser tout ça en plan pour monter trouver Roux. Sa chambre était plongée dans le noir, au point que j'ai dû chercher l'interrupteur à tâtons sur le mur. Quant à Roux, elle était bien là, vautrée de tout son long dans son lit, un masque sur les yeux.

— Tu t'es recouchée ?

— Laisse-moi mourir tranquille.

— T'as l'air ridicule avec ce masque. Allez, debout !

Roux s'est assise, les cheveux en pétard, et a soulevé son masque pour révéler un œil vitreux.

— T'as le carburant ?

Quand j'ai avoué que j'avais oublié, elle s'est laissée retomber dans son lit avec un soupir.

— Sur les us et coutumes new-yorkais, t'es nullissime.

— En revanche, en tant qu'amie, je me défends, ai-je signalé. Surtout quand il s'agit de te ramener chez toi en un seul morceau.

— Un point pour toi. On va commander, pour le petit déj'.

Dix minutes plus tard, elle s'était levée, s'était brossé les dents et avait envoyé un coursier chercher de quoi reprendre des forces chez Absolute Bagels, pendant que je zappais sur son écran plat géant. J'ai jeté mon dévolu sur une comédie romantique, en supprimant le son pour pouvoir parler à Roux en même temps.

— Au fait, ton portier est vraiment un crétin ! lui ai-je lancé.

— Toi parler, pas crier, m'a-t-elle demandé avec une grimace en revenant dans la chambre.

— Désolée. Ton portier est vraiment un crétin.

— Je sais. Je l'adore, pas toi ? Il me scie.

Elle a jeté un coup d'œil sur l'énorme pile de vêtements qui traînaient par terre.

— C'est dur, les fringues, a-t-elle soupiré. On est dimanche, on a le droit de rester en pyjama toute la journée ?

— Sans problème. Au fait, qu'est-ce qui s'est passé en bas ?

— Où ça ?

— Dans la cuisine. On dirait que quelqu'un s'est battu avec le blender et que c'est la machine qui a gagné.

— Hum. J'sais plus. J'ai peut-être voulu me faire un smoothie hier soir.

Elle a haussé les épaules et s'est affalée sur le lit à côté de moi.

— J'adore ce film, m'a-t-elle informée. Absolument pas crédible, mais je l'adore. Je gobe tout, pire qu'une paille. Une botte de paille. Un paillasson…

— N'importe quoi. À ta place, j'essaierais de monter un one-woman-show.

— Déjà fait, figure-toi ! Ils ont pas voulu de moi.

— On se demande pourquoi !

Pendant quelques minutes, on a regardé le film sans rien dire. Roux articulait les dialogues en silence. C'était la première fois que je la voyais aussi calme. Je me suis demandé combien d'heures elle avait passées dans sa vie à regarder des films pendant que ses parents étaient à l'autre bout du monde. Ça ne devait être sympa que dans l'idée, comme d'être tout seul dans un parc d'attractions. Qui aurait envie de monter tout seul sur les montagnes russes ?

Quand notre café et nos bagels sont arrivés (« Harold, vous n'êtes qu'un vieux grigou et une brute ! Je vous adore ! » a hurlé Roux dans l'Interphone quand il a sonné), on s'est étalées sur le canapé du salon. Tout dans cette pièce était aussi précieux et glacial que dans un musée. J'aurais parié que le mobilier avait été sélectionné par un designer, qui n'avait sans doute jamais rencontré les parents de Roux.

— Ô, bagel, toi que j'aime, viens à moi !

Roux a dévoré son bagel cannelle-raisins en soupirant avec délices. Je l'observais en sirotant mon café tout en cherchant une position confortable sur le canapé.

— Donc, tu disais ? a-t-elle fini par me demander.

— Je disais quelque chose ?

— Tu voulais discuter d'un truc. Bienvenue chez Roux, conseil en choses de la vie.

J'ai pris un bagel que j'ai fait tourner autour de mon index.

— Il faut que je te parle de Jesse.

Roux s'est figée net.

— Tu l'as fait ?

— Quoi ?

Elle m'a regardée d'un air qui, curieusement, m'a rappelé la tête d'Angelo quand il dit : « Cela ne nous divertit point. »

— Mais non, t'es folle ? On n'a pas couché ensemble ! On s'est juste embrassés !

— Tu as embrassé Jesse ? s'est écriée Roux avant de poursuivre avec une grimace de douleur : Ouille, ouille, ma tête…

— On est sortis ensemble quoi, ai-je précisé. Il y a eu plusieurs baisers. Au pluriel.

— J'ai compris, merci.

Elle a replié les genoux sous elle.

— Et c'était bien ?

— C'était…

Comment est-ce que je pouvais décrire ça ? Le mot adéquat ne semblait pas encore avoir été inventé.

— C'était dingue.

Roux a secoué la tête.

— Incroyable. Vous, les filles discrètes, on croit que vous moisissez à la bibliothèque et pendant ce temps-là, c'est vous qui vous tapez les mecs.

— On s'est juste embrassés ! ai-je répété en lui lançant un coussin, qu'elle a esquivé. Ça ne fait quand même pas de moi le symbole vivant de la débauche.

Elle m'a regardée d'un air coquin.

— Bon, OK, raconte. Sans rien oublier, j'aime bien les détails. Si tu me caches un truc, je le *saurai*.

Je lui ai donc relaté la saga par le menu : lui me passant sa veste, la pause sur les marches, la bague et les baisers à la glace cerise-chocolat. Sans omettre le fait qu'il avait des cheveux super doux, et qu'il m'avait confié des choses très personnelles. Mais quand elle a insisté pour en savoir plus, je n'ai pas cédé. J'avais juré à Jesse de ne pas trahir son secret et je comptais tenir ma promesse aussi longtemps que possible.

— Bref, ai-je conclu, je fais quoi, maintenant ?

— Facile. Tu continues. Qu'est-ce que tu fais ici au lieu d'être avec lui ?

— Non, je veux dire, là maintenant tout de suite. Genre, je l'appelle ? Je lui envoie un SMS ? Des fleurs ? Un mot de remerciements ?

— Heu, Maggie ? Jesse, c'est pas ta grand-mère, OK ? Oublie le mot de remerciements.

— Mais alors je fais quoi ? L'heure tourne, là. Et s'il était déjà en train de sortir avec une autre fille ?

Je blaguais, bien sûr, mais rien que de le dire, ça m'a retourné l'estomac.

— Oh non, tu crois qu'il est en train de sortir avec une autre fille ?

Roux a rejeté l'hypothèse d'un geste de la main.

— Non, Jesse n'est pas comme ça. Ce n'est pas le genre dilettante. Il s'investit. J'ai même entendu dire qu'il était un peu collant, tendance mousse sur un tronc d'arbre. Ou chimpanzé en manque d'affection.

— Roux, tu peux te concentrer ?

— OK. Il te faut un plan.

Elle a posé son café et croisé les mains devant elle d'un air professionnel.

— Il ne t'a pas envoyé de SMS ?

— Non. C'est mauvais signe ?

— Il doit être encore en train de dormir.

— Bon.

J'ai tendu la main vers mon portable avant de m'interrompre.

— Je dois lui en envoyer un, moi ? Qu'est-ce que je dis ?

— Qu'est-ce que tu as envie de lui dire ?

— Que je…

Je n'en avais aucune idée.

— Je suis nulle pour ces trucs-là ! me suis-je écriée en balançant mon portable sur le canapé. Je ne sais même pas quoi dire ! Ils ne pourraient pas nous apprendre ça, au lycée ? Je sais faire des tas de trucs, pourquoi je ne sais pas faire ça aussi ?

— Nous sommes tous des petites étoiles qui brillent chacune dans leur coin de ciel, m'a assuré Roux.

— Non, je devrais savoir comment m'y prendre !

Je me suis levée et j'ai commencé à faire les cent pas.

— C'est vrai, quoi, j'ai fait des trucs compliqués dans ma vie ! Vraiment *super* compliqués ! Là, je n'ai qu'à envoyer un SMS, et j'ai l'impression d'avoir des pouces en pâte à modeler !

J'ai agité les mains sous ses yeux.

— Regarde-moi ça ! Une chiffe molle, je te dis !

Roux m'a glissé un regard en biais.

— T'as besoin d'un calmant ? Ma mère en a dans toutes les couleurs de l'arc-en-ciel.

— Non, ça va.

— T'es sûre ? Parce que même tes yeux, on dirait qu'ils tournent dans le sens inverse des aiguilles d'une montre.

— ÇA VA !

J'ai inspiré à fond.

— Ça va. J'ai juste l'impression de cafouiller à mort.

C'était rien de le dire.

— Voilà ce qu'on va faire, m'a annoncé Roux.

Elle avait l'air d'aller beaucoup mieux qu'à mon arrivée, et j'ai pensé dans un sursaut qu'elle avait dû se sentir très seule avant que je débarque au lycée. Elle était comme un poisson dans l'eau dans cette discussion de filles.

— Tu lui envoies un SMS où tu lui parles de la glace ou de la bague. Des accroches visuelles, si tu préfères.

— Je mets juste : « Merci pour la glace » ?

— Non, ça, c'est nul. Essaie un truc comme…

Elle a été interrompue par la sonnerie de mon téléphone.

C'était le numéro de Jesse.

— C'est lui ! ai-je hurlé. Oh, là là ! Qu'est-ce que je fais ? Je réponds ?

Roux a bondi sur le canapé en criant en même temps que moi :

— Répondre ? Mais non ! Mais non ! Attends !

— Pourquoi ? Ça sonne toujours !

— Boîte vocale ! Boîte vocale !

Elle était tellement excitée qu'elle renversait du café partout sur le canapé.

— POURQUOI ?

— DISCUTE PAS !

— AAAHHH !

Elle a entamé une danse de la victoire qui m'a rappelé la danse du poulet funky de mon père, quand il veut soit me remonter le moral, soit me mettre la honte.

— Il t'a appelée en premier ! Il veut te parler !

— Et maintenant, comme je n'ai pas répondu, il doit croire que je suis perdue quelque part en Sibérie !

— Pourquoi en Sibérie ?

— C'est bien plus probable que tu ne le crois, l'ai-je informée.

— Si tu veux. Tant qu'il ne va pas s'imaginer que tu es dispo dès qu'il t'appelle.

— Mais je *suis* dispo ! J'avais mon portable dans la main !

— Tu dois le faire attendre. Lui faire croire que tu es occupée à autre chose. Les mecs ne demandent que ça, courir après les filles.

— Sérieux ? On est au XXIe siècle !

Roux a haussé les épaules.

— Je t'offre des conseils judicieux et une compagnie agréable. Après, à toi de voir.

J'ai consulté mon portable. Pas de message.

— Il n'a pas laissé de message. Il me déteste. Il va me demander de lui rendre la bague.

— Ne fais jamais ça. C'est des conseils précieux que je te donne là. Rappelle-le d'ici deux heures, quand tu auras fini tes courses pour ta mère.

Elle s'est laissée retomber sur le canapé à côté de la tache de café, sans prendre la peine de la nettoyer.

— Mes courses ? Ah, oui, c'est vrai. Tu crois ?

Dans l'agitation, j'avais oublié que j'étais censée retrouver Angelo.

— Écoute, je sais que tu ne m'as pas connue avant ma période « réprouvée », mais crois-moi, je maîtrise les codes. Ce genre de talent, ça ne se perd pas comme ça.

Elle s'est enfin décidée à tapoter la tache avec une serviette en papier, mais sans conviction.

— Tu n'as pas une femme de ménage ? ai-je demandé. Ou, je ne sais pas, un produit détachant sous ton évier ?

Roux a haussé les épaules.

— Inez ne vient pas le dimanche. Elle a une famille.

Elle a dit ça avec un air un peu envieux, et je me suis rendu comte que si je n'étais pas passée, elle n'aurait sans doute parlé à personne de toute la journée. J'aurais voulu pouvoir l'inviter à dîner, ou au moins à prendre le thé avec Angelo, mais ce n'était pas possible. J'avais déjà assez mélangé le travail et la vie privée ce week-end-là.

J'ai fait un effort pour récupérer le fil de la conversation.

— ... quand tu le rappelleras, continuait Roux, reste cool. Tu réponds aux questions, tu ne les poses pas.

— Ça, c'est dans mes cordes, ai-je observé, sans mentir. S'il y avait une chose que je savais faire, c'était obtenir des informations des gens sans avoir l'air d'y toucher. Finalement, être une espionne allait s'avérer utile sur un point dans le domaine sentimental.

Mais Roux n'avait pas l'air convaincue.

— Ah bon ? a-t-elle répliqué, la bouche pleine de bagel. J'ai du mal à le croire.

— Aie confiance, ai-je dit en me levant. Bon, je dois aller retrou… m'occuper de ces courses.

— Mais tu n'as même pas fini ton bagel.

Je m'en voulais, mais je ne pouvais pas faire attendre Angelo plus longtemps.

— Ouais, mes parents étaient en pétard que je rentre aussi tard cette nuit.

Le visage de Roux s'est encore assombri.

— Ils n'ont rien contre toi, hein, me suis-je empressée d'ajouter.

— Non, tu as de la chance qu'ils s'inquiètent pour toi. C'est cool.

Du bout de l'orteil, elle traçait un petit dessin dans la tache de café sur le parquet.

— Je t'appelle dès que j'ai eu Jesse, lui ai-je promis. Va prendre une douche et fais tes devoirs ou je ne sais quoi.

Elle a levé les yeux au ciel, mais m'a quand même raccompagnée jusqu'à la porte.

— Je vais rester toute la journée dans mon lit en mangeant des frites, a-t-elle décrété. Il faut que je prenne des forces, si je dois t'initier à l'art d'être une petite amie civilisée.

— « Amie » tout court, ai-je rectifié. Pas « petite ».

— Admettons. Allez, file faire tes courses. Et préviens Harold que je vais faire de sa vie un enfer s'il ne te sourit pas chaque fois que tu passes.

Je n'avais pas l'intention de transmettre un quelconque message au portier, mais j'ai acquiescé et je suis sortie.

— Et ne fais rien que je ne ferais pas ! a-t-elle lancé dans mon dos.

Elle gloussait encore de sa blague après avoir refermé la porte.

15

La voiture s'est arrêtée en douceur devant le musée sur la 70e Rue et je suis descendue avant que le chauffeur ait pu m'ouvrir la portière. Pas la peine qu'on se retrouve trempés tous les deux. L'entrée était presque déserte, à part un grand type aux cheveux gris qui se tenait tranquillement devant le guichet, les mains croisées derrière le dos, comme s'il ne faisait que ça de ses journées.

Ce qui, connaissant Angelo, était sans doute le cas.

— Tiens, c'est drôle qu'on se croise ici, ai-je dit une fois à son niveau.

Il m'a regardée en souriant.

— On dirait un rat noyé.

— Les rats noyés ont des parapluies cassés. J'ai lu ça sur le papier d'un biscuit chinois, une fois.

— Ça explique beaucoup de choses.

Il a sorti son portefeuille, même si le panneau indiquait « Le dimanche, tarif à la discrétion des visiteurs », et en a tiré un billet de cent dollars.

— Ceci suffira-t-il pour la demoiselle et moi-même ? a-t-il demandé à la fille derrière le guichet.

— Ou-oui, a-t-elle bafouillé. Euh, oui, tout à fait.

— Parfait. C'est toujours un plaisir de soutenir l'art.

Angelo a pris nos billets et franchi le portillon qui menait dans le jardin intérieur, où de l'eau murmurait et glougloutait dans une grande fontaine en marbre.

L'ambiance était assez humide et des dizaines d'orchidées poussaient à même le sol.

— En fait, c'est une serre, quoi… ai-je observé en me posant sur un des bancs en marbre.

— C'est beau, non ? Ça valait vraiment le coup de rénover. C'est important de suivre le mouvement de la modernité.

— … dit l'homme à l'antique machine à écrire Olivetti, l'ai-je taquiné.

Il m'a regardée en souriant du haut de sa grande taille et je lui ai répondu par un grand sourire innocent.

— On peut suivre le mouvement de la modernité sans oublier ses classiques, a-t-il nuancé. Mais je te signale que j'ai également un ordinateur portable.

— Tiens, ai-je repris en lui passant la clé USB. J'ai trouvé ça dans un coffre chez les Oliver. Je ne sais pas ce qu'il y a dessus, mais c'était bien caché.

— Bien joué. Je vais examiner son contenu dès que possible avec le Collectif.

Après un silence, il a ajouté :

— J'ai entendu parler d'un petit désaccord entre tes parents et toi ?

J'ai soupiré en regardant l'ange de bronze qui se dressait près de la fontaine et qui pointait sur moi un doigt presque accusateur. « Tu as embrassé un garçon ! aurait-il dit s'il avait pu parler. Honte à toi ! Tu es censée travailler ! »

— Je t'explique le problème, ai-je répondu à Angelo. Ils me demandent de remplir cette mission, OK ? Ils veulent que je fasse un super boulot, je veux faire un super boulot, le monde entier veut que je fasse un super boulot. Mais quand je me mets à le faire, ils flippent. Comment veux-tu que je m'en sorte ?

Angelo a hoché doucement la tête en remettant en place ses boutons de manchettes, sur lesquels étaient gravés deux A calligraphiés.

— L'ennui, ma belle, c'est qu'à leurs yeux, tu es d'abord leur fille, et seulement ensuite, une espionne.

— Généralement, c'est plutôt le contraire. Je te signale qu'hier soir, c'était la première fois de ma vie que je sortais avec des jeunes de mon âge. Et c'était chouette. C'était génial. Je faisais mon taf et, en même temps, j'étais à une fête d'Halloween, c'était genre carrément cool…

— Votre séjour en Californie il y a trois ans n'a pas amélioré ton langage, a observé Angelo avec un soupir.

— … c'était très sympathique, me suis-je reprise. Mais, Angelo, ce n'est pas normal que ce soit ma première fête. Il aurait dû y en avoir plein d'autres. Mes parents ne peuvent pas décider du jour au lendemain que je dois être « normale » alors qu'ils ont tout fait depuis seize ans pour que je ne le sois pas.

— Oui, je suis d'accord. Ton argument est imparable.

— Tu trouves ?

— Absolument.

Il a suivi des yeux deux touristes qui traversaient la cour en se montrant la fontaine.

— Tu vois ces deux-là ?

— Tu les connais ? Ce sont des tueurs ?

— C'est extrêmement improbable. Et je ne les ai jamais vus. Mais ils ont l'air d'être de personnes tout à fait normales et charmantes, non ?

— Si.

— La plupart des gens ont une vie ordinaire. Ils font des études, se marient, fondent une famille... Ils mènent une existence sans histoires, ce qui ne manque pas de poésie, loin de là. Mais toi, Maggie, tu peux avoir une vie hors du commun parce que tu as un don.

Il m'a regardée, avec la même chaleur qu'il y a toujours eu dans ses yeux bleu glacier.

— Tu as un talent dont beaucoup de gens rêveraient. Serais-tu prête à l'échanger contre une vie normale ?

— Des fois, peut-être, ai-je murmuré. Je ne sais pas. Je voudrais juste que mes parents aient assez confiance en moi pour me laisser faire mon travail.

— Tu te souviens, m'a-t-il demandé lentement en levant les yeux vers la verrière, quand tu es venue chez moi déguisée pour Halloween ?

— Évidemment. Tu m'as donné une barre chocolatée et un journal intime. Angelo, ça remonte à plus de dix ans. Pourquoi… ?

— En quoi étais-tu déguisée ?

— En fantôme. Je voulais enlever mon costume, mais mes parents m'ont dit que je devais le garder jusqu'à ce qu'on arrive chez toi.

— Oui, car c'est la nuit où tu as failli être kidnappée.

Je l'ai fixé, bouche bée.

— De *quoi* tu parles ?

— La rumeur s'était répandue que tu avais un don pour ouvrir les serrures, que tu étais une sorte de prodige. Ça avait tellement impressionné un nouveau membre du Collectif qu'il n'a pas pu se taire et, enfin, je suppose qu'il a eu envie d'exploiter ces dons dans son propre intérêt et à de mauvaises fins.

— C'est-à-dire… ?

Angelo a haussé les épaules.

— Dans notre métier, le danger est partout. Et il y a toujours de l'argent à gagner. Il aurait pu te former lui-même, te faire ouvrir des coffres de banques pour des gens mal intentionnés, prendre des choses sur lesquelles il n'avait aucun droit.

Il s'est tu, et j'ai deviné qu'il poursuivait mentalement la liste, en songeant à d'autres sorts bien pires encore que j'aurais pu subir.

— Tu sais qui c'était ?

Angelo gardait les yeux fixés sur la statue de l'ange.

— Une nouvelle recrue. Il s'appelait Oscar Young. Il n'était chez nous que depuis quelques mois quand il a essayé de t'enlever. Son plan était de te mettre la main dessus à l'est de Gramercy Park.

— Et qu'est-ce qu'il est devenu ?

J'ai jeté un coup d'œil par-dessus mon épaule, prise d'une angoisse instinctive, mais Angelo m'a tapoté l'épaule.

— Inutile de t'inquiéter, ma douce. Son corps a refait surface quelques mois plus tard sur une côte d'Amérique du Sud.

Mais il avait la bouche crispée et la ride qui séparait ses sourcils était plus profonde que d'habitude.

J'ai dû faire un effort pour avaler ma salive.

— Euh, Angelo, tu n'as pas... ?

— Oh, non, non, ma chérie, je ne l'ai pas tué. Je m'en serais volontiers chargé, mais quelqu'un l'a fait avant moi.

Il m'a regardée avec un sourire crispé.

— Malheureusement.

— Et ensuite, il s'est passé quoi ? Mes parents ont eu droit à une sécurité renforcée ? On m'a implanté une puce électronique ?

J'ai porté la main à ma nuque.

— C'est ça que vous avez fait, hein ?

Il a souri plus franchement.

— Bien sûr que non. En revanche, oui, sécurité renforcée pour tout le monde pendant quelques mois. Colton était... le pauvre, il était dans tous ses états. C'était lui qui avait fait entrer Oscar

Young dans le Collectif, en jurant que c'était l'un des meilleurs. Colton n'arrivait pas à y croire quand il a appris la nouvelle.

J'ai essayé d'imaginer Colton Hooper autrement que flegmatique et détendu ; impossible.

— Il s'est excusé et il a juré à tes parents qu'il veillerait toujours personnellement à ta sécurité. Je me rappelle encore ses paroles exactes. Il a dit : « Je suppose qu'Oscar Young n'était pas un chevalier en armure étincelante. » Je n'ai jamais entendu plus bel euphémisme.

J'avais l'impression que ma tête était trop petite pour contenir cette nouvelle donnée.

— Donc, Oscar Young est mort ?

Le visage d'Angelo s'est adouci.

— Oh, ma puce, je t'ai effrayée.

— Pas du tout, je n'ai pas peur, je suis en colère. Cette histoire me donne envie de jeter Young du haut d'un building et de serrer Colton dans mes bras.

Ça a fait rire Angelo.

— J'ai bien peur que ton second vœu soit aussi impossible à réaliser que le premier. C'est quoi, votre expression, à vous les jeunes ? Les câlins, ça n'est pas trop le truc de Colton.

— Tu l'as déjà rencontré ?

— Seulement à quelques reprises, juste après la tentative d'enlèvement. Je crois que je n'oublierai jamais son air dévasté.

Quand Angelo a dit ça, j'ai soudain eu l'impression qu'une petite flamme me réchauffait le cœur. J'avais autour de moi tout un réseau de gens qui me soutenaient, qui me protégeaient, qui veillaient sur moi. Y compris, ai-je réalisé dans un sursaut de culpabilité, mes parents.

— Mes parents ont dû flipper.

— Effectivement. À vrai dire, tu étais la seule à garder ton calme. Tu étais juste enchantée de te déguiser en fantôme.

Angelo s'est tourné vers moi pour ajouter :

— Cela explique sans doute pourquoi tes parents étaient si inquiets de ne pas te voir rentrer hier soir. D'autant que ça s'est passé ici, à New York.

— Ah, tu crois ? Mais ils auraient quand même pu m'en parler ! C'était il y a douze ans, je peux encaisser le choc.

— Autant que tu saches aussi qu'ils n'étaient pas très emballés par cette mission. Ils ne tenaient pas à ce qu'on te donne un rôle aussi central.

Puis, après une pause :

— Et puis, je crois qu'ils ne t'ont pas vue grandir et qu'ils se sont laissé surprendre.

J'ai repensé à la nuit que je venais de passer, à la fête, au retour avec Roux, au baiser de Jesse sur les marches glacées, à tout ce qui me poussait vers l'âge adulte sans que mes parents le voient.

— Eh oui, j'ai grandi, ai-je acquiescé. C'est souvent ce qui arrive avec les enfants.

— Il paraît, m'a répondu Angelo, amusé. Tu te doutes bien que je ne te raconte pas tout ça pour t'effrayer. Mais je pense que tu dois connaître la vérité sur la valeur de ton talent, et sur le fait qu'on est tous fermement résolus à te protéger.

— Mais vous ne pouvez pas me protéger contre tout. Même si j'étais une ado normale, mes parents ne le pourraient pas.

— Non, c'est exact. Et moi non plus, d'ailleurs. C'est à toi qu'il appartient d'avoir assez de discernement pour te protéger toi-même.

Là, j'ai craint qu'on ne se dirige mine de rien vers un petit speech sur les rapports protégés, et je me suis dépêchée de dévier le sujet.

— Je devrais peut-être ressortir mon déguisement de fantôme.

Angelo a souri en me tapotant le genou.

— Une solution tout en subtilité.

— J'ai eu les meilleurs professeurs, ai-je répliqué avec un air taquin.

— Un point partout.

Il a de nouveau rajusté ses boutons de manchettes.

— Alors, quel est le programme de ta journée ? Des devoirs, je suppose ?

— Ha, oui, non. Je viens de passer voir Roux, une amie assez épuisante. Je crois que je vais avoir besoin d'une sieste.

— Ah, oui, la petite Miss *Je Ne Sais Quoi**. Et Jesse Oliver, est-il sympathique ?

Je me suis sentie piquer un fard.

— Oui, il est sympathique. (Réponse sans risque, qui n'était pas non plus un mensonge.) Mais ne t'en fais pas, je sais ce que je fais.

Il m'a regardée sans rien dire, d'un air légèrement interrogateur.

— C'est vrai ! Tu peux me faire confiance, là-dessus, j'ai assuré.

— Je te fais toujours confiance, m'a-t-il répondu. N'oublie jamais ça.

Il a jeté un coup d'œil vers le couple de touristes qui retraversait la cour.

— Les gens à qui on peut faire confiance ne sont pas si nombreux, a-t-il repris avec un fond d'inquiétude dans la voix qui ne lui était pas habituel. Toi, ma puce, tu es de ceux-là.

J'ai repensé à mon baiser avec Jesse et je n'ai rien dit.

— Bon, il va te falloir un parapluie pour repartir, a-t-il déclaré. Tiens, prends le mien.

— Mais, et toi ? ai-je demandé alors qu'il me le mettait dans la main.

Il était lourd, en toile, avec un manche en chêne orné du même A que les boutons de manchettes et les cartes de visite d'Angelo. Clairement pas le genre de parapluie qu'on achète cinq dollars à la sortie du métro.

— Une petite averse ne fera pas de mal à un vieux bonhomme comme moi, m'a-t-il répondu tandis qu'on regagnait les grilles. Ça me maintient en forme.

La voiture attendait le long du trottoir, là où elle m'avait déposée, et Angelo m'a poussée sur la banquette arrière.

— Et parle avec tes parents, m'a-t-il enjoint avant de refermer la portière. Tout ce qu'ils font, ils le font pour ton bien, comme moi.

— D'accord, c'est promis. Rentre bien ! Essaie de rester au sec !

Mais il avait claqué la portière et s'éloignait déjà sur la 70e Rue. J'ai essayé de le suivre des yeux tandis que le chauffeur se mettait en route, mais il avait tourné au carrefour et s'était fondu dans la foule des New-Yorkais trempés, comme si la pluie l'avait emporté.

16

Dans la voiture, j'ai composé le numéro de Jesse.

— Salut, m'a-t-il répondu dès la deuxième sonnerie. Je suis content que tu m'aies rappelé.

— Qu'est-ce que tu croyais ? Tu as mon imper.

Il y a eu un silence.

— Oh… a-t-il fini par dire. Oh… je croyais…

— Je blague ! Franchement ! Enfin, je ne blague pas sur le fait que tu aies mon imper. Mais je t'aurais appelé de toute façon.

— Tu veux passer le chercher ?

J'ai réfléchi à toute allure. Armand devait être chez lui et je ne voulais pas risquer de le croiser.

— Si on se retrouvait plutôt quelque part ? ai-je proposé. Tu as déjà pris ton café ?

— Le Grey Dog, dans Mulberry Street, ça t'irait ? Ils font du bon café. Tu aimes le café ?

— Autant que de respirer.

— Bonne réponse. Dans une demi-heure ?

J'ai jeté un coup d'œil par la vitre.

— Oui, parfait. N'oublie pas de prendre ton parapluie.

— OK, merci, maman.

— Il pleut ! Je veux juste te rendre service !

En fait, on se marrait tous les deux.

— Très bien, mouille-toi si ça t'amuse. Moi, je m'en fiche.

— Vingt-neuf minutes. Et sois à l'heure.

J'ai raccroché en tirant la langue à mon téléphone.

— Oui, chef, ai-je marmonné dans un sourire.

— Deux minutes d'avance ! ai-je lancé en sautant de la voiture tout en essayant d'éviter les gouttes. J'ai gagné ?

Jesse a regardé son téléphone et tapoté dessus.

— Non, désolé ! À mon portable, ça fait plus de trente minutes. Tu es pile à l'heure.

— Fais voir, ai-je exigé.

Mais il a brandi son téléphone au-dessus de sa tête, hors de ma portée.

— Ton portable est un menteur et un malhonnête, ai-je protesté. Et il a un air sournois, en plus.

— Je ne te permets pas.

En m'agitant pour attraper son téléphone, je me suis marché sur les pieds et j'ai trébuché, manquant de m'affaler sur lui.

— Holà, attention.

— C'est à cause de la pluie, ai-je expliqué. Je n'arrête pas de glisser.

C'était faux, mais il me fallait un truc pour détourner son attention du fait que je rougissais.

— Salut, au fait, ai-je ajouté.

Il me souriait.

— Salut. Ravi de te revoir.

— Moi de même.

Je me suis redressée en m'agrippant à sa manche.

Quand j'ai eu retrouvé l'équilibre, il m'a tendu mon imper.

— Je l'avais rangé pour éviter que Max ne le mette en pièces, m'a-t-il précisé.

— Merci. Tu remercieras aussi Max.

Jesse m'a aidée à enfiler les manches et à sortir mes cheveux du col.

— Il est comme neuf ! ai-je déclaré. Bon, on se le prend, ce café ?

— Ça urge à ce point-là ?

— J'adore le café, c'est tout.

— Tu ne serais pas plutôt accro à la caféine ?

— Mon seul problème, c'est quand il n'y en a pas.

Il y avait déjà du monde jusqu'à l'entrée et j'ai tendu le cou pour évaluer la distance qui nous séparait de la caisse.

— Regarde-toi ! s'est esclaffé Jesse. Tu en trembles !

— On devrait peut-être se mettre dans la queue.

— Tu devrais peut-être envisager une cure de désintox, a-t-il répliqué en se laissant entraîner au bout de la file d'attente.

On est ressortis de là vingt minutes plus tard avec notre café en main, et j'ai fait signe au chauffeur de ne pas bouger.

— Je constate que tu n'as pas mis ta bague, a observé Jesse.

J'ai poussé un petit cri et fourré en vitesse ma main dans ma poche.

— Elle est chez le bijoutier pour mettre l'anneau à ma taille !

— Je ne vais pas en faire une histoire, a-t-il repris en riant. Je n'ai pas pu m'empêcher de le remarquer, c'est tout !

— Ça me donnait une crise d'hyperglycémie rien que de la regarder ! me suis-je écriée. Si je l'ai enlevée, c'est pour notre bien à tous les deux !

Il m'a poussée pour me taquiner, et m'a rattrapée par le coude juste avant que je ne fonce dans un groupe de femmes équipées de Caddie.

— Pardon, leur ai-je dit. C'est la caféine, ça me rend un peu speed.

Ça n'a pas eu l'air de les amuser. On a tourné au carrefour sans savoir où on allait.

— Alooors… ai-je commencé en essuyant une goutte de café sur le couvercle de mon gobelet.

— Alooors ? a fait Jesse.

— … c'est arrivé.

— Quoi donc ?

— On s'est embrassés.

— Ah bon ? Eh, je blague ! a-t-il ajouté à la hâte en voyant ma tête. Tu ne vas pas te mettre à pleurer ! Je blague, je te jure !

— Je n'ai pas envie de pleurer mais de te tuer.

(Note personnelle : apprendre à cacher mes émotions.)

— Ah, je comprends mieux, a-t-il répliqué. Eh oui, on s'est embrassés.

Il m'a glissé un regard en coin avant de me demander :

— Ça pose un problème, ou bien… ?

— Aucun problème. On est cool. Super cool. Aucun souci, mon pote. On est OOOOK.

« La ferme, Maggie. Tais-toi immédiatement. À la seconde. Je suis sérieuse. »

— Donc, on ne va pas dériver sur une espèce de plan potes bizarre ?

— Quoi ? Non ! Enfin, sauf si c'est ce que tu veux. C'est ce que tu veux ?

— Non. Et toi ?

— Non. Bon, écoute…

Je lui ai pris le bras pour le tirer sous un auvent, à l'écart du flot des passants.

— Pourquoi t'es bizarre ?

— Je ne suis pas bizarre. Je voulais juste être sûr que c'était bon pour toi.

— Je ne vois pas comment je pourrais être plus claire : je suis vraiment contente que tu m'aies embrassée hier.

— Ouais, mais en même temps, tu ne m'as pas rappelé ce matin, alors j'étais un peu inquiet…

— Tu t'es inquiété parce que j'ai mis un quart d'heure à te rappeler ?

— Peut-être ?

Il m'a souri, mais il y avait de la tension dans ses yeux et il passait et repassait ses mains dans ses cheveux, en les faisant boucler un peu plus chaque fois ; c'était adorable. Mais il avait l'air plutôt mal à l'aise.

— Je peux te poser une question ? ai-je demandé. Une petite ?

— Bien sûr.

— C'est qui, la fille qui t'a plaqué ?

Ses épaules se sont affaissées en même temps qu'il écarquillait les yeux.

— Ah, Roux t'a dit.

— Aussi incroyable que ça puisse paraître, Roux ne m'a rien dit du tout.

— Ça, je n'en reviens pas.

— Un nom. Je veux un nom.

— Claire Thomason.

Il a pris une grande inspiration.

— C'était l'an dernier, vers Noël. Et je me suis pris une bonne baffe.

Non seulement sa mère s'était fait la malle, mais, en prime, il avait été psychologiquement massacré par une relation amoureuse désastreuse. Entre tous les mecs de Manhattan, il avait fallu que je tombe sur un oiseau blessé.

— Voilà ce que je te propose, ai-je dit en passant mon bras autour du sien. On se balade et tu me parles de Claire.

C'est ce qu'on a fait pendant une bonne heure, en arpentant les rues de Nolita[1]. Il était sorti avec Claire pendant six mois et il était dingue d'elle, mais elle soufflait toujours le chaud et le froid, oubliait de le rappeler, etc.

— Genre, on passait tout le samedi soir ensemble à s'embrasser, et le lendemain, rien, pas un appel, pas un message, silence radio.

— Raison pour laquelle tu t'empresses de me caser dans la catégorie potes, ai-je conclu. Je ne

1. Le nord du quartier de Little Italy (NOrth of Little ITAly), à Manhattan.

suis pas psy, mais à mon avis, tu projettes tes problèmes avec Claire sur nous.

Ça non, je n'étais pas psy ; juste une ado qui avait passé beaucoup trop d'heures à regarder des rediffusions de *Oprah* et *Dr Phil*[1].

— Je sais, a-t-il admis en se passant une main sur le visage, dans un grognement plus attendrissant que menaçant. C'est compliqué avec vous, les filles.

— Euh, avec les mecs aussi. Regarde Roux et son Roméo toujours dans son nuage de hasch. Ça ressemble à un énorme gâchis. Tout le monde passe son temps à tout planter. Mais ça ne veut pas dire que les gens n'essaient pas de bien faire.

Tu veux dire que Claire essayait de bien faire ? m'a-t-il demandé d'un air dubitatif.

— Non, je dis juste que *chacun* doit essayer de faire de son mieux. Pour nous, ça implique de parler de Claire et d'être honnêtes l'un envers l'autre.

Avant même d'avoir fini ma phrase, j'ai senti ma gorge se nouer. Ça m'allait bien de lui parler d'honnêteté tout en lui mentant éhontément.

— En tout cas, autant qu'on peut l'être, ai-je ajouté.

Il m'a jeté un petit coup d'œil.

— Je crois que je n'ai jamais eu ce genre de conversation avec une fille.

1. Talk-shows respectivement animés par Oprah Winfrey et Phil McGraw. La première interviewe des célébrités sur leur vie privée, le second dispense des conseils sur la manière de gérer sa vie.

— Et puisqu'on doit être honnêtes, je t'avoue que tout ce que j'essaie de faire, c'est de t'amener à m'embrasser.

— Ah oui ?

— Et je commence à m'impatienter.

Il s'est penché pour m'embrasser. Doucement, cette fois, pas comme la veille devant chez moi.

— Merci, a-t-il murmuré tout contre ma bouche. Sincèrement.

— Pas de quoi, ai-je répondu avant de l'embrasser de nouveau.

Quand on s'est séparés une minute plus tard, j'ai réattaqué :

— Alors, cette Claire, parle-moi d'elle. À quoi elle ressemble ? Elle habite où ? Elle a des obsessions ? Des phobies ?

Jesse a passé les bras autour de mon cou et déposé un baiser sur le haut de mon crâne.

— Il y a des moments où je te trouve un peu effrayante.

Puis, avec un grand sourire :

— Ça ne me déplaît pas.

17

Le lundi matin, je me suis réveillée plus tôt que d'habitude, ce qui m'a énervée. Le temps que j'arrive à la cuisine, douchée et habillée, j'ai découvert une deuxième raison d'être à cran : autour de la table se trouvaient mon père, ma mère, et Angelo.

J'ai hésité sur le seuil.

— Laissez-moi deviner : ce n'est pas une bonne nouvelle qui vous réunit tous les trois à cette heure-ci.

Ma mère m'a montré une chaise vide.

— Viens t'asseoir. Il faut qu'on parle.

La journée démarrait fort.

Quand j'ai été installée en face d'eux, un bol de café devant moi, Angelo a croisé les doigts sous son menton.

— Il y a effectivement des choses instructives sur cette clé USB, a-t-il commencé.

— Y a intérêt, ai-je dit avant de boire une gorgée de café brûlant. Ouille !

— Maggie, a dit mon père. Tu peux essayer de te concentrer ?

— Mais je le suis ! Je suis concentrée sur cette douleur atroce dans ma bouche, aïe.

Angelo m'a passé un iPad.

— Voilà ce qu'on a trouvé après avoir piraté le mot de passe.

J'ai pris la tablette, presque effrayée de ce que j'allais trouver. Mais en découvrant les premières photos, je n'ai vu que des portraits de Jesse petit. Jesse déguisé en Batman pour Halloween ; souriant à ce qui devait être le jour de la rentrée ; posant en tenue de base-ball avec une batte sur les épaules.

Ma première pensée a été : « La boulette ! Ce n'est pas le bon dossier. »

Ma deuxième : « Il était trop chou quand il était petit. »

— Quoi ? ai-je dit. C'est tout ce qu'il y avait sur cette clé ?

Mon père, ma mère et Angelo ont hoché la tête en silence. Ils n'avaient pas besoin de parler pour que j'entende : « Tu t'es plantée. Les infos sont toujours dans la nature. L'article va paraître et nos identités vont être révélées. »

— Mais enfin, elle était planquée ! Cette clé était dans un coffre-fort *planqué*, dont la clé était *planquée*, et vous savez ce que j'ai dû subir pour la trouver ? C'était un vrai cirque ! Il y avait une fête, avec un ninja, et ensuite un karaok…

— Maggie, m'a de nouveau coupée mon père.

Mais je ne me suis pas laissé faire.

— Écoutez, ai-je poursuivi. Vous m'avez appris à ouvrir des coffres. Pas à deviner ce qu'il y avait dedans avant de les ouvrir. J'ai vu un coffre, je l'ai ouvert, il contenait une clé USB, et voilà.

— Il faut qu'on trouve ces informations, a dit ma mère. Si tu ne penses pas pouvoir le faire, alors…

— Je *croyais* l'avoir fait ! ai-je protesté.

Je savais que ma réaction était puérile, pile le contraire de celle qu'on attend d'un espion.

Vous savez, quand on fait ou qu'on dit exactement l'inverse de ce qu'il faudrait, sans pouvoir s'en empêcher pour autant ? En entendant les mots sortir de notre bouche, tout ce qu'on voudrait, c'est les renfourner, parce que le bon nous, le vrai nous, ne voudrait pas du tout être comme ça, mais on continue quand même.

Eh bien c'était moi. Parce qu'au lieu d'admettre que j'allais devoir réessayer et mieux faire la deuxième fois, je me suis mise à geindre.

— C'est quoi ? Un procès ? ai-je demandé.

— Mais non, a dit ma mère. Juste…

— Parce que ça y ressemble. C'est vrai, vous êtes là tous les trois, alignés face à moi. Il ne manque que le type qui fait tic tic. Vous savez, celui qui… (J'ai mimé le gars qui tape sur un clavier.) Comment ça s'appelle ?

— Le type qui fait tic tic ? a répété mon père.

— Tu as recommencé à te ronger les ongles ? m'a demandé ma mère.

— Un sténographe ? a suggéré Angelo.

— C'est ça, un sténographe. Et oui, j'ai recommencé à me ronger les ongles, parce que je suis stressée. Mes cuticules n'ont plus qu'à s'arranger pour tenir le choc jusqu'à la sentence.

Angelo a ri, sans méchanceté.

— Je t'assure, ma puce, que ceci n'a rien d'un procès. Si c'en était un, on ne formerait pas un jury partial !

C'était un argument difficile à contrer.

— Écoutez, ai-je repris, aucun de vous trois n'a jamais commis d'erreur ?

— La question n'est pas là, m'a assuré ma mère. Et je sais que ça donne l'impression qu'on se ligue contre toi, mais c'est juste parce qu'on est assis comme ça. Il faudra qu'on s'achète une table ronde.

Elle voulait me faire sourire, mais je ne lui ai pas donné cette satisfaction, ce qui n'a fait qu'aggraver mon sentiment de culpabilité.

— La question, a-t-elle poursuivi, est que cet article de magazine va sans doute citer des noms. *Nos* noms. *Ton* nom.

— Je sais ! (Cela dit, ça m'a fait froid dans le dos de l'entendre formuler.) Je fais ce que je peux ! Ce n'est pas facile de devoir mettre la main sur des documents en urgence tout en allant au lycée. C'est même super dur. D'ailleurs, je suis sûre que je vais me planter tout à l'heure au contrôle de français.

— *Comme si on pouvait apprendre le français à l'école**, a marmonné Angelo.

Cette fois, j'étais certaine que j'allais me planter, parce que je n'avais pas compris un mot de sa phrase.

— *Totalement ridicule**, a confirmé mon père.

Ma mère s'est empressée de les arrêter :

— Ce n'est pas le moment de discuter des lacunes du système scolaire. On peut revenir à notre sujet, s'il vous plaît ?

— Oui, peut-on revenir sur le fait que je suis l'espionne la plus nulle du monde et que je vais sans doute finir comme docker en horaires de nuit ?

— Tu vois ? s'est marré Angelo. Tu ne peux pas t'empêcher de faire ton cinéma. C'est l'une des caractéristiques des meilleurs espions. Regarde Emma Peel, ou James Bond. Eux non plus ne faisaient pas dans la subtilité.

Il m'a tapoté la main, ce qui m'a un peu réconfortée.

— D'accord, ai-je soupiré. Je peux trouver ces documents. Je les trouverai. Je croyais l'avoir fait, mais apparemment, il s'agissait seulement d'une répétition. Je les rapporterai, promis.

— Il ne suffit pas de le dire, encore faut-il le faire, m'a signalé mon père.

— C'est bon, j'ai compris que c'était super important, j'y arriverai.

Je n'ai pas mentionné que je sortais déjà avec le fils de la cible. Ça n'aurait peut-être pas raffermi leur confiance en moi.

Et la mienne pas davantage.

— Tout va bien, OK ? Vous pouvez compter sur moi. Je maîtrise la situation.

Tu parles.

18

La journée n'a fait qu'empirer.

Il pleuvait et l'air était humide jusque dans les couloirs du lycée. Une voiture m'avait éclaboussée jusqu'à la taille dans Jane Street et je marinais dans le jus de caniveau. Mes cheveux me donnaient l'impression de porter un chapeau trop grand et ma frange rebiquait au point qu'elle aurait pu servir d'antenne de téléphonie mobile pour tout le sud de Manhattan. J'étais frigorifiée et déprimée, la plus piteuse espionne du monde.

L'Islande me manquait plus que jamais. J'aurais encore préféré être au Luxembourg, c'est dire si j'avais le moral dans les chaussettes.

Et pour tout arranger, le cadenas de mon casier était coincé.

— Je hais ma vie ! ai-je gémi avant de me taper la tête contre la porte métallique.

— Oh, arrête. L'autoapitoiement, c'est totalement dépassé.

Roux. Le rayon de soleil toxique qui manquait à ma journée.

— Tu peux m'expliquer pourquoi tu te balades en faisant la même tête que le Fantôme de l'Opéra ?

Par où commencer ? Comment étais-je censée faire mon boulot alors que je ne pouvais pas être sincère avec les gens susceptibles de m'aider ? J'ai opté pour la réponse la moins mensongère :

— Je me suis brûlé la langue.

Roux a avalé une gorgée de son cappuccino.

— Ouch. La journée commence mal. On ferait mieux de sécher pour limiter les risques.

J'ai arrêté de me cogner la tête (ce qui, contrairement à ce qu'on voit dans les films, fait vraiment mal) pour me tourner vers elle.

— Je ne peux pas, j'ai contrôle de français.

— On devrait tous exclure l'expression « je ne peux pas » de notre vocabulaire. C'est trop négatif.

— Je vais le dire autrement : j'ai des responsabilités, OK ? Je ne peux pas rater le cours de français aujourd'hui. Pas négociable, impossible, l'expression que tu voudras. Ça n'arrivera pas.

Roux m'a regardée avec un grand sourire :

— Enfin un peu de combativité ! Je vois que mes leçons portent leurs fruits ! Et pas la peine de faire semblant avec moi, je sais que c'est juste pour voir Jesse.

Oui, je voulais voir Jesse, et en même temps, je ne voulais pas. Je savais que je n'aurais pas dû l'embrasser, et que si mes parents ou Angelo l'apprenaient, ils risquaient de m'envoyer fabriquer des sorbets dans l'Arctique pour le restant de mes jours. Je ne pouvais pas voir Jesse sans penser à mon manque total de professionnalisme.

Et en même temps, j'avais trop hâte.

Je me suis demandé si James Bond avait déjà été confronté au problème avec une de ses innombrables copines.

— Tu n'as pas besoin d'aller en cours pour le voir, m'a signalé Roux. À tous les coups, il sèche aussi !

Avec un soupir, j'ai repris mes tentatives d'ouverture de casier.

— Écoute, m'a dit Roux, je te propose un compromis, on va boire un café à Sant Ambroeus. C'est un café français, non ?

— Italien.

— Ouais, enfin, tout ça, c'est l'Europe. Bon, on y va.

— Ça ne te stresse pas de sécher autant ? lui ai-je demandé, en serrant les dents et en envisageant d'éventrer mon casier avec un truc pointu. Tu ne veux pas faire d'études supérieures ?

Elle a enroulé une mèche de cheveux autour de son index.

— Oh, ça... m'a-t-elle répondu comme si je lui rappelais une course qu'elle aurait oubliée. Les études supérieures, c'est très surfait. Les autres courent partout en risquant un anévrisme pour être acceptés ici ou là, et une fois qu'ils y sont, ils lâchent au bout d'un semestre. Je n'ai pas envie de jouer à ce jeu-là.

Je me suis retournée pour la fixer :

— Tes parents vont faire une donation pour que tu sois prise, c'est ça ?

— Pour qui tu me prends ? En plus, sans vouloir me vanter, je suis la bête des QCM. Cocher des cases avec un crayon HB, c'est un peu ma spécialité. Bon, ça marche pour le Sant Ambroeus ?

Cette fois, je n'en pouvais plus de l'entendre jacasser non stop, de sa vie facile, du fait que son plus gros problème dans l'existence était de s'être fait larguer par un crétin qui fumait la moquette.

— Roux ! ai-je braillé. Stop ! Ça t'arrive de te taire ? Parce que tu ne t'arrêtes jamais. On dirait un semi-remorque sans freins sur une plaque de verglas !

Elle s'est tue quelques secondes avant de signaler :

— Wouah, ça fait carrément trois images en une, là.

Je ne l'avais jamais entendue parler si bas, et j'ai compris que je l'avais blessée.

— Excuse-moi, ai-je dit. Mais je me suis disputée avec mes parents ce matin parce que je leur avais promis de faire un truc, et que je pensais l'avoir fait, mais eux estiment que non et ils ne m'écoutent pas et c'est le bazar et… aah, je hais ce foutu casier !

Elle s'est avancée pour donner un coup de poing dessus, et il s'est ouvert comme une fleur. Elle a haussé les épaules devant mon air stupéfait.

— J'ai vu ça une fois dans un film, m'a-t-elle expliqué. Je n'aurais pas cru que ça marchait pour de vrai. Tu me détestes toujours ?

— Mais non. Je ne te détestais pas avant et je ne te déteste pas non plus maintenant. J'ai juste une journée horrible, comme tu peux le constater.

— Je constate. C'est quoi, le problème ? Tes parents te forcent à faire des trucs comme quoi ? Des tâches ménagères ?

J'étais à peu près sûre que le concept de tâche ménagère lui était totalement étranger.

— Si on veut. C'est compliqué.

— Ouais, comme tout le reste. Tu sais, si tes parents sont pénibles, tu peux toujours venir loger chez moi. Tu peux avoir ta chambre et ton valet de chambre.

— C'est vrai ?

— Non. Enfin, pas pour le valet. (Elle m'a souri.) Mais je peux te prêter Harold !

J'ai levé les yeux au ciel et souri à mon tour.

— Laisse tomber. Harold me déteste.

— Il *t'adore*. Ne te laisse pas abuser par ses airs de vieux bonhomme squelettique. C'est une crème. Une crème avec un comportement bizarre, mais une crème quand même. Dis donc, tu devrais passer ce soir ! On pourrait regarder un film !

— Je ne peux pas. Désolée, mais je dois rester scotchée à mes parents pour l'instant… Histoire de me faire oublier.

— Alors je pourrais peut-être venir chez toi ?

Il y avait quelque chose dans sa voix que j'avais du mal à identifier. De la jalousie ? De l'envie ? Peut-être même de l'espoir ? D'après tout ce que j'avais observé moi-même et tout ce que m'avait raconté Jesse, les parents de Roux étaient rarement là, et le fait de savoir qu'elle ne pourrait jamais rencontrer les miens ne faisait qu'aggraver mon sentiment de culpabilité.

— Pas aujourd'hui, ai-je répondu. Entre les cours, les contrôles et tous les trucs du lycée (ne me demandez pas ce que j'entendais par là), mes parents veulent que je me concentre. (Ça, c'était un euphémisme.) Désolée.

Son expression blessée n'a duré qu'une seconde, avant qu'elle ne recompose son masque d'indifférence tranquille.

— Pas de problème, Harold adore regarder *Manhattan* avec moi.

La sonnerie a retenti juste au-dessus de nos têtes.

— Mince, faut que j'aille en cours d'histoire. Je me suis plantée au dernier contrôle et mes parents n'étaient pas là pour signer. Amies heures de colle, bonjour.

— On doit faire signer les contrôles ?

— Si on n'a pas la moyenne, oui. Bon, dans un sens, ça tombe bien qu'ils ne soient pas là parce que du coup, ils ne savent pas que je me suis plantée.

— Tu ne peux pas l'imiter, leur signature ?

— Je l'ai fait tellement de fois que je me suis grillée.

J'ai posé ma pile de livres sur mon casier et agité la main.

— File-moi ton truc, je vais essayer. Tu as un modèle de la signature de tes parents ?

Roux a feuilleté son cahier de textes dont elle a extirpé un papier plié en deux.

— Tiens, j'ai raté celui-là il y a quinze jours.

— Pourquoi tu te plantes toujours ?

— Parce que je ne fous rien.

J'ai pris son vieux contrôle en soupirant. Il portait la signature de sa mère, large et tout en boucles, un peu à la Disney, pas trop compliquée.

— Toi, tu n'as rien vu, OK ? lui ai-je précisé avant d'apposer une signature presque parfaite sur le dernier contrôle de Roux.

J'aurais pu ajouter un peu plus de fioritures au Y, mais un prof d'histoire avait peu de chances de le remarquer.

Roux a regardé mon œuvre, puis moi.

— Il y a des trucs que tu ne *sais pas* faire ? s'est-elle exclamée.

— Pas vraiment, en fait.

— Je peux te payer un délicieux café dehors pour te remercier ?

— Roux.

— Je plaide coupable, je ne sais pas renoncer. Une vraie tête de mule. Je suis un semi-remorque en fuite couvert de verglas, ou je ne sais plus quoi.

— T'es dingue, ai-je ri. Amuse-toi bien !

— Compte sur moi. Et salue Jesse « Oliver » de ma part.

Elle a joué des sourcils et je l'ai envoyée bouler d'une poussée sur l'épaule, avant qu'on parte chacune de notre côté en riant sous cape.

19

Le contrôle de français s'est révélé encore plus cauchemardesque que prévu. Pour commencer, Jesse était assis pile en face de moi, et j'ai beau avoir des compétences multiples, flirter n'en fait clairement pas partie. J'ai réussi à passer tout le cours à rougir, à détourner les yeux, à essayer de le regarder en douce sans qu'il me surprenne, tout en voulant qu'il me regarde. Toute cette histoire m'a tellement épuisée que j'aurais eu bien besoin d'une sieste.

Ah, et pour continuer, c'était une interro *orale*. Donc, je me changeais en flaque bafouillante dès que le prof m'interrogeait. J'ai horreur de parler français en public parce que j'ai toujours peur d'avoir l'air d'une hystérique, un peu comme le chef cuisinier Louis dans *La Petite Sirène* de Disney. On aurait pu espérer que mon patrimoine génétique m'accorderait au moins partiellement le don de mon père pour les langues, mais c'est raté. Je suis juste super gênée et surtout, muette.

Évidemment, Jesse a cartonné. Il parlait français comme si c'était sa langue maternelle. « C'est peut-être lui qui devrait être espion, ai-je pensé en attendant que la sonnerie me libère de mon supplice. Lui, il serait tout fringant et suave, et moi je resterais à la maison avec mes vieux livres de cours, à apprendre mes conjugaisons… »

(D'accord, je commençais à dérailler sec à force de m'apitoyer sur mon sort.)

Il s'est attardé dans la salle après la sonnerie, et il a dû ranger ses affaires deux fois pour que je comprenne qu'il ne partirait pas tant que je ne lui aurais pas adressé un signe.

— Tu m'ignores, ou tu joues à te faire désirer ? m'a-t-il demandé quand on s'est retrouvés seuls. Je ne sais jamais faire la différence.

Il était vraiment obligé d'être drôle ? Et futé ? Ça m'aurait nettement simplifié la vie si j'avais eu affaire à un beau gosse un peu crétin avec la personnalité d'une motte de terre.

— Je ne t'ignore pas, lui ai-je assuré.

— Le déni est le premier pas vers l'aveu.

— Jamais entendu un truc aussi débile.

— Bon, alors tu joues à te faire désirer. C'est une des grandes théories de Roux ? Parce que c'est le truc le plus débile que *moi*, j'aie jamais entendu.

J'ai balancé mon sac sur mon épaule et je l'ai regardé. Il y avait des étincelles de malice dans ses yeux (au secours, moi qui avais juré de ne jamais utiliser cette expression), mais aussi de l'appréhension. Il m'avait confié beaucoup de choses sur lui, sur sa famille, sur sa tristesse, sans doute plus qu'il n'en avait jamais dit à personne.

On avait tous les deux misé cher sur cette relation.

— Écoute, ai-je dit. Tu me plais. Genre, vraiment. Genre, un max.

— Ça fait beaucoup de « genre ».

— J'avoue.

Angelo avait raison, la côte Ouest avait sérieusement réduit mon vocabulaire.

— Mais tu ne trouves pas que tout ça va un peu vite ? ai-je repris. On ne devrait pas ralentir un petit peu ?

« Histoire que je puisse démolir l'empire journalistique de ton père et sauver les vies professionnelles et personnelles de ma famille *avant* de te briser le cœur. »

— Ralentir ? On sort *déjà* ensemble. Oh, non (il a mimé le choc, une main sur le cœur), ne me dis pas que j'embrasse mal. C'est ça, le problème ? Je mets trop la langue ? Pas assez ? Ou je t'ai cogné les dents ? Désolé, ça m'arrive quand je me laisse emporter par mon élan.

Je n'ai pas pu m'empêcher de sourire.

— T'es vraiment crétin.

— J'admets, si ça veut dire que j'embrasse bien.

— Tu embrasses super bien. J'ai énormément d'expérience dans ce domaine, comme tu le sais…

— Je suis flatté.

— … mais tu embrasses super bien. Je te décerne la médaille d'or.

Il s'est assis sur le bord d'un bureau, une boucle de cheveux devant les yeux, et j'ai eu envie de tendre la main pour l'écarter.

— Et il se passe quoi maintenant ?

— Je te l'ai dit, je crois qu'on devrait ralentir un peu. Après tout, on n'a même pas encore eu de vrai rancard.

— Ooooh, a fait Jesse en hochant la tête. Alors c'était ça. Pigé.

— Quoi ?

— Le premier rancard. Les filles aiment bien. Je suis vraiment débile, j'aurais dû y penser.

Cette discussion dérapait complètement.

— Maggie.

Il s'est levé et il est venu me prendre la main.

— Voudrais-tu passer une soirée avec moi ?

Au point où j'en étais, je l'aurais suivi jusqu'au Zimbabwe pour élever des éléphants avec lui.

— Oui. Et toi, voudrais-tu passer une soirée avec *moi* ?

— À mort ! Je vais te montrer comment on s'y prend. Je vais t'organiser une soirée comme t'en as jamais eu.

— Ah ouais ? ai-je répliqué sans pouvoir réprimer un sourire. Tu crois que ça marche comme ça ?

— Je te parle d'un feu d'artifice, là. Pas de ces plans nases où on mange de la glace en se gelant sur des marches pourries. J'suis trop cool, comme mec...

— T'es bête ! ai-je dit en lui donnant un coup d'épaule alors qu'il s'emparait de nouveau de ma main. C'est sérieux, cette histoire de feu d'artifice ?

— Bon, procédons dans l'ordre. Tu ne m'as pas dit si tu voulais bien qu'on fasse un truc ensemble.

« Mauvaise idée, m'a soufflé ma petite voix intérieure. Très très trèèèès mauvaise… »

— Bien sûr. J'adorerais.

— Alors va pour le feu d'artifice.

Et avant que j'aie eu le temps de dire quoi que ce soit, il s'est penché et m'a embrassée. Je me suis assise sur le bureau, une main autour de son cou pour l'attirer à moi.

— *Mademoiselle ! Monsieur* !*

On s'est séparés dans un sursaut. *Monsieur** McPhulty nous fixait d'un air outré depuis la porte.

— Auriez-vous oublié le règlement ? Pas de démonstrations publiques d'affection dans le lycée !

— *Je suis désolé**, lui a dit Jesse, sans me lâcher la main.

La sienne était froide et rêche, et en même temps étonnamment douce.

— Vous savez ce que c'est, *monsieur** McPhulty, a-t-il argumenté.

— Le français est la langue de l'amour, après tout, ai-je renchéri.

Je n'ai pas regretté une seconde les deux heures de colle que ça m'a coûté. Le rire de Jesse les valait bien.

20

Quand je suis rentrée chez moi le lundi vers dix-huit heures, mes parents m'attendaient.

— Où étais-tu ? m'a demandé ma mère. Tu es en retard. Les cours finissent à trois heures.

— Du calme, ai-je dit en lâchant mon sac sur une chaise. Je me suis fait coller. J'aurais dû vous appeler, mais ils confisquent les portables. Ils sont draconiens.

— Je ne crois pas que tu mesures tout à fait le sens du mot « draconien », a observé mon père, en même temps que ma mère demandait :

— Une colle ? Qu'est-ce que tu as fait ?

Je ne risquais pas de leur dire que j'avais embrassé Jesse Oliver, fils de la cible numéro un d'une affaire d'espionnage, en pleine salle de français. (Doublement un French kiss, du coup, mais je m'égare.)

— Euh, rien ?

— Il faut vraiment que tu apprennes à mentir, a observé ma mère en secouant la tête.

— Qu'est-ce que tu veux que je te dise, tu as fait de moi une espionne avec des principes. Il y a un truc à manger, ici ? Je *meurs* de faim. Je pourrais dévorer mon poids en beurre de cacahuètes.

— Gardons l'expérience pour un autre jour, a suggéré mon père, tout en sortant le beurre de cacahuètes.

— Je bavardais en cours, ai-je dit à ma mère. Faut croire qu'ils ont des règles même pour ça. C'est du beurre de cacahuètes sans morceaux ? Les morceaux, ça me fait suffoquer.

Mon père a levé les yeux au ciel.

— Quelle comédienne !

— Ha ! Attends que je te présente ma copine Roux ! Elle donne un nouveau sens au mot « comédie ». Elle… Qu'est-ce qu'il y a ?

Mes deux parents me dévisageaient.

— Une « copine » ? a répété mon père.

— Tu t'es fait des *amis* ? m'a demandé ma mère, de la voix de quelqu'un qu'on est en train d'étrangler.

— Ben, ouais, j'ai quand même intérêt à m'entendre avec les gens si je veux faire mon boulot, ai-je dit en plongeant ma cuiller dans le beurre de cacahuètes (sans morceaux). Quoi, vous avez cru que j'allais à la fête d'Halloween toute seule ?

Mes parents ont échangé le regard le plus long de l'histoire de l'humanité.

— Ma puce, m'a dit mon père, tu sais que tu ne peux pas vraiment devenir amie avec les gens ? Juste « amie » entre guillemets, tu comprends ?

Évidemment que je le savais. Quelque part dans un sombre recoin de mon cœur, je savais que je ne resterais pas amie avec Roux, ni même avec

Jesse. Ça n'était pas compatible avec mon travail et j'avais vu mes parents faire leurs bagages et déménager si souvent que j'avais perdu le compte. Tout cela n'avait rien de neuf.

Mais c'était avant que je me fasse des amis.

— Je sais, ai-je répondu. Mais comment voulez-vous que j'appelle Roux ? Ma fausse amie ? Super !

— Rou ? a demandé mon père. Tu veux dire, comme dans kangou…

— Elle a horreur qu'on dise ça, l'ai-je interrompu. Elle ne te laisserait pas finir ta phrase.

— Ah, bien.

— C'est du français. Elle n'a aucune autre amie. Je suis genre, son radeau de sauvetage affectif. Effrayant, mais vrai.

— Ne parle pas la bouche pleine, s'il te plaît, est intervenue ma mère. En particulier quand tu manges du beurre de cacahuètes.

J'ai sauté au bas de mon tabouret et ramassé mon sac et le pot dudit beurre.

— OK. De toute façon, j'ai des devoirs. Contrôle de maths demain. Ça devrait être facile, mais le prof aime bien nous tendre des pièges. Je déteste ça, c'est super énervant, vous n'avez pas idée.

J'étais un vrai moulin à paroles.

— Enfin bref, vous savez où nous trouver, moi et mon meilleur ami, le pot de beurre de cacahuètes. On va se plonger dans les bouquins.

En quittant la pièce, je sentais quasiment le regard de mes parents peser sur moi. Je pouvais les comprendre : je parlais comme une toquée obsédée par les arachides. Une fois dans ma chambre, j'ai écouté de la musique que Roux m'avait passée et je lui ai téléphoné.

— Salut, ai-je dit, c'est moi. Tu peux parler ?

— Non, désolée, j'apprends à tricoter. Évidemment que je peux parler ! De toute façon, ma vie sociale est proche du zéro absolu.

Sans rire, mes parents ne pourraient pas y croire même s'ils la rencontraient.

— Tu promets que tu ne vas pas piquer une crise d'hystérie ? ai-je demandé.

— Je ne promets rien du tout.

— Roux, allez.

— Écoute, t'as clairement un truc à m'annoncer qui mérite qu'on pique une crise d'hystérie. Alors je ne peux rien te promettre. Je suis ton amie, quand même, ce serait normal.

Je me suis sentie coupable rien que de l'entendre prononcer ce mot-là.

— OK, Jesse Oliver m'a proposé un rancard.

Fidèle à sa parole, Roux a piqué une crise d'hystérie.

— Nan, j'y crois pas ! a-t-elle couiné après avoir poussé dans le téléphone un hurlement qui m'a valu une surdité temporaire. C'est vrai ? Alors que vous vous êtes déjà sucé le museau ?

— Roux ! C'est répugnant !

— C'est tellement romantique que je vais m'évanouir. Du coup, tu vas être obligée de me ranimer pour que je puisse venir t'aider à te préparer. Tu vas te faire un brushing ? Je le ferais, à ta place. Je sais bien que la mode est au naturel, mais si tu as un rancard avec Jesse Oliver, c'est le moment ou jamais de mettre le paquet. Même si vous vous êtes déjà sucé le museau.

— Tu peux arrêter de... présenter ça comme ça ? Franchement, c'est dégueu. Ça fait accouplement de bulots.

— OK, excuse. Je suis tellement excitée pour toi ! Tu l'as dit à tes parents ? Comment ils ont réagi ?

— Ils sont...

Après une hésitation, je n'ai pas trouvé mieux que :

— Ils ne sont pas encore rentrés. Je leur en parlerai plus tard.

— Tu crois qu'ils vont lui demander de faire le chevalier servant et de passer te prendre et tout ? J'espère qu'il va penser aux fleurs. Mais pas des roses, trop cliché. Tu n'es pas allergique au pollen, au moins ? Si oui, je peux le prévenir...

— Roux ? ai-je dit. Mets le pied sur la pédale de frein.

— Oups, désolée.

Mais je l'entendais encore qui gloussait gaiement.

— Excuse-moi, je m'emballe. Je devrais prendre des pilules.

— Absolument, ai-je approuvé, avant de songer qu'elle allait sans doute le faire pour de bon. Euh, non, non, ne prends pas de pilules. J'ai une question à te poser.

— Deux si tu veux, parce que c'est toi.

J'ai jeté un coup d'œil par la fenêtre sur la mer de toits, d'échelles de secours et de nuages.

— Comment je suis censée m'habiller pour un premier rancard ?

Il y a eu une pause, avant qu'elle me réponde :

— La chance que t'as d'être mon amie !

21

Le jeudi, deux jours avant mon rancard avec Jesse, j'ai trouvé un message dans mon casier ; pas vraiment un mot, seulement un petit dessin soigneux sur bristol qui représentait une grosse fontaine entourée d'arbres et de terrasses de cafés. Comme je savais reconnaître une invitation d'Angelo à Paley Park, après les cours, j'ai remonté la 53e Rue dans l'inévitable berline sinistre que m'imposait le Collectif.

(« Comment Angelo s'est-il débrouillé pour faire atterrir ce billet dans mon casier ? » me demanderez-vous. Je n'en ai aucune idée. Quatre-vingt-dix pour cent de ce que fait Angelo reste inexpliqué, en ce qui me concerne ; je sais juste qu'il vaut mieux ne pas poser trop de questions à ce sujet.)

La moitié du centre-ville était bloquée par les touristes et une parade qui se déroulait sur la 7e Avenue. Au bout de vingt minutes, au cours desquelles on n'avait pas avancé d'un pouce, j'ai craqué.

— C'est bon, ai-je dit au chauffeur. Déposez-moi là.

— J'ai pour consigne de vous conduire à destination, m'a-t-il répliqué.

Il avait une voix monotone, le genre qu'auront sûrement les robots quand ils envahiront la planète.

— C'est sympa, mais encore vingt minutes à écouter ce boucan et ma tête va exploser.

J'ai ramassé mon sac et ouvert la porte pile au moment où la section des cymbales passait. Mauvais timing.

Le temps que j'atteigne Paley Park, j'étais à moitié sourde et d'une humeur de chien. Angelo était assis sur une de leurs chaises design en treillis métallique, aussi digne et impassible qu'on peut l'être avec une parade qui fait rage une rue plus loin.

— Comme on se retrouve !

Il a souri en me voyant, mais son sourire s'est effacé quand je me suis affalée sur une chaise à côté de lui.

— Oh, non. Mauvaise journée ?

— Si ce n'était que la journée ! C'est pour quoi, cette parade ? Pourquoi faut-il toujours qu'il y ait des parades ? Et pourquoi faut-il *toujours* qu'il y ait des cymbales dans une parade ?

Angelo m'a tendu son gobelet de thé sans répondre.

C'est dur de rester prostré et grincheux quand les gens font tout pour être sympas avec vous, et je savais ce qu'il en coûtait à Angelo de me sacrifier son thé.

— Merci, Angelo. Désolée, je serai moins crispée d'ici une minute.

Il s'est contenté de hocher la tête et d'attendre pendant que je sirotais son thé. La cascade était vraiment superbe, surtout entourée de tous ces arbres aux feuilles dorées, et malgré la foule qui encombrait les rues, seules quelques personnes s'étaient réfugiées dans la petite cour. La chute d'eau noyait le bruit de la parade et au bout de trois gorgées, je me sentais déjà mieux.

— Merci, ai-je répété. Sincèrement. Je me sens de nouveau moi-même. Quoi de neuf ? Joli, ton dessin, au fait. Tu devrais faire quelque chose de tous ces trucs. Les rassembler pour les publier.

— Qui te dit que je ne l'ai pas fait ?

— Un point pour toi.

— Pour répondre à ta première question, c'est assez calme, ma puce. Je voulais juste voir comment tu allais, toi. Tu as pas mal de responsabilités sur les épaules.

— Tu trouves ? Pour moi, ça roule.

— Ah, bien. Ça roule. Une petite phrase qui ne veut strictement rien dire.

J'ai serré les genoux en posant les mains dessus. Je portais des collants, mais ils ne faisaient pas grand-chose contre le froid de novembre. Je me suis demandé ce qu'on était censées faire en janvier et février, nous les pauvres nanas élèves de lycées privés.

— Mais si, ça va. C'est tout bon.

Je n'en pensais pas un mot, et j'ai senti qu'Angelo n'était pas dupe.

— Eh bien, si tu le dis, m'a-t-il répondu. Tu veux que j'aille te chercher un expresso ?

Il a fait un geste en direction d'un petit stand qui se trouvait à l'entrée de la cour.

— Ce n'est pas le meilleur café de la ville, mais ça te fera du bien après le choc des cymbales.

J'ai réfléchi une minute. Je ne sais pas bien pourquoi, le fait d'être assise dans le froid me coupait l'envie d'un thé, d'un café ou d'un chocolat. En fait, il n'y avait qu'un truc qui me faisait envie.

— Je pourrais avoir une glace ?

Cinq minutes plus tard, je piochais dans une glace au chocolat avec une de ces petites cuillers en bois en forme de spatule avec lesquelles j'ai toujours peur de me couper la lèvre.

— Donc, a repris Angelo, tu dis que tout va bien, mais tu manges de la glace alors qu'il fait un froid de canard.

— Et ?

— Et tu te laisses perturber par une parade.

— Ça ne me paraît pas être une réaction anormale.

— Chez toi ?

J'ai soupiré en m'adossant sur ma chaise inconfortable. La cascade était sonore ; presque trop.

— Tu as choisi cet endroit pour une raison particulière ? ai-je demandé. Avoue que c'est un peu bruyant ici. Mais tu préfères peut-être que personne ne puisse nous entendre au cas où on aborderait des sujets top secrets ?

Angelo s'est contenté de sourire.

— On pourrait le penser, en effet.

— Mais *doit*-on le penser ?

Angelo s'est penché en avant, les bras croisés, et a planté son regard dans le mien.

— Voilà comment je présenterais la chose : si quelqu'un, ou quelqu'une, avait envie de dire quelque chose, ce serait le moment idéal. Mais je ne formule aucune exigence. J'offre juste une oreille attentive.

Là-dessus, bien sûr, j'ai fondu en larmes.

— C'est le bazar total ! me suis-je écriée. Je fais tout de travers, mes parents pensent que je me plante, et il y a toute cette pression, et les uniformes sont atroces et super sexistes en plus !

Je me suis essuyé les yeux sur ma serviette en papier tachée de glace au chocolat.

— Et aussi, je crois que j'ai fait une bêtise. Et pas une petite. D'échelle galactique.

Angelo a sorti son mouchoir de sa poche, l'a déplié et me l'a tendu.

— Merci, ai-je reniflé.

Il y avait un grand A brodé dans un angle, du cent pour cent Angelo. Je n'aurais pas été étonnée qu'il en ait trois cent soixante-quatre autres dans un tiroir chez lui.

— C'est dur, je ne sais pas si je peux y arriver.

— Et si tu commençais par le début ? m'a-t-il suggéré. Le fait est que, coup de chance, j'ai du temps libre cet après-midi.

— Ah oui ?

— Coup de chance.

Il m'a fait un grand sourire.

C'est comme ça que, couverte par le brouhaha d'une cascade artificielle au milieu de l'un des quartiers les plus animés de Manhattan, j'ai tout raconté à Angelo. Ma rencontre avec Roux, le fait d'avoir pris soin d'elle à la fête quand elle était trop ivre pour cligner des paupières, le mal que j'avais eu à trouver le coffre, et le retour chez Roux avec Jesse.

— Et c'est là que j'ai fait une grosse bêtise.

— Quelqu'un est mort ?

— Quoi ? Bien sûr que non. Pas à cause de moi, en tout cas.

— Alors, ça ne doit pas être aussi grave que tu le crois.

J'ai hésité avant de marmonner :

— J'ai embrassé Jesse Oliver. Et pas pour lui soutirer des infos. Parce que j'en avais envie.

Angelo a pincé les lèvres avant de se radosser contre sa chaise en hochant la tête. Il avait l'air contrarié, et je ne connais pas de pire sentiment au monde que celui de décevoir Angelo.

— Je suis désolée ! ai-je dit en me remettant à pleurer. Je ne voulais pas, c'est arrivé comme ça ! Je crois qu'il me plaît vraiment, mais je suis obligée de lui mentir, et à Roux aussi. Et maintenant, en prime, je mens à mes parents et à toi ! Je suis une menteuse qui ne raconte que des mensonges !

Angelo a posé une main sur mon genou.

— Maggie, Maggie. Mais non, ma puce. Je ne t'en veux pas du tout. Ce serait vraiment hypocrite de ma part de te faire des reproches.

— Qu-quoi ? ai-je bafouillé. Mais pourquoi tu serais un hypocr… Non ! me suis-je exclamée. Toi aussi, tu as déjà embrassé une cible ? C'est ça ? Tu es tombé amoureux lors d'une mission ?

— C'était il y a très longtemps, a repris Angelo. Une autre ère. Tu n'étais même pas née. Mais oui. C'était ma cible, il était charmant, et… enfin.

Il a haussé les épaules.

— Tu peux imaginer la suite.

— Vous vous êtes embrassés sur des marches dans l'Upper East Side en mangeant des glaces le soir d'Halloween ?

— Pas tout à fait. On s'est embrassés à Paris à un festival de films noirs.

— Wouah. Wouah. Bon, et qu'est-ce qui s'est passé ? Tu as rompu une fois que tu as eu l'info ? Qu'est-ce que tu as fait ? Tu ne tenais pas un journal, par hasard, en ce temps-là ? Parce qu'un manuel, ça me serait bien utile.

Ça l'a fait rire.

— On a partagé des moments charmants pendant quelque temps, jusqu'à ce qu'on arrive à la croisée des chemins, où on a choisi des routes différentes. Il y a eu un peu de tristesse, mais pas de regrets. On prend un café tous les deux chaque fois que je vais à Paris.

— Et tu as obtenu de lui l'information que tu voulais ?

— Oui. Mais il n'a jamais su qui j'étais réellement. Il l'ignore toujours. Il pense que je suis marchand d'art.

Angelo a souri, et j'ai compris que ce sourire n'était pas pour moi, mais pour ce Parisien qui vivait de l'autre côté de l'océan.

— Cela arrive aux meilleurs d'entre nous, ma puce. On peut tout maîtriser sauf son cœur.

— C'est un peu cucul, comme phrase, Angelo.

— Je te l'accorde. Mais le fait est que l'amour peut rendre tout le monde idiot.

— Attends, je ne t'ai pas tout dit. J'ai rancard avec Jesse demain soir. Un *vrai* rancard. Je pourrai sans doute en savoir plus sur son père mais…

— … mais ce n'est pas pour ça que tu as accepté le « rancard », a complété Angelo.

J'ai acquiescé d'un hochement de tête.

— C'est que… il est adorable, et super craquant, et drôle, et ce ne serait pas juste de le punir pour ce que son crétin de père a pu faire. Il est même sympa avec Roux, alors que personne n'est jamais sympa avec elle.

Je m'étais remise à pleurer. Apparemment, craquer pour quelqu'un, ça peut rendre super émotif.

— Et puis, je sais que dès que cette mission sera terminée, il y en aura une autre et je devrai m'en aller. Et je n'avais jamais pensé que ce serait aussi dur. Comme je le dis à mes parents, les gens, c'est autre chose que des serrures.

Après m'avoir laissée pleurer quelques instants, Angelo a posé doucement ses mains sur les miennes.

— Maggie, m'a-t-il murmuré. Il y a une chose que ni tes parents ni moi ne t'avons dite, et je m'en excuse. On aurait dû t'en parler plus tôt.

— Quoi, je suis adoptée ?

— Mais non, ma puce. Ce qu'on n'a jamais abordé avec toi, c'est les difficultés d'ordre humain propres aux missions de ce type. Ni du fait que tu avais le droit de refuser une mission. Je crains qu'on ne t'ait pas fourni les éléments de réflexion pour le faire.

J'ai levé les yeux vers lui, le mouchoir toujours serré dans mon poing.

— Mais le Collectif…

— Ils peuvent toujours trouver quelqu'un d'autre pour ce travail. Je sais que tu l'as accepté parce que tu voulais faire tes preuves, mais on a toujours le choix.

J'ai hoché la tête.

— Ça, je le sais.

C'était vrai, mais ça faisait quand même du bien de l'entendre.

— Je voulais juste vous montrer que j'en étais capable, ai-je précisé.

— Je n'ai aucun doute là-dessus, m'a assuré Angelo. Tu es toujours la jeune fille fiable et compétente qui a appris à ouvrir ma porte d'entrée quand elle avait trois ans.

Il m'a souri, me poussant à lui sourire en retour.

— Mais maintenant, tu sais à quoi t'en tenir. Aucune formation au monde ne peut t'apprendre comment vivre dans le secret. Et il n'y a absolument rien de mal à avoir envie d'être honnête avec les autres.

— J'essaie de l'être autant que je le peux. En fait, je n'ai pas réellement menti à Jesse. Mais je ne lui ai pas dit toute la vérité. Avec mes parents, c'est une autre histoire. Je ne leur ai même pas encore parlé du rancard. Ils vont me tuer quand ils l'apprendront.

— Ne t'inquiète pas pour ça. J'ai confiance en eux comme j'ai confiance en toi. Laisse-moi me charger d'eux.

— Merci. Pour tout. Je n'ai personne d'autre à qui parler de tout ça.

— Je sais, mon ange. Je serai toujours là pour toi.

— Et désolée pour ton mouchoir. Je crois que je n'avais pas trop la forme.

Son mouchoir n'était plus qu'un chiffon trempé de larmes et de morve roulé dans mon poing.

Il a chassé ce détail d'un geste de la main.

— J'en ai un tiroir plein à la maison. (Je le savais !) Un de plus, un de moins…

Je me suis essuyé le nez.

— Tu veux un autre thé ? Je te l'offre.

— Non, merci, on ferait mieux de se remettre en route.

Il s'est levé et je me suis rendu compte que le parc s'était rempli de touristes.

— Viens, ramène un vieux bonhomme chez lui.

Je lui ai pris le bras tandis qu'on plongeait dans la cohue de la 53e Rue.

— Qu'est-ce que je ferais sans toi, Angelo ? ai-je soupiré.

— Je me le demande.

Il a souri en tapotant ma main tandis qu'on tournait au coin de la rue.

22

— Salut, m'a dit Jesse en cours le vendredi après-midi. Tu n'as pas oublié que demain soir, c'est le grand soir ? Tu es prête ? Pas d'inquiétudes de dernière minute ?

J'ai fait semblant de réfléchir.

— Pas de carrosse. Ça me fait flipper. Imagine que le cheval soit fatigué et qu'il ne veuille plus avancer ! Ou qu'il se mette à galoper ! (Je me suis penchée vers lui.) *L'horreur*.

Jesse a ri en posant les mains sur mes épaules.

— Entendu, pas de chevaux, c'est noté. Tant que j'y suis, je vais rayer « rodéo » de la liste des activités.

— Bonne idée. On se retrouve à quelle heure ?

— Se retrouver ? Tu ne veux pas que je passe chez toi et que je rencontre tes parents, qu'on se serre la pince ?

Il était évidemment hors de question que Jesse débarque chez nous. « Tiens, je te présente deux personnes en partie responsables de la ruine de ta famille. Tu veux boire quelque chose ? » Laissez tomber.

— Ils ont un truc demain soir.

— Un truc ?

— Un… (Ma mère avait raison, j'étais nulle pour mentir.) Une vente de charité. Pour des enfants. Avec des maladies. Graves. Les maladies, pas les enfants.

Ouais, il fallait vraiment que je fignole cette compétence-là.

— Une vente de charité pour des enfants tout mignons qui ont des maladies graves, a répété Jesse. Je vois. Je peux te dire un truc ?

— Tout ce que tu veux.

— Je crois juste que tu ne veux pas me présenter à tes parents.

— Mais si, je t'assure ! me suis-je exclamée, en toute sincérité. Tu ne peux pas savoir à quel point. J'aimerais *vraiment* que tu les rencontres, parce que je suis sûre que tu leur plairais beaucoup. Mais… ils ne sont pas là demain soir. Ce sera juste toi et moi. Et d'ailleurs, mon père te tordra le cou si je ne suis pas rentrée pour le couvre-feu.

Je ne savais pas du tout à quelle heure était ce fameux couvre-feu, ni même si j'en avais un, mais ça rendait les choses plus crédibles.

— Eh bien dans ce cas, ils n'auraient plus qu'à organiser une vente de charité pour moi, m'a répondu Jesse avec un grand sourire.

Il s'est penché vers moi et je l'ai embrassé, au risque de ramasser de nouvelles heures de colle.

Ça les valait bien.

— Tu es une vraie pile ce soir, a observé ma mère le lendemain soir en mélangeant le chili sur le feu.

La seule idée de manger m'a retourné l'estomac.

— Qu'est-ce qui se passe ? C'est le trac du vendredi soir ?

— Ça roule, lui ai-je assuré, avant de me rappeler la remarque d'Angelo sur cette expression. Je pense juste à tout ce que j'ai à faire la semaine prochaine. Passer un autre contrôle de français, mettre la main sur les documents d'Oliver, aller chez la pédicure… J'ai du boulot.

Ma mère a ri doucement et j'ai compris qu'elle croyait que je blaguais, ce qui m'arrangeait. Après tout, autant brosser les parents dans le sens du poil. Si des heures et des heures de télé m'avaient appris une chose, c'était que les parents sont des créatures crédules. D'accord, les miens étaient des espions et avaient sans doute à eux deux un QI à quatre chiffres, mais j'étais leur fille. Toute cette intelligence n'avait pas pu se perdre complètement en route, si ?

— Tu te souviens de Roux, la fille dont je vous ai parlé ? Elle invite des copains chez elle ce soir et il y aura Jesse Oliver. J'ai pensé que je ferais bien d'y aller.

— OK, a dit mon père.

Il était plongé dans les mots croisés du jour. Ceux du week-end ne lui réussissent jamais. J'ai jeté un coup d'œil par-dessus son épaule.

— En colonne douze, c'est « inepte ». Fais-moi confiance. Garanti sur facture.

Il a froncé les sourcils.

— Mais non.

— Tu es sûr qu'on regarde le même ? Parce que celui que je vois, moi…

— … c'est le mien. Pourrais-tu, s'il te plaît, neutraliser ta fouine de fille ? a-t-il demandé à ma mère, tandis que je lisais les autres définitions. Que chacun s'en tienne à ses compétences, si vous le voulez bien.

— Tu devrais faire ça au crayon. Pour pouvoir gommer, lui a suggéré ma mère.

— Il n'aurait pas besoin de gommer s'il mettait « inepte » en colonne douze, ai-je dit. Ça existe encore, ça, les crayons ?

— Bien sûr que ça existe ! m'a affirmé ma mère d'un ton presque indigné. Sinon, comment on ferait les QCM ? Et les listes de courses ?

Mais mon père et moi, on ne l'écoutait plus.

— Regarde ! ai-je dit. Il y a six lettres et la troisième est un E.

— Bon, quand est-ce que tu ressors ? m'a demandé mon père. Dis-moi que c'est bientôt ! Tu ne devrais pas y aller, là ?

— Bien essayé, mais il faut d'abord que je me prépare. (J'avais même un paquet de préparations à faire.) Je crois que je…

On a frappé à la porte.

On s'est figés tous les trois, mon père avec son stylo suspendu au-dessus des mots croisés, ma mère à mi-chemin entre le frigo et la plaque de cuisson.

— Quelqu'un a commandé une pizza ? ai-je demandé.

Mon père s'est précipité sur l'écran de vidéosurveillance.

— C'est quelqu'un de petit, a-t-il annoncé. Maggie, je crois que c'est l'une de tes connaissances.

Oh non non non.

— Roux ! ai-je lâché en ouvrant la porte. Qu'est-ce que tu fais là ?

— Désolée pour le retard ! m'a-t-elle lancé en bondissant dans l'entrée. Je sais, on doit caser au moins trois heures de préparatifs en une demi-heure, mais pas de panique, je suis rodée à ce genre d'urgence. Oh, bonsoir !

Mes parents auraient sans doute eu l'air moins horrifiés devant une bande de tueurs fous.

— Salut, a dit ma mère. Euh, Maggie... ?

— Je m'appelle Scarlet, a repris Roux en tendant la main pour serrer celle de ma mère, mais tout le monde m'appelle Roux. À part ma grand-mère, mais comme elle habite dans l'Arkansas, ça ne compte pas. Bonjour !

Elle avait entrepris de serrer la main de mon père avec énergie.

— C'est la fameuse Roux chez qui tu devais passer la soirée ? m'a demandé ma mère entre ses dents.

J'étais grillée.

— Comment tu as su où j'habitais ?

C'est la seule question qui m'est venue à l'esprit.

— Je t'ai vue entrer ici la semaine dernière, a dit Roux en posant son sac et en commençant à dérouler son écharpe. Pour la suite, j'ai pris l'ascenseur.

Donc, la sécurité de cet immeuble était totalement pourrie. Super. Sachant ça, j'allais dormir comme un bébé.

— Mais qu'est-ce que tu… ?

— Hou hou, je viens t'aider à te préparer pour ton rancard, je te rappelle !

Elle s'est mise à fouiller dans son sac.

— Je suis passée chez Sephora aujourd'hui. Tu me remercieras plus tard.

— Ton quoi ? ont dit mes parents d'une seule voix.

J'ai pris une énorme, une gigantesque, une colossale inspiration. Roux a relevé le nez.

— Oh, a-t-elle fait en jetant un coup d'œil sur mes parents. Oups.

— Oui, ai-je confirmé. Oups.

— Tu as un rancard ? m'a demandé mon père. Avec un garçon ?

— Non, avec une tortue. Ben oui, avec un garçon. Un garçon qui s'appelle Jesse Oliver.

— Ah, a dit mon père. Tu as un rancard. Avec Jesse Oliver.

Sur son front, une veine menaçait d'exploser.

— Bon, OK. On aurait du vin quelque part ?

— Désolée, m'a chuchoté Roux. Tu ne m'avais pas dit que tes parents n'étaient pas au courant ! Ils vont t'empêcher de sortir, du coup ?

— Et il est fixé depuis combien de temps, ce rancard ? m'a demandé ma mère. Quelques jours ? Quelques semaines ?

— Oh, au moins plusieurs heures, ai-je répliqué. En gros, je me suis dit que ce serait un bon moyen d'apprendre à le connaître, vous voyez ?

— Oui, a dit mon père en débouchant une bouteille de vin à la vitesse de la lumière. C'est sûr. Ton premier rancard. Avec Jesse Oliver. Magnifique.

— C'est ton premier rancard ? a piaillé Roux. J'y crois pas ! Alors, il faut que tu mettes ça !

Elle a sorti un pull rose de son sac.

— La vendeuse de la boutique a appelé ça « saumon ». Saumon !

Elle a agité le pull sous le nez de ma mère. Celle-ci a hoché la tête, puis m'a regardée avec des yeux écarquillés pendant que Roux rangeait son pull.

— Vous trouvez pas ça dingue ? J'étais genre, « ma pauvre chérie, le saumon, c'est un poisson ! Pas une couleur ! »

Elle m'a jeté un coup d'œil.

— Rassure-moi, ça, c'est le jean que tu portes pour les soirées télé ?

— Tout à fait, lui ai-je certifié, alors que j'avais prévu de sortir avec. D'ailleurs, si tu allais fouiner dans mon placard pour…

Il y a eu un nouveau coup à la porte, un coup familier, cette fois. Au point que la personne a pris l'initiative d'entrer.

— Salut ! a dit Angelo. Je dérange, peut-être ?

— Oh non, non, tu tombes à pic, lui ai-je assuré. Plus on est de fous, plus on rit.

— Angelo, qu'est-ce que tu fais là ? lui a demandé ma mère en se dirigeant vers lui. Il y a un problème ?

— Au contraire, ma chère, au contraire. Comme j'étais dans le quartier, j'ai eu envie de passer dire bonsoir.

Mes parents m'ont regardée.

— Parce que lui aussi, il est au courant ? m'a demandé mon père d'un air sidéré. En clair, tu l'as dit à tout le monde *sauf* à nous ?

— Bonjour ! a lancé Roux à Angelo. Moi, c'est Roux. Trop classe, le costume !

Il lui a serré la main.

— Merci, enchanté de vous rencontrer. Maggie m'a énormément parlé de vous.

Roux s'est tournée vers moi d'un air radieux.

— Dites-vous que ce qu'elle vous a raconté de sympa est deux fois mieux en vrai, et le reste, deux fois pire. Et vous, vous êtes qui ?

— Angelo. Un vieil ami de la famille.

— Chouette.

J'aurais presque voulu que quelqu'un soit là pour filmer la scène, tellement elle était grand-guignolesque. On regardait d'un air ahuri Angelo et Roux se serrer la main, comme si on suivait le match de tennis le plus stupéfiant du monde. C'était sûrement l'un de ces épisodes qui deviennent drôles seulement après coup. Comme celui du Luxembourg.

— Et vous allez en cours avec Maggie ? a demandé Angelo en rajustant ses boutons de manchettes.

— Berk oui. Berk pour le lycée, pas pour Maggie, bien sûr, a précisé Roux en me pressant le bras. C'est un peu ma meilleure amie. Et vous, vous faites quoi, comme métier ?

Pendant plusieurs secondes, personne n'a dit un mot, puis Angelo s'est surpassé :

— Eh bien, puisque vous me posez la question, je suis un faussaire de niveau international.

— Bon, ai-je dit en attrapant Roux par l'épaule et en la poussant littéralement vers ma chambre. Si tu me trouvais quelque chose à mettre ? Ça devrait prendre un moment !

Roux rigolait encore de la réponse d'Angelo.

— Je l'adore ! m'a-t-elle déclaré. Pourquoi est-ce que tout a l'air plus drôle quand c'est dit par un Anglais ?

— C'est le décalage horaire. Maintenant, concentre-toi sur ma tenue. Pense Audrey Hepburn.

— Je ne suis pas magicienne, non plus.

Mais elle a quand même filé dans ma chambre pendant que je retournais voir mes parents et Angelo.

— *Qui* est cette fille ? m'a demandé ma mère.

— C'est Roux. Mon amie, tu te souviens ? Pardon, mon « amie », ai-je rectifié en ajoutant des guillemets avec les doigts. Elle vient juste m'aider à me préparer pour ce soir.

J'ai jeté un coup d'œil dans mon dos pour m'assurer qu'elle n'était pas revenue, et j'ai ajouté en baissant la voix :

— Ses parents ne sont jamais là, ils voyagent sans arrêt. Elle passe son temps toute seule avec la femme de ménage, qui ne travaille pas le week-end.

— Elle n'a pas d'autres amis ? a demandé mon père.

J'ai bien vu que mes parents se radoucissaient. C'est super important pour eux, la famille et le fait de vivre ensemble.

— Sujet délicat, ai-je répondu. Il y a eu un petit incident l'an dernier, qui a dégénéré. Les filles sont bizarres à cet âge-là. Vous avez carrément eu du bol avec moi. Bref, non, elle n'a pas d'autres amis.

— C'est une vraie tornade, a commenté Angelo. Mais elle a l'air d'avoir un goût très sûr pour les costumes.

— Tu as perdu la tête ? lui a dit ma mère. Qu'est-ce qui t'a pris ?

Mon père s'est pincé la racine du nez en fermant les yeux.

— Maggie, tu peux me réexpliquer comment tu t'es retrouvée avec un rancard ?

— Euh, c'est lui qui me l'a proposé ?

Silence.

— Et j'ai dit oui ?

— Eh bien, moi, je pense que c'est une excellente idée, a déclaré Angelo, sous le regard furieux de ma mère. Maggie ne fait que remplir sa mission, et ajoutons qu'elle le fait très bien. Elle a l'air de s'être intégrée en deux temps trois mouvements.

— Absolument, ai-je acquiescé.

Sur quoi le regard incendiaire de ma mère s'est déplacé sur moi, et j'ai préféré ne pas insister.

— Par ailleurs, a repris Angelo, plus flegmatique que jamais, rappelons-nous ce que c'est que d'être jeune dans ce métier.

Là, il a fait mouche. Mes parents ont oublié de ronchonner pour se plonger dans leurs pensées.

— Donnez-moi un couvre-feu, si vous voulez, ai-je proposé.

Ils se sont regardés.

— Ne me fixe pas comme ça ! a lancé ma mère à mon père. Qu'est-ce que j'y connais ?

— Minuit ? a-t-il suggéré. Onze heures ?

— Deux heures, ai-je contré.

— Un vendredi soir à Manhattan ? s'est exclamée ma mère. Désolée, pas question.

— En règle générale, ceux de ma classe n'ont même pas de couvre-feu, ai-je signalé. Si vous m'obligez à rentrer à onze heures, je ne risque pas de faire avancer les choses, et ils vont me trouver bizarre. Je veux dire, encore plus que maintenant.

— C'est quoi, le couvre-feu de Roux ? a demandé mon père.

— Je doute qu'elle sache ce que c'est.

— Je ne sais pas ce que quoi est quoi ? a-t-elle demandé. Hé, dis donc, Maggie, il y a des trucs superbes dans ton placard, qui moisissent sur des cintres tout aussi superbes.

— C'est lui qui a acheté presque toutes mes fringues, ai-je précisé en désignant Angelo du pouce.

— Bravo !

Elle a levé la main et là, sous mes yeux incrédules, Angelo a levé la sienne à son tour pour lui taper dans la paume.

Mon père a émis un grognement et s'est resservi un verre de vin.

— Je ne sais pas ce que quoi est quoi ? a répété Roux.

Voilà qui devait servir ma cause.

— Roux, ai-je dit en me tournant vers elle, c'est quoi, ton couvre-feu ?

Elle a fait semblant de réfléchir une minute.

— Désolée, je ne connais pas ce mot-là. C'est un ustensile de cuisine ?

Angelo a éclaté de rire et elle a gloussé.

— Je blague ! Je n'ai pas de couvre-feu, M. et Mme Silver. Mes parents me font confiance.

— Minuit et demi, a tranché ma mère.

— Ça ne sent pas le chili ? a demandé Roux.

Une demi-heure plus tard, après avoir échappé à trois brûlures au fer à lisser (la faute de Roux, les risques de cicatrices à vie pour moi), deux orteils écrasés (les miens, pour avoir foncé dans le mur de la salle de bains) et une assiette de chili (pour Roux), j'étais prête à aller retrouver Jesse.

— Bon, je vais le dire, a déclaré Roux. Tu es magnifique. Avec les vêtements géniaux qu'on a toutes les deux, c'est dingue que nos parents nous envoient dans une école privée où on doit passer nos journées en uniforme.

J'étais trop occupée à fixer mon reflet dans le miroir pour lui répondre. Elle m'avait fait mettre un jean noir, son pull rose-pas-saumon et des ballerines léopard. Elle s'était même chargée de mon maquillage, et bien qu'elle ait failli m'aveugler avec le bâton de mascara, elle avait bien bossé. Je ne m'étais jamais sentie autant moi-même.

— Jesse va péter une durite, a-t-elle repris.

— Présenté comme ça, ça ne fait pas envie. J'aimerais autant pas.

— Mais pourquoi t'es aussi grande ? J'ai l'impression d'être un nain de jardin à côté de toi.

Cela dit, elle jubilait. Elle était manifestement dans son élément.

— Bah, t'as pas franchement l'allure d'un nain de jardin. C'est pas demain qu'on te ferait porter un petit chapeau pointu.

— Je te l'accorde. En revanche, on ne doit pas être mal dans leur pantalon.

Quand j'ai surgi devant mes parents, je jure que j'ai vu la lèvre de ma mère trembler. Mais elle a juste dit :

— Tu es superbe, chérie.

Puis elle m'a serrée dans ses bras, et j'ai su qu'elle m'avait pardonné de ne pas leur avoir parlé du rancard.

Mon père s'est contenté de me presser l'épaule en déclarant :

— Jesse Oliver ne va pas comprendre ce qui lui arrive. Et il comprendra encore moins ce qui lui arrive s'il s'avise de jouer au crétin avec toi. J'y veillerai personnellement.

— Pourquoi tant de violence, papa ? l'ai-je rabroué, un grand sourire aux lèvres.

Angelo m'a embrassée sur la joue.

— Plus belle que jamais. Roux, vous avez du talent.

— Je sais, lui a-t-elle répondu en toute humilité en s'appuyant sur le plan de travail. Dites, ça vous arrive de passer des soirées style jeux de société ? Parce que je suis carrément une bête au Scrabble.

— Non, lui a-t-on répondu en chœur.

— Et moi, je dois y aller, ai-je ajouté. Je suis en retard, j'ai rendez-vous avec Jesse devant le Flatiron Building dans… dix minutes.

— Je vais sortir avec vous, mesdemoiselles, a proposé Angelo.

— Crétin, a dit Roux brusquement.

On s'est tous tournés vers elle et je me suis aperçue qu'elle examinait les mots croisés de papa.

— En colonne douze, c'est « crétin ».

— Mais c'est pas vrai… a grommelé mon père en prenant son stylo.

— J'aurais juré que c'était « inepte », ai-je déclaré.

— Bon, mission accomplie, a conclu Roux avec un soupir. Ciao ciao, les parents. Merci pour le chili et l'accueil sympa.

— Salut ! ai-je lancé tandis qu'Angelo nous escortait jusqu'à l'ascenseur.

— Faites attention à vous ! nous a crié ma mère.

— Oh, c'est trop chou, a commenté Roux.

— Et que la fête commence, ai-je grommelé.

23

— Ça y est ? Tu as décidé de m'éliminer ? ai-je dit à Jesse.

— Quoi ? m'a-t-il demandé en riant.

— Les lames aiguisées, un bloc d'eau gelée, je vois ce que tu mijotes. Tu es démasqué.

— Maggie, c'est du *patin à glace*.

On se trouvait sur la patinoire de Central Park. Enfin, Jesse s'y trouvait. Moi, j'étais cinq mètres plus loin, les bras croisés, refusant de bouger.

— On va s'amuser ! m'a-t-il promis.

— Oh, tomber le cul sur la glace, ça va être top !

— Tu ne vas pas tomber ! Regarde, je suis là pour te retenir !

Le rancard avait super bien démarré. D'accord, je manquais de points de comparaison, en dehors des centaines de rancards que j'avais vus à la télé et au cinéma, mais j'avais passé un super moment. On s'était retrouvés devant le Flatiron Building, comme prévu, et je ne veux pas avoir l'air de me vanter, mais Jesse était super mignon. Des boucles de cheveux partout, une chemise à carreaux bleus sous un pull gris à col V et un pantalon à pinces beige. J'étais à peu près sûre que Roux allait lever les yeux au ciel à propos du pantalon, mais ça lui allait bien. Il portait aussi un caban qui m'a rappelé la veste qu'il avait mise sur mes épaules à Halloween, et je n'ai pas pu m'empêcher de soupirer d'aise en le voyant.

— Quelle surprise ! m'a-t-il dit avec un grand sourire avant de m'embrasser.

Et franchement, si la soirée en était restée là, ç'aurait sans doute été l'une des meilleures soirées de ma vie.

— Eh oui. Bon, qu'est-ce qu'on fait ? Parce que je compte bien être épatée.

— Oh, je te rassure, tu vas l'être. Il va même falloir inventer un nouvel adjectif, parce que « épaté » ne rendra absolument pas justice à ce que je t'ai préparé. On attaque par le haut, versant nord, et on va descendre petit à petit…

On s'est figés tous les deux.

— Ouiii ? ai-je fait.

— Désolé ! Je te jure que je parlais dans un sens strictement géographique ! Il n'y a aucune métaphore à voir là-dedans sur mes intentions à ton égard !

« Ah non ? Quand tu veux, mon gars, pour les intentions », ai-je pensé.

— Pas de problème, me suis-je contentée de répondre en secouant la tête. Moi, pareil, je parle toujours géographiquement.

Puis Jesse a eu une brève conversation à voix basse avec mon chauffeur et on a pris la voiture, bien que Jesse ait fait remarquer que la bouche de métro était au coin de la rue. Une des choses que j'aime chez lui, c'est qu'il préfère prendre le métro alors que ses parents pourraient lui payer un convoi de voitures pour faire le tour du rond-point de Columbus Circle pendant huit jours ! Il a gardé le goût des choses simples, quoi !

Et on s'est retrouvés à la patinoire.

— On ne pourrait pas juste *dire* qu'on a fait du patin ? ai-je demandé. Je n'aime pas mettre des chaussures qui ont été portées par d'autres.

— Ah bon ?

— Non. Parce qu'elles sont toutes moites et que ça m'oblige à dire le mot « moite », et là, brrr…

J'ai frémi.

— … je déteste ce mot. Raison pour laquelle je ne fais jamais de patin à glace.

Jesse a croisé les bras et plissé les yeux.

— Ah. Je vois.

J'ai poussé un soupir de soulagement.

— Super. Merci, vraiment. À la place, on peut aller faire un tour et s'acheter des cacahuètes et…

— Tu ne sais pas patiner.

— Mais si ! Enfin, c'est un choix parfaitement assumé.

— Tu mens *tellement* mal !

Toute la ville s'était passé le mot, ou quoi ?

— Bon, ça, j'avoue. Mais je ne mens pas quand je dis que c'est un choix de ne pas faire de patin.

— D'accord. Donc, tu sais patiner.

— Euh…

J'ai jeté un coup d'œil vers la patinoire, grouillant de patineurs et d'une sourde menace.

— Écoute, a repris Jesse. Je patine super bien. Je fais du hockey sur glace ici en hiver. Je peux t'apprendre !

Il s'est approché en me tendant les deux mains.

— Alors ? En plus, on se donnera la main tout le temps ! C'est super romantique !

— Et ce sera romantique si je tombe et que je crée une réaction en chaîne qui envoie douze personnes à l'hôpital ?

— On t'a déjà dit que tu étais très douée pour imaginer des scénarios catastrophes ?

— Maintenant, c'est fait.

— Alleeez… a-t-il insisté en repliant les doigts. Au pire, qu'est-ce qui peut se passer ? Tu tombes ? Et alors ? Je t'ai dit que je te rattraperai.

— J'ai une faiblesse dans les chevilles.

— Je trouve ça follement sexy chez une fille.

— Très bien ! ai-je cédé avec un soupir. Très bien, tu as gagné ! Mais je t'interdis de rire si je tombe !

— Non seulement je ne rirai pas mais si quelqu'un d'autre s'avise de rigoler, je lui casse la gueule.

— Si je ne m'en charge pas avant, ai-je marmonné.

Dix minutes plus tard, je vacillais sur la glace.

— Je crois qu'il y a un problème avec mes patins, ai-je annoncé à Jesse. Ils penchent. Il m'en faut qui tiennent droit.

Il m'a fait un grand sourire.

— Tais-toi et avance.

J'ai jeté un coup d'œil vers la rambarde, à laquelle tous les débutants s'agrippaient pour faire précautionneusement le tour de la patinoire.

— Tiens, regarde, ai-je dit, ça doit être le point de rassemblement des nouveaux. Je vais les rejoindre.

Jesse a suivi mon doigt.

— Je crois que la moyenne d'âge est de cinq ans.

— Ne sois pas sectaire. Va faire des triples saltos ou je ne sais quoi. Moi, je t'admire et j'applaudis.

— Okaaaay, a-t-il consenti en s'éloignant, d'un ton chantant qui me disait qu'il ne serait pas parti longtemps.

Au bout de vingt minutes, j'avais réussi à parcourir la moitié de la longueur de la patinoire. Je commençais à avoir un peu chaud, mais j'arrivais encore à sourire et à faire signe à Jesse chaque fois qu'il passait en flèche devant moi.

Je l'ai même suivi des yeux assez longtemps pour le voir relever une petite fille en anorak rose qui venait de tomber. « Ça va ? » l'ai-je entendu lui demander en la remettant sur ses pieds. J'en suis restée toute chose. Sûrement le premier symptôme d'une crise cardiaque imminente due au stress du patinage.

— Salut ! m'a-t-il dit en s'arrêtant en face de moi. Bon, c'est sympa de te regarder pousser les petits à coups de coude en t'agrippant au bord, mais…

— Ce gamin prenait toute la place ! ai-je protesté. Il l'a cherché !

— … on peut peut-être patiner un peu tous les deux, maintenant. Allez, courage !

Il m'a tendu les mains.

Il n'avait pas tort : pour une fille qui essayait de s'intégrer, je n'étais pas très convaincante.

— Bon, d'accord. Mais…

— Tu ne tomberas pas, et je ne rirai pas si tu tombes. Je n'ai pas oublié les règles.

Et vous savez quoi ? C'était chouette. Genre, *suuuuper* chouette. Jesse allait lentement, en patinant à reculons et en tenant dans ses mains emmitouflées de gants les miennes emmitouflées de moufles. « Tu pousses, tu glisses, me répétait-il. Comme un couteau brûlant dans du beurre. N'essaie pas de marcher ; pousse ta jambe en avant. Voilà. C'est bien. »

En moins de temps qu'il ne m'en avait fallu pour faire quatre mètres toute seule, on avait déjà traversé la moitié de la patinoire.

— Arrête de regarder tes pieds, m'a ordonné Jesse.

— Je ne peux pas. Si je ne les regarde pas, j'ai peur qu'ils partent dans la mauvaise direction.

Il a éclaté de rire et m'a relevé le menton pour me forcer à le regarder.

— OK, c'est vrai que c'est mieux, ai-je admis. Tu es un bon prof.

— Et toi, une élève atroce.

On s'est souri.

— Essaie de te détendre, d'accord ? a-t-il repris. C'est pas de la neurochirurgie. Je ne demanderais jamais à une fille de faire de la neurochirurgie à un premier rancard.

— Un vrai gentleman. (J'ai pris une grande inspiration.) Bon, c'est reparti.

J'ai fini par me débrouiller assez bien pour qu'on puisse patiner côte à côte, mais Jesse gardait ma main serrée dans la sienne. Je n'allais pas m'en plaindre.

On a fait une pause chocolat chaud pendant le passage de la surfaceuse.

— Désolée d'avoir fait des histoires, me suis-je excusée. Je m'amuse bien.

— Oui, mais est-ce que tu es épatée ?

J'ai gloussé. (Oui, *moi*, gloussé !)

— Absolument ! Je ne suis pas tombée et tu es un super prof.

— Deux points pour moi alors, a-t-il commenté en faisant semblant de cocher deux cases sur une liste. J'aurais peut-être dû appeler mon chien Triple Lutz.

— Non, n'aie pas de regrets. Ça fait saucisse autrichienne.

Il a éclaté de rire.

— Tu me fais marrer. Allez, encore un tour et on passe à la suite.

— Parce qu'il y a une suite ?

— J'en ai déjà trop dit !

— T'es bête ! Hé, j'ai une idée.

— Quoi ?

— On fait la course.

En partant, j'ai apprécié d'avoir récupéré mes chaussures, qui avaient le double avantage d'être merveilleusement confortables et de ne pas avoir une lame attachée sous la semelle.

— Bon, ai-je dit à Jesse, c'est quoi, la prochaine activité ? On nage avec les dauphins ?

— Laisse-moi deviner, a-t-il dit en remettant ses Converse. Tu as peur des dauphins.

— Au contraire, je les adore. Surtout leur espèce de cri de crécelle. Je ne m'en lasse pas.

— Manque de bol, on ne va pas nager avec tes amis les dauphins.

— Oh.

— T'en fais, pas, j'ai quelques tours dans ma manche. Des tours épatants.

— Évidemment.

Je l'ai vu partir vers l'endroit où la voiture nous avait déposés.

— Où tu vas comme ça ?

— Je pensais que ton chauffeur nous attendait.

— Mon chauffeur doit être en train de fumer sa trente-cinquième cigarette de la soirée. Et il ne sait jamais où il doit tourner. On n'a qu'à prendre le métro.

Je savais ce que je faisais. Je savais aussi que le Collectif désapprouverait, et que mes parents se cogneraient sûrement la tête au plafond s'ils apprenaient que j'avais semé la voiture, mais il était temps que je prenne des initiatives personnelles. Il n'y avait pas un seul autre espion dans le réseau qui se déplaçait en ville conduit par un chauffeur, et même si je n'avais que seize ans, j'étais aussi une espionne. C'était mon boulot, c'était moi que ça regardait.

— Allez viens, on y va. Avoue que tu adores prendre la ligne 6.

— Encore mieux, on n'a qu'à marcher, m'a-t-il répondu en me tendant la main. Tu n'as pas trop froid ?

— Je suis une dure à cuire. J'ai hâte de découvrir le deuxième acte.

24

— Tu triches ? Oui, tu triches.

— Pas du tout !

Les mains de Jesse me couvraient les yeux, mes mains couvraient les siennes, et il se débrouillait comme un manche pour me guider… allez savoir où. Tout ce que je savais, c'était qu'on n'était plus dehors et que nos voix résonnaient en cercle autour de nous.

— Je ne triche pas ! ai-je répété tandis qu'il riait. Merci de ne pas me faire foncer dans un mur !

— C'est bon, tu peux regarder.

J'ai cligné des yeux deux ou trois fois, et vu devant moi un mur en plâtre bricolé à la va-vite. On était au milieu de ce qui ressemblait à un chantier, entourés d'ampoules nues, de plaques de plâtre et d'une poussière qui, avec un peu de chance, n'était pas de l'amiante.

— Wouah, ai-je dit. Un chantier.

— On n'y est pas encore tout à fait, a précisé Jesse. Juste une question : tu as peur du noir ?

— Tu es au courant que c'est pile le truc que demanderait un tueur en série à un premier rancard ?

Il m'a donné un petit coup de coude.

— Si tu le dis, Miss Scénarios Catastrophes. Alors, le noir, ça ne te dérange pas ?

— Tant que tu n'as pas l'intention de me tuer.

— Parfait. Suis-moi.

Main dans la main (décidément, je ne m'en lassais pas), on est passés sous une bâche en plastique et…

— Oh la vache, ai-je murmuré.

On était sur une galerie sous un énorme dôme de verre, entourés de portes Art déco de forme arrondie. Agrippée à la rambarde en fer forgé, je levais les yeux toutes les trois secondes vers le ciel constellé d'étoiles.

Il a eu un large sourire devant mon air ahuri.

— C'est un vieux bâtiment qu'ils sont en train de rénover pour en faire un hôtel. C'est un ami de mon père qui l'a racheté, je lui ai demandé si on pouvait venir. Comme tu as dit que ça te manquait de ne pas voir le ciel, a-t-il ajouté en agitant la main vers le plafond, j'ai pensé qu'on allait essayer de s'en approcher.

Puis, après une pause :

— Alors, c'est pas trop nase ?

— Non. Non, c'est parfait. C'est magnifique, c'est vraiment… c'est quoi, le mot ? Majestueux. C'est majestueux.

Jesse avait mis un bras autour de mes épaules et on est restés comme ça pendant des heures à regarder le ciel.

— Eh, regarde cette étoile-là, comme elle brille ! ai-je dit en pointant du doigt.

— Je crois que c'est un avion, a-t-il observé.

— Non, pas cette lumière-là, l'autre.

J'ai de nouveau pointé du doigt, ce qui ne montrait rien du tout, mais Jesse a hoché la tête.

— C'est peut-être une planète, ai-je ajouté.

— Peut-être.

Il m'a serrée contre lui et je l'ai laissé faire. C'était la première fois qu'un garçon me serrait contre lui, à part bien sûr mon père ou Angelo ; enfin, le premier qui n'avait pas trente ans de plus que moi. Il sentait bon, un mélange de savon et de shampooing. J'ai posé la tête sur sa poitrine et j'ai demandé en désignant un bâtiment :

— Et ça, c'est quoi ?

— Le Woolworth Building. Là où on fabrique des woolworths.

J'ai senti son rire vibrer dans mon dos.

— À vrai dire, je ne sais pas du tout ce qu'ils fabriquent là-dedans.

— Peut-être des licornes, ai-je suggéré.

— Oui, pourquoi pas ? Des licornes pour tout le monde.

— Hourra ! Eh, au fait…

— Ouais ?

— Je suis super épatée.

Il a souri et s'est penché pour m'embrasser.

— Je me suis dit que ça pourrait le faire.

— Si c'est ça, notre premier rancard, j'ai trop hâte qu'on soit au deuxième !

— Celui-là, ce sera la visite de l'usine de licornes. Mince, ça devait être une surprise !

— Dis, je peux te demander un truc ?

— Même si je dis non, tu le feras.

— Pas faux. Comment tu connais tous ces immeubles ? Celui-là, là, le Woolworth. À croire que t'es un fan d'architecture.

Le regard de Jesse s'est légèrement voilé et je l'ai vu se perdre quelque part au loin, hors de ma portée.

— C'est ma mère, a-t-il admis au bout de quelques secondes. Elle venait me chercher après l'école, elle m'emmenait en balade et elle me montrait tout ça. Elle aurait voulu être architecte, mais elle s'est mariée avec mon père, et après, je suis né.

J'ai passé les bras autour de sa taille et je l'ai serré contre moi.

— Je suis désolée. Je sais qu'elle te manque.

— Ça va, pas besoin d'être désolée.

— Qu'est-ce qu'elle t'a montré d'autre ?

— Des tas de trucs. Des parcs, des jardins privés, des vieilles remises à carrosses. Moi, ce qui m'intéressait, à l'époque, c'était les jeux vidéo. J'étais un peu crétin, comme gamin.

— T'étais un gamin.

— Elle m'a emmené plusieurs fois à Gramercy Park, mais on n'a jamais pu entrer. C'est toujours fermé. L'accès est privé et à moins d'avoir la clé…

Mon cœur s'était mis à battre plus vite.

— Oui, je connais. Et tu n'y es jamais entré ?

— Non, puisqu'on n'avait pas la clé. Il faut habiter en face du parc pour en avoir une. Un jour, peut-être. Snif.

Il nous a enveloppés tous les deux dans son caban. Il commençait à faire frisquet dans cette rotonde.

— Peut-être, ai-je répété en tournant de nouveau les yeux vers le ciel. Tu devrais faire un vœu.

— Je croyais que ça ne marchait qu'avec les étoiles filantes.

— Je sais, mais réfléchis. Quand une étoile tombe dans le ciel, logiquement, ça devrait être un présage de malheur. Un peu comme si tes rêves se consumaient dans l'atmosphère.

J'ai porté une main devant ma bouche d'un air horrifié.

— Vite, fais un vœu avec celles qui ne tombent pas !

Jesse a secoué la tête, puis l'a levée vers le ciel.

— Je fais le vœu que…

— Non, si tu le dis tout haut, ça ne se réalisera pas.

— C'est compliqué, ton truc !

— Il n'y a que deux malheureuses règles !

Il a soupiré et fermé les yeux.

— C'est bon, a-t-il déclaré après une minute. C'est fait. Tu ne veux pas qu'on y aille ?

— Si, ai-je répondu en me haussant sur la pointe des pieds pour l'embrasser. Et je sais pile où on devrait aller.

— Quoi ? Sans vouloir gâcher la surprise, on est censés aller dîner dans un resto qui sert des trucs qui riment avec moshi-moshi.

— Oooh, c'est cool. Mais tu devrais annuler la réservation.

— Mais…

— Allez, l'ai-je coupé en le prenant par le bras. À mon tour de t'épater.

25

— Je crois que le pain est mon aliment préféré, ai-je déclaré à Jesse tandis qu'on traversait Irving Place. Il devrait constituer l'ensemble de la pyramide alimentaire.

— Ça existe encore, la pyramide alimentaire ? m'a-t-il demandé en buvant une gorgée d'eau. Ça s'appelle toujours comme ça ?

Il portait notre sac de courses bio, et j'allégeais la charge en grignotant la baguette tandis qu'on marchait.

— C'est peut-être le losange alimentaire, maintenant, ai-je répondu.

Il s'est mis à rire.

— OK, cours de géométrie alimentaire ! Choisis une forme, n'importe laquelle.

— Ils peuvent en faire un dodécaèdre alimentaire, tant qu'il y a plein de pain dedans, moi, ça me va. Ah, tiens, on y est.

On a traversé la rue et on s'est arrêtés devant la grille de Gramercy Park.

— Euh, Maggie ? m'a dit Jesse. Camper devant les grilles, j'ai déjà fait.

— Oh, c'est vrai ? Mince, tu ne pouvais pas le dire plus tôt ? Andouille, ai-je poursuivi en roulant des yeux, je sais bien que tu es déjà venu. Tu me l'as dit il y a une demi-heure.

— Et je peux savoir ce que ça a de mieux que les sushis ?

— J'ai bien aimé quand tu as dit que ça rimait avec moshi-moshi. Trop mignon.

J'étais si excitée que je ne tenais pas en place.

— Maggie.

— OK, OK, retourne-toi.

Mais il restait là, à me regarder.

— Pourquoi ?

— Parce que. Fais-moi confiance, OK ? Et je te préviens, t'as pas intérêt à en profiter pour manger ma baguette.

Je l'ai fait tourner sur lui-même. Il avait l'air un peu nerveux, ce qui le rendait encore plus craquant, si c'était possible. Quand il a eu le dos tourné, j'ai sorti mon vieux et fidèle trombone de ma poche et fait sauter la serrure pratiquement sans effort, comme Angelo me l'avait appris.

— C'est bon ! ai-je annoncé en ouvrant la grille. Tu peux regarder.

La mâchoire de Jesse est tombée quand il a vu la grille ouverte. C'était la première fois que je voyais quelqu'un littéralement sans voix.

— Ça va ? lui ai-je demandé. Je ne voudrais pas que tu te sentes mal à cause de ta mère ni rien.

— Non, non, ça va ! m'a-t-il répondu dans un souffle. Mais tu as une *clé* ?

— Disons que j'ai mes méthodes.

Il me regardait comme s'il découvrait une étrangère.

— Et... on peut entrer ?

— Après toi.

Il hésitait.

— Allez, grouille, l'ai-je pressé, avant qu'on se fasse arrêter pour effraction.

Il a franchi la grille comme s'il avait peur qu'elle ne tende ses barreaux pour l'agripper, et je l'ai suivi en refermant soigneusement derrière nous.

— Essayons quand même de rester discrets, ai-je précisé à voix basse, parce que, en principe, personne n'a le droit d'entrer la nuit, même avec une clé.

— Tout ce que tu voudras.

On est allés s'asseoir sur le banc où je m'étais installée avec Angelo le jour de mon arrivée à New York, au temps où je prenais encore Jesse pour un fils à papa insupportable et où je m'imaginais que cette mission serait simple.

Rien ne s'était passé comme prévu.

J'ai montré à Jesse mon nichoir à oiseaux préféré en forme de pagode (« C'est un ananas qu'il y a au-dessus ? m'a-t-il demandé. Parce que si c'est ça, c'est cool. ») et on a regardé la ville bouger autour de nous, les lumières qui clignotaient, les coups de klaxon et les gens qui passaient comme des ombres d'un pas pressé. Personne ne savait qu'on était là, cachés par les grilles en fer forgé et par des arbres plus vieux que tout le reste de New York.

— Alors, épaté ? ai-je demandé au bout de quelques minutes.

On était assis côte à côte, les genoux remontés sous le menton. Le banc manquait un peu de confort, mais je n'allais pas me plaindre.

— Tu parles ! Épaté et heureux. Très heureux.

Je lui ai souri en faisant mine d'arranger mon brushing.

— On fait une bonne équipe, ai-je observé. Toi et moi en aventuriers de la ville, à trouver des chouettes trucs à faire. Ça pourrait se vendre, comme concept.

— Nan, c'est mieux si ça reste notre petit secret.

Il a posé le menton sur mon crâne et m'a passé quelques fraises.

— Tiens, mange. Tu l'as mérité.

— Tu as fait bien plus que moi. Je t'ai seulement amené ici. C'est pas un exploit.

— Tu te trompes, Mags.

Il a gardé le silence un moment et quand il s'est remis à parler, sa voix tremblait.

— Ça représente beaucoup.

Est-ce qu'il pleurait ? Du coin de l'œil, j'ai vu qu'il se frottait les yeux en riant doucement, comme s'il était gêné.

— Je ne suis pas sûre que l'idée était de te perturber, ai-je signalé.

Je n'avais jamais vu un garçon au bord des larmes. Ça faisait bizarre, comme la première fois qu'on voit son père pleurer ; mais en même temps, c'était émouvant.

— Pardon, désolé, a-t-il déclaré en s'éclaircissant la voix. Mais ça fait tellement longtemps qu'un truc ne m'a pas rendu heureux. Et voilà que tu y arrives chaque fois qu'on se voit. Ça m'a manqué.

Je commençais à sentir mes yeux s'embuer, moi aussi.

— Oui, je vois ce que tu veux dire, lui ai-je assuré. Je sais ce que ça fait de rester là à attendre qu'il se passe un truc, sans être du tout sûr que ça arrivera.

— Parce que, d'accord, on peut dire que j'ai de la chance, de l'argent, une vie privilégiée. Mais résultat, les gens s'attendent à ce que je me comporte comme un sale fils de riche, et du coup, c'est ce que je fais. Tu te rends compte que j'ai volé ce bouquin, non mais quel crétin ! Alors que ça n'est pas du tout moi ! Et ensuite, quand j'essaie de me comporter comme un bon citoyen, de faire du bénévolat, on m'accuse d'utiliser les relations de mon père pour faire avancer les choses. Si je ne fais rien du tout, c'est mon père qui me tombe sur le dos. Là-dessus, ma mère décide que c'est elle qui a besoin d'un break…

Il a soupiré et levé les yeux vers les arbres.

— Bref, c'est un cercle vicieux.

J'ai dû inspirer un bon coup, parce que c'était la première fois que j'entendais quelqu'un décrire ce que je ressentais.

— C'est vrai, ai-je résumé, comment veux-tu devenir adulte si tout le monde veut que tu restes un enfant ?

— C'est exactement ça !

Il s'est recroquevillé dans son caban et j'ai resserré mon foulard autour de mon cou. Novembre semblait être un peu plus froid à chaque minute, mais on n'avait aucune envie de rentrer.

— Oh mince ! s'est-il exclamé. C'est toi qui pleures, maintenant ?

— Non ! ai-je affirmé en clignant des yeux pour chasser les larmes. C'est juste que je comprends ce que tu veux dire, à propos des responsabilités et du fait d'être confronté aux attentes des autres. C'est pareil avec mes parents. Si j'essaie de faire les choses à ma manière, ils s'énervent parce que je ne le fais pas à leur manière à eux. Et si leur manière n'était pas la seule qui soit bonne ? J'ai aussi le droit de choisir mon chemin, sans être toujours obligée de suivre le leur.

— Plus facile à dire qu'à faire, a commenté Jesse.

— À qui le dis-tu ! Mais alors on fait quoi ?

— Chais pas. On se défend ? On fait ce qui nous rend heureux ? On se fiche de ce que pense le reste du monde ?

— À bas le reste du monde ! ai-je lancé en même temps qu'on se mettait à rire. On est des rebelles ! Ils ne passeront pas !

— En plus, on vient d'entrer par effraction dans un parc. Tout ce qui nous reste, maintenant, c'est la vie dans la clandestinité.

— Pardon mais *qui* a ouvert la grille ? Il n'y a pas de « nous » qui tienne, mon pote.

— D'accord, mais je suis ton complice.

— Toi Boris, moi Natasha.

— Quoi ?

Visiblement, Jesse n'avait pas passé des heures à regarder de vieux dessins animés chez Angelo.

— C'est des personnages d'un dessin animé qui s'appelle *Rocky et Bullwinkle* et qui… laisse tomber.

Je répugnais à l'admettre, mais il venait de me fournir une ouverture. Il m'avait parlé de son père. C'était l'occasion que j'attendais.

— Ton père n'a pas l'air d'être quelqu'un de facile, ai-je risqué.

Jesse a émis une sorte de rire nasal.

— On peut le dire comme ça. C'est bien simple, il ne parle jamais. Je ne sais même pas de quoi on discuterait si ça arrivait.

J'ai promené un doigt sur la bordure de l'écharpe de Jesse en me blottissant contre lui.

— C'est un dingue de boulot ?

— Ça dépend. Un type qui travaille jour et nuit, c'est considéré comme un dingue de boulot ?

Il a soupiré et resserré l'étreinte de son bras autour de moi.

— Son obsession, c'est les scoops. Il ne pense qu'à ça. En ce moment, il travaille sur une histoire d'espions…

J'ai littéralement senti une brûlure d'acide m'attaquer l'estomac.

— Il allait la publier et tout révéler, quand il y a eu je ne sais quelle complication, et maintenant, il hésite.

Une poussée d'adrénaline s'est emparée de moi. Une chance qu'on ait été dans le noir et que Jesse n'ait pas pu voir le sang me monter aux joues.

— Ça le met d'une humeur de chien. On dirait que toute sa vie tourne autour du travail. Peu importe ce que je fais, tout ce qu'il voit, c'est ce que je ne fais pas. Eh, mais tu trembles ?

Comme une feuille, oui.

— On a passé une soirée géniale, mais si tu attrapes une pneumonie, tes parents vont me tuer.

— Mais non, ai-je soutenu malgré l'évidence. Qu'est-ce qui a fait que ça a dérapé, pour l'histoire de ton père ?

Ce n'était pas pro, et je le savais. Je posais des questions au lieu de le laisser parler. Si j'avais été en train d'ouvrir un coffre, à cet instant, une paroi de cobalt se serait déjà mise en place pour me barrer l'accès.

Mais comme je venais d'en avoir la confirmation, les gens ne sont pas des coffres-forts.

— Aucune idée, m'a répondu Jesse en se levant. Je te l'ai dit, on se parle très peu. Je peux te demander de faire un truc pour moi ?

— Bien sûr, ai-je murmuré.

À ce moment-là, j'étais prête à dire oui à à peu près n'importe quoi. À part me griller professionnellement.

— On reviendra ? Pendant la journée, par exemple ?

Il avait un sourire plein de douceur et d'espoir (deux choses que je n'avais pas prévu de devoir gérer), et mon cœur se serrait et battait plus fort à chacune de ses paroles.

— C'est promis.

— Tu pleures encore ?

— Non, tu rigoles ? Je suis trop occupée à grelotter. Mon pouls me martelait les tempes et mes mains tremblaient un peu tandis qu'on ramassait les restes de notre dîner. Qu'avait voulu dire Jesse sur le fait que son père hésitait ? Était-il possible qu'on ait lancé toute cette opération pour rien ? Avait-il renoncé à publier l'histoire ? Et dans ce cas, devrait-on quand même déménager ? Allait-il falloir que je parte loin de Roux et de Jesse ?

— On y va ? m'a demandé Jesse, interrompant le cours de mes pensées. Prête pour la virée de ta vie dans le métro ? Je ne voulais pas vendre la mèche, mais je crois que tu vas être carrément épatée par la ligne 6, a-t-il ajouté en jouant des sourcils.

J'ai fait mine de lui décocher un coup de pied dans les tibias, et il a bondi en arrière.

— Quelle teigne ! a-t-il couiné en riant. Au fond, tu es une violente ! Je trouve ça assez excitant, je dois dire.

— Garde ça pour notre prochain rancard, ai-je suggéré, sans aucune certitude qu'il y en aurait un.

On s'est faufilés à l'extérieur en refermant la grille sans bruit et on est repartis en laissant le parc comme on l'avait trouvé. Au-dehors aussi, tout semblait pareil qu'avant, la ville était fidèle à elle-même.

Et j'ai compris que tout ce qui avait changé, c'était moi.

26

Mes parents m'attendaient, évidemment, ainsi qu'Angelo. Comme je n'étais jamais beaucoup sortie le soir, je n'avais pas l'habitude de ces conciliabules nocturnes. Et je n'étais clairement pas prête à affronter celui-là.

— Alors, tu as passé un bon moment ? s'est enquis Angelo.

— Tu as récupéré le dossier ? m'a demandé mon père.

— Il a été poli avec toi ? Il t'a tenu les portes ?

Ça, bien sûr, c'était ma mère. J'ai soupçonné fortement que si Jesse ne s'était pas comporté en parfait gentleman, elle aurait sur-le-champ piraté son ordinateur et effacé tout son disque dur, mission ou pas mission.

— Oui, Jesse a été très poli et un certain nombre de portes ont été ouvertes. (Je n'ai pas jugé utile de préciser que c'était moi qui lui avais ouvert celle de Gramercy Park.) On ne pourrait pas parler de tout ça demain ? Je suis crevée.

Je n'avais jamais eu aussi peu envie de dormir que ce soir-là, mais j'avais besoin de me retrouver seule pour faire le ménage dans ma tête.

— Bien sûr, a répondu Angelo alors que mes parents ouvraient la bouche pour répondre. On sait tous combien c'est épuisant de devoir passer plusieurs heures d'affilée en jouant un rôle. Maggie a besoin de se reposer.

— Je suis une ado en pleine croissance, ai-je confirmé. Il ne faudrait pas la retarder.

— Très bien, a dit ma mère. Mais j'attends un rapport complet demain matin à la première heure.

J'ai à peine dormi cette nuit-là, me tournant et me retournant dans mon lit en me demandant ce que Jesse avait voulu dire à propos de son père et de l'article. Allait-il le publier, oui ou non ? Qu'est-ce qui le faisait hésiter ? S'il comptait toujours le sortir, la parution était-elle reportée ? J'étais tellement stressée que j'ai passé plusieurs heures à chercher « Armand Oliver » sur Google en quête d'indices. À part quelques nouveaux articles, je n'ai trouvé que des trucs que j'avais déjà lus. Visiblement, le seul maillon faible dans l'entourage d'Armand était son fils. J'ai fini par m'endormir avec mon ordinateur ouvert à côté de moi, ce qui explique que je me sois réveillée en début d'après-midi le visage écrasé contre l'arête du clavier.

— Qu'est-ce qui t'est arrivé ? m'a demandé mon père en me voyant entrer d'un pas titubant dans la cuisine. Tu t'es fait gifler par ton portable ?

— J'ai travaillé tard, ai-je marmonné. C'est l'ordi qui a gagné.

— On est prêts pour le rapport, a annoncé ma mère. Comment ça s'est passé ? Tu as réussi à retourner chez les Oliver ? Tu as pu découvrir si…

— Maman, s'il te plaît.

J'ai dû employer un ton plus bougon que d'habitude, parce qu'ils m'ont dévisagée tous les deux.

— Il faut toujours qu'il y ait un interrogatoire à la seconde où je me lève ?

— Margaret, a dit mon père.

« Margaret », super. Ça promettait.

— Désolée. Je suis fatiguée et j'ai besoin de réfléchir.

— Donc, tu as trouvé quelque chose, a déduit ma mère. Qu'est-ce que c'est ?

Je me suis assise et j'ai commencé à triturer une enveloppe kraft qui traînait sur la table.

— J'ai fait parler Jesse et il a dit qu'il ne savait pas si son père allait faire paraître l'article.

— Tu lui as parlé de l'article ? ont braillé mes parents en chœur.

— Bien sûr que non ! ai-je répondu sur le même ton. Vous me prenez pour une imbécile ? Je lui ai juste posé des questions sur sa famille, et il m'a dit que son père était stressé à propos de la parution d'un article.

(Si je peux vous apprendre un truc, retenez bien ça : s'endormir sur son ordinateur, ça peut *vraiment* mettre de mauvais poil.)

Mes parents se sont un peu calmés.

— Ah, a dit mon père. Mais il n'a pas précisé s'il s'agissait du nôtre.

— Non, mais ça pourrait bien être le bon. Jesse a dit que ça concernait des espions, mais que les choses ne se passaient pas comme son père le voulait.

Ma mère gardait un air soupçonneux.

— Tu l'aimes bien, a-t-elle fini par déclarer.

— Qui, Armand ?

— Jesse.

Touchée coulée.

— Le contraire serait un peu difficile, ai-je admis. Il est vraiment chouette ! Il est gentil, il tient les portes et quand les petits tombent à la patinoire, il les aide à se relever.

Ma mère a poussé un gros soupir.

— Chérie, as-tu la moindre preuve qu'Armand ait renoncé à publier cet article ?

— Rien d'autre que ce que Jesse m'a raconté, ai-je reconnu. Mais je le crois. Il m'a dit des tas d'autres trucs, des trucs personnels sur sa famille.

— Et toi, tu lui as dit des trucs ?

— Quoi ? Mais non, bien sûr que non. On était juste assis dans le parc et…

— Quel parc ?

Voilà que mon père s'en mêlait. Mes deux parents se liguaient contre moi pour me mettre la pression, comme s'ils cherchaient à me coincer.

— Gramercy. Quoi ? Qu'est-ce qu'il y a ?

— Tu es allée à Gramercy toute seule la nuit ? s'est écriée ma mère. Non mais tu plaisantes ? Que faisait ton chauffeur, pendant ce temps-là ? Je *savais* qu'on aurait dû discuter dès que tu es rentrée hier soir.

On aurait dit que leurs têtes s'étaient mises à fumer comme des volcans en éruption.

— J'ai été obligée de le semer, c'était carrément pas discret ! Ça mettait Jesse mal à l'aise ! Et c'est quoi, le problème, avec Gramercy Park ? J'y suis allée un million de fois avec Angelo.

— Avec Angelo, justement, a dit mon père. Jamais toute seule ! Tu ne te rends pas compte à quel point c'est dangereux ?

— D'aller dans un parc dont la grille est fermée, dans l'un des quartiers les plus sûrs de Manhattan ? Non, je ne m'étais pas rendu compte que je courais un danger mortel.

Ma mère faisait les cent pas.

— C'était une très mauvaise idée ! a-t-elle tempêté, sans que je puisse déterminer si elle s'adressait à mon père ou à moi. Je te l'avais dit, en plus ! Je t'ai dit : « Elle est trop jeune, elle n'est pas prête. »

— Calme-toi, a tempéré mon père.

— Est-ce que quelqu'un peut m'expliquer ce qui se passe ici ? ai-je crié à mon tour. Pourquoi on pète tous un plomb tout à coup ?

— Maggie, s'il te plaît, assieds-toi, m'a répondu mon père.

— Je *suis* assise ! C'est maman qui reste debout !

— Tu es entrée dans le parc par effraction, j'imagine ? a continué ma mère. Est-ce que Jesse t'a vue faire ?

— Je l'ai obligé à se retourner. Mais il s'en fichait, il a trouvé ça cool.

Ma mère a regardé mon père et répété :

— Il a trouvé ça cool.

— Je veux juste dire qu'il n'en a pas fait tout un cirque !

— Qu'est-ce qui te dit que Jesse ne te raconte pas ce qu'il veut te faire croire pour te faire lâcher l'affaire ? m'a demandé mon père. Ou que son père ne lui fournit pas des informations erronées pour être sûr que Jesse ne flanque pas tout par terre ?

— Quoi, maintenant, vous sous-entendez que Jesse est téléguidé par son père ? C'est n'importe quoi !

— Tu travailles bien pour nous, a observé ma mère.

— Je ne travaille pas pour vous ! ai-je riposté. Je travaille pour le Collectif ! Et si vous m'écoutiez, vous sauriez que j'essayais justement de faire mon boulot ! Pour le Collectif !

On était tous debout, maintenant, chacun dans un coin de la cuisine, campant sur sa position.

— Enfin ! ai-je repris. C'est précisément mon boulot de m'entendre avec Jesse, si je me souviens bien.

— Ton boulot est de *faire semblant* de t'entendre avec lui, a rectifié ma mère. Et, accessoirement, d'empêcher la parution de cet article.

— Vous ne trouvez pas ça un peu bizarre de *faire semblant* de s'entendre avec quelqu'un ? Un peu malhonnête ? Et peut-être pas très sain psychologiquement ?

— C'est comme ça dans notre métier, ma puce, a dit mon père. On n'est pas là pour se faire des amis.

C'était peut-être à cause du manque de sommeil, ou parce que j'avais les lettres A, Q et W gravées sur la joue, mais cette remarque a été la goutte d'eau qui a fait déborder le vase.

— Exactement, ai-je répliqué. Je ne suis pas là pour me faire des amis. C'est bien le problème. Pourquoi je n'aurais pas le droit de me faire des amis ? Pourquoi je ne pourrais pas aller dans un lycée normal ni aux soirées d'Halloween ? Pourquoi ce serait à vous de décider de tout ça pour moi ?

— Mais parce que tu as un don ! a répondu ma mère. Plus qu'un don, même. Tu as un talent unique pour ouvrir des serrures et des coffres-forts, et tu peux t'en servir pour réparer des injustices !

— Et si je ne veux pas ?

Là, tout s'est figé dans la cuisine. On aurait dit que même l'aiguille de l'horloge murale s'était arrêtée.

— Comment ça, si tu ne veux pas ? a dit mon père, estomaqué. Tu ne parles de rien d'autre depuis que tu as eu quatre ans !

— Je n'ai plus quatre ans, t'as remarqué ? J'en ai bientôt dix-sept. Je suis presque une adulte. Pourquoi je n'aurais pas le droit de prendre les décisions qui concernent ma vie ? Qu'est-ce qu'il y a de mal à se faire des amis ? Ou, pire, à sortir avec un garçon ? Quand j'avais quatre ans, je voulais aussi être végétarienne et cowgirl ! Mais les choses changent. Vous n'avez jamais envisagé que j'aie pu changer, moi aussi ?

— Tu es née dans ce monde-là, a répliqué ma mère. C'est la vie. On ne choisit pas toujours ce qu'on fait.

— Mais enfin, on n'est pas en train de parler de charge héréditaire, là ! On n'est pas la famille royale ! N'empêche qu'avec vous, j'ai autant de devoirs et de contraintes sur le dos qu'une princesse héritière !

— Bon, et donc ? a repris mon père. Tu veux tout lâcher ? Fin de l'histoire ?

— Et pourquoi pas ? Tout ce qui vous intéresse, chez moi, c'est que je sois capable d'ouvrir des serrures et des coffres ? Ça s'arrête là ? Jesse, lui, au moins, il n'a pas la moindre idée de ce que je sais faire et il s'en fiche. Et il n'a pas besoin de ça pour m'apprécier.

— Tu crois que ce serait toujours vrai s'il savait ce que tu fais ? m'a demandé ma mère, dont la colère avait visiblement laissé place à la résignation. Écoute, chérie. Ton père et moi, on t'aime très fort. Et on ne t'aimerait pas moins si tu passais tes journées devant la télé. Mais il s'agit de notre métier. De notre famille. De notre mode de vie. Tu ne peux pas jeter tout ça par la fenêtre simplement parce que ta mission t'amène à te rapprocher d'un garçon.

— Mais comment voulez-vous que je choisisse ma vie, mon avenir, si je ne connais que cette vie-là ? D'accord, j'ai peut-être un certain talent pour ouvrir des coffres, mais je serais peut-être encore plus douée pour être une personne normale ! Ou plus heureuse !

Ils n'ont pas su quoi répondre. J'ai soupiré.

— C'est bien ce que je pensais. C'est ma vie qui est en jeu, mais vous, vous ne voyez que le boulot. C'est bon, j'ai pigé.

— Maggie…

J'ai tourné les talons sans écouter ce que mon père avait à dire.

— Laisse-la, lui a dit ma mère.

Bonne idée. J'avais besoin d'être tranquille pour faire le point.

J'ai pris mon téléphone et appelé Angelo. Au bout de quatre sonneries, j'ai entendu : « Bonjour, vous êtes sur un répondeur. Toutes mes excuses pour ne pas être en mesure de vous répondre dans l'immédiat… »

— Bon sang, ai-je grommelé avant de raccrocher.

C'était son message qui veut dire « je suis en mission », pas son message normal d'absence. Je ne savais pas s'il était à Cincinnati ou au Zaïre, et encore moins quand il reviendrait.

En tout cas, j'étais certaine d'avoir raison. Angelo insistait toujours sur le rôle de l'instinct, sur l'importance qu'il y avait à le suivre ne serait-ce que pour savoir où il nous mènerait. « Les gens mentent, disait-il, l'instinct, non. » Malgré ce que pensaient mes parents, je sentais que c'était mon instinct, et pas juste le fait que je craquais pour

Jesse, qui m'avertissait qu'Armand allait laisser tomber l'histoire.

Je me suis mise à réfléchir à tout ce que m'avait dit Angelo. « Apprends à écouter. » « Sois gris souris. » « Ne regarde jamais en arrière. » « On a toujours le choix. »

J'avais mieux que ça, désormais.

J'avais des amis.

27

Je suis ressortie de ma chambre vers six heures du soir en agitant mon portable « perso ».

— Salut, ai-je dit.

— Salut, m'a répondu ma mère. On a discuté avec ton père et on pense qu'il faut reparler de tout ça. À titre familial et non professionnel.

Mais les discussions ne m'avaient pas beaucoup avancée jusque-là. J'étais prête – plus que jamais – à passer à l'action.

— On peut voir ça un peu plus tard ? Roux vient de m'appeler.

— Roux, a répété mon père. Roux la « crétine » ?

Il voulait juste me faire sourire, mais je n'étais pas d'humeur. Je n'avais pas digéré notre dispute, ni l'idée que je n'étais peut-être pas celle que mes parents voulaient que je sois. Continueraient-ils à m'aimer et à m'estimer si je quittais le Collectif ?

Est-ce qu'on me *laisserait* seulement en partir ?

— Ouais, c'était Roux, ai-je confirmé en ignorant sa blague. Elle vient de rompre avec un mec qu'elle a rencontré à la fête d'Halloween. Elle veut me voir.

— Tout de suite ? On allait commander chinois.

De toute évidence, mes parents marchaient sur des œufs avec moi. Ça me faisait bizarre.

— Je ne peux pas aller la voir, plutôt ? Elle voudrait que je dorme chez elle.

— Que tu dormes chez elle ?

J'ai poussé le soupir le plus long, le plus las de l'univers.

— Oui. Les filles font ça, généralement. Elles s'invitent à dormir. Ou bien est-ce que je n'ai plus le droit de faire ça non plus ?

Comme menteuse, je faisais des progrès. Il faut dire que les occasions de m'entraîner n'avaient pas manqué.

— Mais, et le lycée ?

— On ira ensemble demain matin. Écoutez, ai-je ajouté face à leur silence, je sais que je ne suis pas censée me faire des amis. Mais si Roux commence à se poser des questions sur notre prétendue amitié, ça va devenir un cauchemar de la gérer, et ça va tout fiche en l'air. Croyez-moi, au lycée, on ne rigole pas avec les codes de conduite entre filles.

Mes parents se sont regardés.

— Ça ne peut pas faire de mal, a fini par admettre mon père. Ce n'est que pour une nuit.

J'aurais parié qu'il céderait. C'était toujours lui qui se dégonflait.

— Mais est-ce que tu auras ta dose de sommeil ? s'est inquiétée ma mère. Tu as eu une longue journée hier et tu t'es couchée tard. Tu as l'air fatiguée.

Je l'ai laissée s'approcher pour repousser une mèche de mes yeux.

Ce n'est pas avec des remarques de ce genre qu'on rend service aux gens fatigués, mais j'ai laissé courir.

— Ça va dépendre de Roux. Elle va sans doute pleurer jusqu'à minuit, environ. Je l'ai en ligne, là. Elle attend ma réponse.

— D'accord pour cette nuit, a dit ma mère. Demain, tu vas en cours, tu rentres à la maison et on reparle de tout ça. Ça marche ?

— Ça marche.

Sur quoi je me suis retournée pour parler dans le vide dans mon téléphone :

— Roux ? C'est d'accord. J'arrive… OK, à toute.

Ma mère est entrée dans ma chambre pendant que je finissais de préparer mes affaires.

— Chérie ?

— Quoi ?

J'ai fourré un pull et un uniforme propre dans mon sac.

— Ton père et moi, on se faisait la réflexion que ce n'est pas évident d'être des espions, et encore moins d'en élever une. C'est nouveau pour nous, tu comprends ? On apprend.

Elle a conclu par un petit sourire.

— Mais pourquoi ne pas essayer de me faire confiance ? ai-je répondu, me sentant brusquement vidée de toute énergie. Pourquoi ne pas me dire simplement : « OK, Maggie, on croit en toi. Fais ce que tu as à faire » ?

— Parce que dans ce genre de boulot, c'est difficile de garder les idées claires, surtout dans une première mission en solo.

— Et tu crois que Jesse m'empêche de garder les idées claires ?

— Je crois…

Elle a pesé ses mots.

— … je crois que tu cherches à le protéger de ce que son père pourrait faire, même si tu n'en es pas consciente.

Elle n'avait pas tort.

— C'est faux, ai-je soutenu. Je ne crois pas que son père va publier l'article.

— C'est possible, mais ce n'est pas à toi d'en décider. C'est au Collectif de trancher.

— Et s'ils se trompent ?

Ma mère a haussé les épaules :

— Eh bien, à eux d'en subir les conséquences.

— Mais si ça affecte son père, Jesse aussi en subira les conséquences. Tu ne comprends pas. Sa mère…

Je me suis tue. J'avais promis à Jesse que je ne parlerais à personne du départ de sa mère, et j'avais la ferme intention de tenir au moins une des promesses que je lui avais faites.

— Bon, je peux y aller ? ai-je enchaîné. Roux m'attend, et je ne te raconte pas dans quel état elle se met quand on la fait poireauter.

— D'accord, vas-y, a dit ma mère avec un soupir. Tu prends ton manteau ?

— Évidemment. On est en novembre.

Vous en connaissez, vous, des espions dont la mère se croit obligée de leur rappeler de se couvrir ?

L'éternelle berline noire attendait en bas. Histoire de me débarrasser de mon chauffeur, je lui ai indiqué une adresse qui se trouvait à une rue de l'immeuble de Roux. Les deux artères étaient reliées par une allée. Après qu'il m'a déposée, j'ai pénétré dans un immeuble (sans portier, heureusement), traversé l'entrée et gagné l'allée par la porte de derrière. Deux minutes plus tard, j'étais devant chez Roux.

— Salut, Harold ! ai-je lancé à son concierge grincheux. Quoi de neuf ? Ça roule ? Et votre femme, la forme ? Les enfants ?

Il n'a pas cillé.

— Super, ravie de l'apprendre. Vous pouvez prévenir Roux que je suis là ?

Il s'est retourné pour appuyer sur un bouton. Au bout de deux sonneries, j'ai entendu :

— SALUUUUT, HAROLD ! Ça faisait un bail ! On ne s'est pas parlé depuis cet après-midi ! Je ne vous ai pas trop manqué ? Dites-moi que si, ou vous allez me briser le cœur !

Harold est resté stoïque comme un vieux briscard. Un briscard de la guerre Rouxienne ?

— Il y a une jeune demoiselle qui demande à vous voir, Scarlet.

— Pitié, espèce de pervers, appelez-moi Roux. Pourquoi vous vous obstinez à être aussi cérémonieux ? Oh, au fait, je vous dois vingt-cinq dollars.

Je me suis cogné l'orteil contre mon lit et j'ai employé un langage, disons, assez coloré.

Je ne connaissais pas le salaire d'Harold, mais il n'était sûrement pas assez payé pour ce qu'il subissait.

— Maggie ? C'est toi ? a-t-elle carrément hurlé dans l'Interphone.

— Oui. Laisse-moi monter.

— C'est vraiment elle, Harold ? Vous connaissez cette ville de dingues. C'est le royaume des imposteurs !

J'ai regardé Harold en haussant un sourcil, tandis qu'il m'examinait, les yeux plissés.

— Sans blague ? ai-je dit.

— Oh, c'est bien Maggie. Je reconnaîtrais ce petit ton sarcastique entre mille. Qu'est-ce que t'attends pour monter ? C'est bon, Harold, vous pouvez la laisser passer.

Quand je suis arrivée à l'étage, Roux a ouvert la porte à la volée.

— J'adore les surprises ! s'est-elle exclamée avec un large sourire. Qu'est-ce que tu fais là ? Tu aurais pu m'appeler ou m'envoyer un SMS ! Tu as renoncé à la technologie pour le carême ?

— Le carême, c'est au printemps.

— Je ne savais pas que tu étais catholique !

— Je ne le suis pas !

Je n'étais pas là depuis cinq secondes qu'elle m'avait déjà totalement embrouillée.

— Je suis venue parce que je voulais te parler.

— Parfait.

Elle a refermé la porte derrière moi et m'a regardée enlever mes chaussures.

— Ce que tu es bien élevée ! Écoute, dis-moi si tu ne trouves pas ça cool : l'an prochain, je veux persuader Harold de se déguiser en Gandalf pour Halloween.

— Gandalf le magicien ?

— Non, l'autre. Évidemment, le magicien ! T'en connais combien, des Gandalf ? Bref, ce serait génial. Je viens juste d'y penser, pendant que tu montais. Il sera déguisé en Gandalf et chaque fois que quelqu'un essaiera de passer abusivement, il criera : « TU NE PASSERAS PAS ! »

Roux avait l'air enchantée par sa dernière trouvaille.

— C'est pas top ? a-t-elle continué. Il va râler, mais je pense qu'il aura la classe avec une cape et un chapeau à grands rebords.

Je sentais monter une migraine et je commençais à me demander si je n'avais pas commis une grosse erreur en venant.

— Oh-ho, qu'est-ce qui ne va pas ? m'a-t-elle demandé en voyant mon expression. Des ennuis au paradis Oliver ? Ça s'est passé si mal que ça, votre rancard ? J'ai attendu que tu m'appelles, figure-toi. Tsss tsss.

Avec tout ce qui s'était passé depuis, j'aurais dit que notre rancard datait de huit jours, et pas de la veille.

— Non, c'était sympa. C'était vraiment chouette.

Roux a attendu la suite et, ne la voyant pas venir, a fini par dire en secouant la tête :

— Sympa et chouette ? Wouah, super sexy, les adjectifs. Je parie que tu attendais ce premier rancard depuis toujours pour pouvoir dire que c'était sympa et chouette. S'il t'a emmenée au bowling, je le tue. Pourquoi les mecs s'obstinent-ils à trouver ça drôle ? Ce truc est d'un ennui !

— Non, on a fait du patin à glace. Et il m'a emmené regarder les étoiles sous une verrière d'enfer.

— Ooooh, a fait Roux en se laissant tomber sur le canapé, les genoux repliés sous le menton. Ça a l'air romantique ! Raconte.

Je me suis assise à côté d'elle, un peu nauséeuse. Le moins qu'on puisse dire, c'est que j'avais les nerfs en pelote, et que j'avais du mal à garder l'esprit fixé sur une pensée. Si mon plan échouait, j'étais définitivement fichue.

— Tu veux vraiment tout savoir ?

— Quelle question, m'a-t-elle répondu avant de remuer les orteils. Qu'est-ce que tu penses de mon vernis ? Trop rouge ?

— Il est très bien.

Elle a fait la moue.

— Très bien, très bien… Toi, il y a un truc qui ne va pas. Dis tout à ton amie Roux.

On aurait dit Angelo.

Je n'étais pas rassurée. J'avais passé une bonne partie de la journée à stresser sur le fait que je mentais à Jesse et Roux. Pire, je faisais semblant d'être l'amie de quelqu'un qui n'en avait plus aucun. Je savais en entamant cette mission qu'il y aurait de la casse, mais là, je ne voyais plus du tout comment recoller les morceaux.

— Maggie ? m'a demandé Roux, plus calme que je ne l'avais jamais vue. Ça va ? T'as l'air… enfin, pas trop en forme. Sans vouloir te vexer.

C'était la première fois que je l'entendais essayer activement de ne pas être vexante.

— Je… j'ai un truc à te dire. Et je suis super flippée.

D'un glissement, elle s'est rapprochée de moi.

— Vas-y, accouche.

Mais je n'avais jamais eu à faire ce genre de révélation et les mots me manquaient.

— Je ne sais pas comment dire ça, ai-je admis. C'est dur.

Roux était de plus en plus inquiète.

— Tu peux me faire confiance. Je suis ton amie, non ?

Ça n'a rien arrangé, et j'ai senti les larmes me monter aux yeux. Décidément, je ne faisais que pleurer depuis le début de cette mission ! Si ça continuait, j'allais atteindre mon prochain anniversaire totalement déshydratée.

— OK, Maggie, a déclaré Roux en se tournant face à moi. C'est moi qui vais parler, d'accord ? Ça te va ?

J'ai fait oui de la tête en me frottant les yeux.

— Alors voilà. Avant que tu arrives à New York, j'étais super pourrie dans la catégorie amie. Je le sais, tu le sais, tout le monde le sait. Je mentais, je piquais leurs mecs aux nanas, même les parfaits losers, je lançais des fausses rumeurs. Et je ne sais même pas pourquoi, mais je dirais que c'est à cause de mes parents. Je faisais tout ce que font les garces dans les émissions de téléréalité. Et ça me déprimait à mort, mais je continuais parce que je ne savais pas quoi faire d'autre.

« Là-dessus, tu as débarqué et on est devenues amies. Et maintenant, c'est comme si… (la voix de Roux s'est mise à trembler) comme si tu m'avais appris à être une vraie amie. Tu m'écoutes, tu ne te fous pas de moi quand j'ai mes moments de folie, tu t'es occupée de moi le soir d'Halloween…

« Avant de te rencontrer, je ne savais pas comment être une amie, et si c'est pour ça que tu ne veux pas me dire ce que tu as à dire, il faut que tu saches ce que tu m'as appris. Je peux être une amie pour toi, parce que tu en es une pour moi.

Elle pleurait aussi, maintenant.

— Tu vois ce que je veux dire ? a-t-elle conclu. Je sais que je peux être un peu décousue, demande à Harold.

On a ri et elle s'est levée pour aller chercher des mouchoirs.

— Combien de boîtes de Kleenex faut-il avoir chez soi ? l'ai-je entendue marmonner.

Elle est revenue au bout d'une minute en m'annonçant :

— Tiens, bonne nouvelle, c'est des bons, pas de la sous-marque qui gratte.

Je me suis essuyé les yeux et le nez.

— C'était vraiment très beau, ce que tu m'as dit, ai-je déclaré en reniflant. Moi non plus, je n'ai jamais eu de vraie amie avant, et j'ai peur que ce que j'ai à te dire ne fiche tout par terre.

— Bah, vu que je n'ai pas de copain que tu puisses me piquer, ça m'étonnerait.

— Oh, attends un peu.

J'ai commencé à arpenter le salon. À croire que le tic nerveux de ma mère était héréditaire.

— Je vais avoir le mal de mer si tu continues, m'a dit Roux. Allez, crache le morceau. Je connais la musique. Tu te sentiras mieux après. Ensuite, on pourra se commander à bouffer et se regarder un film, et tu me donneras tous les détails sur ton rancard avec Jesse.

J'ai pris une grande, une énorme inspiration et j'ai dit :

— Roux, je suis une espionne.

— Halloween, c'était le week-end dernier, ma belle. Je crois que tu peux sortir de ton rôle.

J'avais oublié l'épisode du costume.

— Non, je veux dire pour de vrai. C'est mon métier. C'est pour ça que j'ai débarqué au lycée. Mes parents et moi, on est des espions.

Roux est restée sans rien dire pendant une bonne minute, sans doute un record pour elle. Mon cœur battait si vite que je me sentais frôler la crise d'angoisse.

— On travaille pour une organisation qui s'appelle le Collectif. Le magazine du père de Jesse va publier un article sur nous, qui citera des noms, dont le mien et celui de mes parents. Alors on m'a demandé de devenir copine avec Jesse Oliver pour avoir accès aux dossiers de son père et empêcher l'article de paraître.

Je ne savais pas trop si le sang affluait ou refluait de mon cerveau, en tout cas, il se passait un truc pas normal. Et Roux n'avait toujours pas ouvert la bouche.

— Parle, dis-moi quelque chose ! l'ai-je implorée. S'il te plaît.

Elle s'est levée très lentement, a attrapé un des coussins du canapé et l'a jeté de toutes ses forces à travers la pièce.

— Tu te *fous* de moi ? s'est-elle écriée. Je te fais tout un discours sur l'amitié, et toi, tu me sors une histoire d'espions délirante ? Des *espions* ! T'as même pas dix-sept ans, comment tu serais une espionne ?

— Perceuse de coffres-forts, ai-je réussi à préciser d'une voix étranglée. Je crochète des serrures et j'ouvre des coffres.

— Mais oui. Et moi, je peux voler. T'as un pet au casque ?

Elle s'est interrompue, serrant un deuxième coussin entre ses mains.

— Je parie que oui. Génial, top génial ! Je suis tombée sur une mythomane ! s'est-elle exclamée en jetant son coussin par terre. Je suis passée de pas d'amis du tout à une amie totalement givrée !

Je me suis dirigée vers mon sac.

— C'est ça, tire-toi ! m'a lancé Roux. Quand je pense à tout ce que je t'ai dit sur l'amitié ! Je suis trop conne ! Moi qui te faisais confiance !

— Roux…

— Laisse tomber. Attends… t'as tout enregistré ?

— Quoi ? Mais non, Roux, je…

— Tu vas mettre ça sur YouTube, pour que tout le monde sache bien quelle débile je suis ?

— Arrête !

J'ai crié si fort qu'elle s'est figée, un troisième coussin dans les mains.

— Regarde, ai-je dit en piochant dans mon sac et en jetant mes douze passeports sur le canapé.

Ils formaient un petit tas bleu foncé sur les coussins, chacun avec ma photo dedans et son sceau en gaufrage doré totalement faux mais plus vrai que nature, grâce aux talents de faussaire d'Angelo.

— Je ne te mens pas. En tout cas plus maintenant. Et j'ai besoin de ton aide.

28

— Donc, en gros, tu sauves le monde ?

J'étais assise avec Roux au bar en marbre de son immense cuisine, mes douze passeports étalés devant nous. Elle les avait examinés un par un, avec la méticulosité d'un douanier.

— Daisy ? avait-elle observé en ouvrant l'un d'eux. Franchement, tu ne pouvais pas t'appeler Jennifer ou je ne sais quoi ? C'est dingue, on dirait des vrais !

J'avais mis un moment à la convaincre, même après la grande révélation des passeports.

« Ce que je crois, c'est que tu es recherchée par la police ! » s'était-elle écriée.

« OK, où est ton coffre ? Dis-moi simplement où il est ! »

« Quel coffre ? On n'a pas de coffre, on… »

« Roux, tes parents sont multimillionnaires, tu vis dans un loft dans l'Upper East Side, et le tableau accroché au-dessus de ta cheminée vaudrait deux millions et demi de dollars si ce n'était pas un faux. Dis-moi où est votre foutu coffre. »

Elle avait hésité.

« Comment tu sais que c'est un faux ? »

« Parce que le vrai se trouve à Londres dans la chambre forte du Collectif. »

« Le coffre est en haut, dans le dressing de mes parents. »

Dix minutes plus tard, le coffre était ouvert, et la bouche de Roux encore plus.

« Tu me crois, maintenant ? avais-je demandé en soufflant sur ma frange. Ou tu veux que j'entre chez tes voisins par effraction ? »

« Non, je crois que ça ira. »

Une demi-heure plus tard, on mangeait thaï dans sa cuisine. Je mourais de faim, n'ayant rien avalé depuis le petit déjeuner, mais Roux était trop remontée pour manger.

— Donc, tu sillonnes le monde avec tes parents et vous neutralisez les méchants.

— En résumé, oui, ai-je acquiescé en enfournant une plâtrée de pad thaï.

— Et tu as déjà tué quelqu'un ?

— T'es folle ? Je suis une perceuse de coffres-forts, pas une tueuse.

Roux a écarquillé les yeux.

— Mais alors, Angelo ne m'a pas menti. C'est un tueur !

— Quoi ? Mais non, lui, il est faussaire. Crois-moi, j'en ai croisé, des tueurs. Ils ne sont pas aussi sympas qu'Angelo.

Mais elle ne voulait pas en démordre.

— Tu connais un tueur ! Ça veut dire que moi aussi, je connais un tueur !

— Roux, c'est un faussaire, mets-toi ça dans le crâne. Je le jure.

— OK, pardon.

Elle a inspiré à fond en lissant ses cheveux raides comme des baguettes.

— C'est que c'est complètement nouveau pour moi, tu comprends. Mais au fait, c'est pour ça que tu as pu imiter la signature de ma mère !

— Oui. Écoute, on n'a pas beaucoup de temps.

— C'est bon, je suis prête, m'a-t-elle assuré. Quoi que tu me demandes de faire, je le ferai. Sous-fifre, assistante, gorille, t'as qu'à demander.

Elle s'est redressée, le dos bien droit ; le gorille le moins convaincant que j'aie jamais vu.

— On doit pirater l'ordinateur d'Armand Oliver, découvrir qui essaie de lui vendre l'histoire, trouver cette personne, mettre la main sur les documents, s'assurer qu'ils sont authentiques, et enfin, les détruire.

Roux a cligné plusieurs fois des paupières.

— Eh ben, a-t-elle fini par commenter. C'est assez ambitieux.

— En effet. Alors, tu marches avec moi ?

— Hé, tu te rappelles la fois où je t'ai fait un speech super émouvant et touchant sur l'amitié, et qu'après, tu m'as dit que tu étais une espionne en me sortant une douzaine de faux passeports, et où t'as ouvert le coffre de mes parents ?

Roux a agité ses baguettes sous mon nez.

— Évidemment que je marche avec toi. C'est le premier truc sympa qui m'arrive depuis des années. On s'y met quand ?

— Dès que j'ai fini de manger.

— Reçu. Et c'est quoi, mon nom de code ?

Une demi-heure plus tard, « Aile Rouge » (il est parfois plus simple de ne pas contrarier Roux) et moi sortions d'un taxi devant chez les Oliver.

— Ça va être horrible, ai-je grommelé. Comment je vais lui dire que tout ça faisait partie d'une mission ?

— N'empêche qu'il te plaît pour de vrai, non ? Dis-lui ça. Les histoires d'amour au boulot, c'est un grand classique.

— Il va me tuer.

— Dans ce cas, dis-lui que tu connais un tueur. Ça devrait le calmer.

Dans l'ascenseur qui nous conduisait à la maison sur le toit des Oliver, j'ai senti la panique me gagner.

— Il va être atrocement déçu.

— Tu ne viens pas pour rompre, m'a rappelé Roux. Tu viens juste lui dire la vérité. Il devrait te remercier.

Je l'ai regardée fixement.

— Bon, peut-être pas, a-t-elle admis. Mais de toute façon, t'as pas le choix.

— On a toujours le choix. Mais je n'aime aucun de ceux que j'ai.

— Bonjour ! a pépié Roux quand une femme de chambre est venue nous ouvrir. On vient voir Jesse.

L'intéressé a passé la tête par la porte de la cuisine.

— Roux ? Qu'est-ce que tu fais là ?

Il est sorti dans le couloir.

— Maggie ?

Je lui ai répondu par un petit signe, doutant de réussir à produire un son.

— On est là pour le projet de groupe, a annoncé Roux assez fort pour qu'Armand puisse l'entendre s'il traînait dans les parages. Tu sais, pour le lycée.

— Le quoi ?

— On peut entrer ? ai-je demandé, retrouvant enfin ma voix.

— Euh, oui, bien sûr, pas de problème.

Mais il avait un air un peu perplexe, et on restait là tous les trois dans l'entrée à se dévisager.

— Tout va bien ? Tu fais une drôle de tête, m'a-t-il déclaré.

— Mais qu'est-ce que vous avez tous avec ça ! Je suis stressée, OK ? Lâchez-moi un peu !

— Elle a eu une journée difficile, a murmuré Roux en me tapotant le bras.

Jesse nous a jeté des coups d'œil furtifs à tour de rôle.

— Qu'est-ce qui ne va pas ? Tu veux rompre ? C'est parce que je t'ai emmenée faire du patin ?

— Je n'ai aucune intention de rompre, lui ai-je assuré. Je suis là pour travailler sur le projet de groupe pour le cours d'anglais. C'est tout.

— Joue le jeu, lui a chuchoté Roux. Fais-nous confiance.

— Bieeen, a-t-il répondu. Vous êtes là pour le projet de groupe. Parfait. Et ça n'est pas du tout bizarre, votre numéro, au fait.

— On peut aller dans ta chambre ? Travailler sur notre PROJET ?

Jesse nous a fait monter dans sa chambre, qui avait l'air beaucoup plus normale que tout le reste de la maison.

— Il y a un *chien*, a dit Roux en stoppant net sur le seuil. Les chiens ne m'aiment pas, et croyez-moi, je le leur rends bien.

Je l'ai saisie par le bras pour la tirer à l'intérieur avant de refermer la porte.

— Eh bien commence à rédiger un traité de paix, parce que Max ne sortira pas d'ici, et toi non plus.

Roux a lancé un regard méfiant au golden retriever.

— Ça, c'est mon territoire, et ça, c'est le tien, lui a-t-elle signifié en se plantant à côté de la commode de Jesse.

Max a eu l'air de s'en moquer complètement.

— Quelqu'un peut m'expliquer ce qui se passe, bon sang ? nous a lancé Jesse.

Il portait un bas de pyjama et un vieux tee-shirt ; un livre d'histoire était ouvert sur son lit à côté de son ordinateur.

— Je suis vraiment désolée, ai-je commencé.

— Je le savais, tu veux qu'on arrête.

Il a soupiré et la tristesse dans le fond de sa voix m'a fendu le cœur.

— Tu avais besoin d'amener ta copine pour ça ?

— Pardon ? a dit Roux, indignée.

— Je ne veux pas rompre, ai-je répété. Tiens, tu veux bien t'asseoir ?

Il a hésité.

— On ne demande jamais aux gens de s'asseoir si c'est pour leur annoncer une bonne nouvelle.

— C'est vrai, ai-je reconnu. D'accord, reste debout, assieds-toi, fais comme tu veux.

Jesse a croisé les bras et à cette seconde, j'aurais donné n'importe quoi pour être de nouveau à Gramercy Park avec lui.

— J'ai un truc à te dire, ai-je repris, mais tu risques de ne pas me croire. Cela dit, Roux peut te confirmer que c'est la vérité.

— C'est la vérité, a dit Roux.

Le regard de Jesse faisait des allers-retours entre Roux et moi. Mes lèvres se sont mises à trembler, mais mes yeux sont restés secs.

— Tu étais ma mission, ai-je murmuré.

— Ta quoi ?

— Ma mission. Mes parents et moi, on est des espions et ton père veut publier un article sur nous. Mon travail, c'était... c'est de l'en empêcher.

Jesse a éclaté de rire.

— Ça va pas ? Tu m'as fichu une de ces trouilles !

Il s'est approché et a déposé un baiser sur mon crâne en passant ses bras autour de moi.

— Tu sais que t'es vraiment dingue ?

Avec un effort surhumain, je me suis écartée et je lui ai pris les mains pour le maintenir à distance.

— C'est la vérité. Je crochète des serrures et j'ouvre des coffres. C'est mon travail. Et si je ne mets pas la main sur cet article, ma famille et toute l'organisation seront exposées.

Le sourire de Jesse s'est estompé.

— De quoi tu parles ?

— Hier soir, quand tu m'as dit que ton père était sur les nerfs à cause d'un article, tu te rappelles ? Je crois que c'est celui dont je dois empêcher la parution.

— Attends, tu veux dire…

Jesse m'a lâché la main et il a reculé.

— Tu es une espionne ? Je ne te crois pas. Tu vas au lycée, tu ne peux pas être une espionne ! Tu vas en cours de maths !

— Fais-lui le coup des passeports, m'a suggéré Roux. C'est super efficace.

Je suis allée prendre mes papiers dans mon sac.

— Tu vois ça ? Ils sont tous à moi, les douze.

Je les ai étalés sur le lit et Jesse en a pris un, avec un mélange de répugnance et de stupéfaction.

— Jesse, j'ai besoin de ton aide. Sérieusement.

— Dire que je t'ai confié des trucs ! a-t-il explosé. Ça t'arrive de réfléchir à ce que tu fais aux gens ?

Il avait l'air tellement bouleversé que j'ai cru qu'il allait casser un truc, mais il s'est juste laissé tomber sur son lit à côté de Max.

— J'en reviens pas d'avoir cru que tu étais sincère.

— Mais j'étais – je *suis* sincère ! Quand on est sortis tous les deux, qu'on a fait du patin, qu'on a parlé dans le parc, tout ça, c'était la vraie moi. Je ne t'ai pas menti là-dessus !

— Mais tu mentais quand même !

— Euh, dites, a fait Roux. Je vais faire un tour aux toilettes.

On a attendu qu'elle soit sortie pour oser ne serait-ce que se regarder.

— Bon sang, Maggie !

— Je ne pouvais pas deviner ce qui allait se passer.

J'aurais voulu m'asseoir à côté de lui, lui toucher la main, les cheveux, faire quelque chose qui le ramène vers moi, mais je n'osais pas.

— Au départ, tu étais juste une mission. Je ne pouvais pas savoir que je craquerais pour toi.

— Alors, tout ça, c'était pour ton travail ? Pendant tout ce temps ? La fête chez moi, le rancard, tout ?

Je lui ai détaillé point par point l'ensemble de la mission, en commençant par ma première journée à New York jusqu'au lendemain de notre rancard.

— Tu as ouvert le coffre de mon père ? m'a-t-il demandé à la fin, incrédule.

— Oui, ai-je avoué. C'est pour ça que je suis là.

Il a juré entre ses dents, puis il s'est levé en passant une main dans ses cheveux.

— Je crois que tu ferais mieux de partir. Tout de suite.

Je n'ai pas bougé.

— Jesse, je sais que tu ne crois pas à ma sincérité, et je le comprends très bien. Je t'assure. Et la dernière chose que je veux, c'est te faire du mal. Mais si cet article paraît, tous les membres de ma famille vont être en danger, et nos vies seront fichues. On pense que le journal va citer des noms.

J'ai inspiré profondément.

— De toute façon, si je ne règle pas le problème, le Collectif enverra quelqu'un d'autre à ma place.

— Mais vous ne savez même pas s'il va publier le sujet !

— C'est pour ça que j'ai besoin de toi.

Je me suis levée, je suis allée vers lui et j'ai voulu prendre ses mains entre les miennes, mais il les a retirées vivement.

— Tu as tout à fait le droit d'être en colère contre moi. Je comprends, c'est normal. Déteste-moi. Mais dans l'immédiat, si tu ne m'aides pas, ma famille et moi, on va être détruits et sans doute se retrouver en grand danger. Et ensuite, on ne pourra plus jamais être ensemble, toi et moi.

J'ai avalé ma salive avec difficulté, en priant pour qu'il ait envie qu'on reste ensemble malgré tout.

Jesse a expiré lentement, calé son front entre ses mains et passé les doigts dans ses cheveux, jusqu'à ce qu'ils rencontrent un nœud.

— Et… ce Collectif, il fait quoi ? Du trafic d'armes et de drogue ?

— Plutôt le contraire. On fait arrêter les trafiquants.

Il m'a lancé un petit coup d'œil.

— On essaie de rendre le monde meilleur. J'ai passé tout l'été en Islande pour ouvrir le coffre d'un type qui faisait du trafic d'êtres humains.

Il s'est figé.

— C'est vrai ?

J'ai confirmé d'un hochement de tête.

— Ce n'est pas nous, les méchants. Au contraire, on essaie de les neutraliser. Si on est forcés d'arrêter, je préfère ne pas imaginer à quoi le monde va ressembler.

Jesse m'a dévisagée comme s'il me voyait pour la première fois. Ce qui, en un sens, était le cas.

— Tu m'as dit qu'on devrait toujours être honnêtes l'un avec l'autre, a-t-il dit au bout d'une minute. Tu te rappelles ? Parce que moi, j'y pense absolument tous les jours.

J'ai hoché la tête, les larmes aux yeux.

— Je me rappelle, oui. J'ai même précisé qu'on devait être le plus honnêtes *possible*. Et je l'étais. Et si je t'ai tout avoué, c'est qu'il y a beaucoup en jeu. Maintenant, si tu préfères que je parte, je vais le faire. Mais si tu es d'accord pour m'aider, il va me falloir l'ordinateur de ton père.

— Pour quoi faire ?

— Pour lire ses mails professionnels.

— Tu veux pirater l'ordinateur de mon père ? s'est exclamé Jesse. Tu n'as pas le droit, c'est illégal !

— Bon, je crois qu'on sera tous d'accord pour dire que les bidets sont une drôle d'invention, a déclaré Roux en nous rejoignant. Qu'est-ce que j'ai raté ? On lutte tous ensemble contre le mal ou pas ?

Jesse et moi avons échangé un coup d'œil avant de détourner la tête.

— Je ne sais pas, ai-je répondu en essayant de parler d'une voix ferme. C'est à Jesse de décider.

Il a regardé ailleurs et s'est mis à caresser Max.

— Je crois qu'il vaut mieux que vous partiez toutes les deux. Maintenant.

Pendant quelques secondes, personne n'a rien dit, puis Roux m'a tirée par la manche.

— Allez, viens, Maggie, m'a-t-elle dit avec une gravité qui ne lui ressemblait pas. On y va. Laisse-lui le temps de digérer tout ça.

J'ai hoché la tête, les yeux remplis de larmes, et pris mon manteau avec des doigts tout engourdis.

— J'ai été aussi honnête que je pouvais l'être.

Il n'a pas répondu tout de suite et, pendant une minute, j'ai eu le sentiment que ma vie était suspendue à ce silence. Puis il a dit :

— Je ne savais pas que l'honnêteté comportait une zone grise.

Les larmes ont débordé de mes yeux.

— Moi non plus, ai-je admis.

Puis, j'ai laissé Roux me pousser vers la porte d'entrée et me ramener chez elle.

29

Le lendemain matin, j'étais en perm, les yeux encore gonflés d'avoir pleuré. La veille, Roux avait patiemment attendu pendant que je sanglotais sans pouvoir m'arrêter dans son salon, répétant que j'étais une petite amie nulle et une espionne nulle. Elle avait même fini par m'apporter un verre d'eau. Mais quand j'avais bu une gorgée…

— Roux, c'est de la vodka !

Elle avait pris un air déconcerté.

— T'en veux pas ?

Je lui avais rendu le verre en m'essuyant les yeux.

— Je préférerais de l'eau.

— OK, c'est toi qui vois.

J'ai passé l'heure de perm dans un abattement plus discret, mais guère plus confortable. L'expresso que Roux avait réussi à me concocter le matin m'avait à peu près remise sur pied, mais j'étais toujours submergée par la tristesse, sans entrevoir la moindre issue. J'avais tout gâché, tout n'était plus qu'un tas de débris, impossibles à rafistoler.

J'étais tellement perdue dans mes pensées que je n'ai pas entendu la porte du CDI s'ouvrir, et que j'ai failli tomber de ma chaise quand une sacoche a atterri sur ma table.

— Eh… ! ai-je protesté en portant une main à ma poitrine.

J'ai levé les yeux, qui ont croisé ceux de Jesse.

— T'as intérêt à te grouiller, m'a-t-il déclaré. J'ai attendu que mon père soit parti au journal pour le piquer. Je dois le rapporter avant qu'il rentre.

J'ai cligné des paupières.

— T'es sérieux ?

— Je peux m'asseoir ?

— Euh, oui, bien sûr.

J'ai poussé une chaise vers lui et il s'est affalé dessus.

— Alors… tu es vraiment… ? a-t-il commencé.

— Oui.

— Depuis combien de temps ?

— Depuis toujours.

— Tu te rends quand même compte que ça a l'air complètement dingue ?

— Oui, je m'en rends compte.

J'avais tellement peur qu'il ne s'en aille que j'avais du mal à articuler autre chose que des monosyllabes.

Il s'est mordillé la lèvre. J'avais remarqué qu'il avait ce tic quand il était perturbé.

— Je t'en veux toujours, tu sais.

— Je sais, moi aussi, je m'en veux.

— Je vais t'aider, mais je ne sais pas si je pourrai oublier tout ça.

— Je peux… je peux juste dire un truc ?

Jesse a accepté d'un hochement de tête.

— Deux trucs, en fait. Tout d'abord, je suis vraiment, sincèrement désolée de ne pas avoir été honnête avec toi, mais quelquefois, c'est réellement une question de vie ou de mort. Si j'avais pu tout te dire dès le début, je te garantis que je l'aurais fait. Mais je ne le pouvais pas.

— Et le deuxième truc ?

Le deuxième truc était beaucoup plus dur à dire. J'ai senti les larmes me monter aux yeux.

— Ce que je ressens pour toi… Ce que je ressens pour toi ne faisait pas partie de ma mission. C'était sincère. À deux cents pour cent. Dès le soir de la fête. Je sais que c'est dur à croire, mais j'ai risqué tout ce que j'ai en te disant la vérité hier. Et je t'aime. Je t'aimerais même si tu n'étais pas revenu et si tu continuais à me détester jusqu'à la fin de ta vie.

— Et toutes les autres filles sur tes passeports ? Qu'est-ce qu'elles en diraient ?

— Elles diraient la même chose, parce qu'elles sont toutes moi.

Je me suis essuyé les yeux avant que des larmes ne s'échappent et n'attirent l'attention des gens autour de nous.

— Toutes ces filles, c'est moi. Il n'y a que les noms qui changent. Elles sont toutes la même fille qui aime le même garçon.

Jesse a gardé le silence un long moment, regardant tantôt la table devant lui, tantôt par la fenêtre. J'ai dû serrer mes mains sur mes genoux pour les empêcher de trembler.

— Bon, a-t-il fini par lâcher. Et comment on le pirate, cet ordi ?

— Ça veut dire que tu vas m'aider ? ai-je demandé en me tournant vers lui.

Il a hoché la tête, les mâchoires serrées.

Je me suis levée brusquement et je me suis jetée dans ses bras, manquant nous faire tomber tous les deux.

— S'il vous plaît ! nous a lancé la documentaliste.

Mais j'étais bien trop occupée à m'agripper à lui et lui à moi.

— Je suis toujours en colère, m'a-t-il rappelé dans un murmure.

— Je sais. Je comprends.

Je l'ai serré un peu plus fort.

— … mais pas au point de te perdre, a-t-il ajouté doucement.

Il s'est écarté au bout d'une minute pour me désigner la documentaliste à l'air outré.

— J'ai peur qu'elle explose, si on continue.

— Oui, t'as raison.

Mais je ne me sentais pas prête à le lâcher, c'était trop dur, et je gardais un poing serré dans son dos.

— Alors, on fait quoi, maintenant ? m'a-t-il demandé, dès que la documentaliste a retrouvé une couleur moins inquiétante.

— Commençons par le début, ai-je répondu. On va chercher Roux.

Jesse a soupiré.

— Pourquoi ne suis-je pas étonné ?

— « L'amour est au lycée » ! a braillé Roux en nous voyant arriver main dans la main dans le couloir. Oooh, je le savais que vous n'alliez pas rompre, vous deux ! C'est mon côté médium !

— Il faut qu'on y aille, ai-je annoncé en brandissant l'ordinateur portable d'Armand Oliver.

Elle a écarquillé les yeux.

— OK. C'est parti.

On s'est installés dans un café de Manhattan pour allumer l'ordinateur.

— Rappelle-moi pourquoi on ne peut pas faire ça chez moi, m'a demandé Roux. J'ai le WiFi, et les tables sont plus grandes et moins poisseuses qu'ici.

— Parce que je ne veux pas que quelqu'un puisse remonter la piste jusque chez toi. Ici, il doit y avoir en moyenne deux mille personnes par jour qui utilisent le WiFi.

— Pas con. Ça me plaît.

— Tu n'as pas besoin d'accessoires ? m'a demandé Jesse. Il est où, ton matos ultra-sophistiqué ?

(Franchement, j'aime Jesse et Roux de tout mon cœur, mais je commençais à comprendre pourquoi les espions préfèrent travailler seuls.)

— Quels accessoires ?

— Ben, pour le piratage.

— Ce n'est pas moi, la hackeuse, ai-je rectifié. C'est ma mère.

— Ta mère ? a répété Roux. Wouah ! C'est vrai que c'est toujours des gens réservés qui font ce boulot.

— Par ailleurs, je ne vais pas pirater cet ordi, ai-je précisé à Jesse.

— Ah non ?

— Non. C'est toi qui vas le faire.

— Moi ?

— Ouaip, ai-je confirmé en faisant glisser l'ordinateur vers lui. C'est quoi, son mot de passe ?

— Comment veux-tu que je le sache ? C'est sa boîte mail, pas la mienne.

— Bien, plus qu'à deviner.

— C'est d'un archaïque, ces messageries électroniques ! a commenté Roux avec un soupir.

Ni Jesse ni moi n'avons cru bon de relever.

— C'est généralement les noms ou les dates de naissance des enfants, ai-je repris. Ou un mélange des deux. Ou bien une autre date anniversaire.

— Tu ne peux pas juste brancher un truc sur l'ordi pour récupérer tout ce qu'il y a dedans ? m'a demandé Jesse.

— Malheureusement, ça ne marche pas comme ça, ai-je répondu en reprenant le clavier en main. Notre travail serait mille fois plus simple.

Ensuite, on a essayé une série de combinaisons avec le nom et la date de naissance de Jesse, mais ça n'a rien donné.

— Je le savais, a commenté Jesse après notre quatrième tentative.

— C’est quoi, le prénom de ta mère ? lui ai-je demandé.

Il a ouvert de grands yeux.

— Sérieusement. C’est quoi ?

— Meredith. Meredith May Oliver.

J’ai tapé « Meredith May » et la boîte de réception s’est ouverte.

— Dingue ce que les gens sont prévisibles, a observé Roux, comme si elle passait sa vie à tester des mots de passe. Bien joué, Mags.

— Merci. Et maintenant, on lance la recherche.

30

On était acharnés, tous les trois.

Au début, je n'ai pas trouvé le moindre mail à propos d'un article. J'ai cherché « Collectif », « Maggie », « Angelo », « espion », tout ce qui me passait par la tête. Sans résultat. Puis j'ai essayé des mots comme « histoire », « coûts » ou « secret », et obtenu une avalanche de réponses.

— Ton père aurait besoin d'organiser sa boîte de réception, ai-je dit à Jesse. Et tu devrais lui signaler l'existence des corbeilles électroniques, qu'il fasse un peu le tri.

— C'est carrément plus fun dans les films, a observé Roux en bâillant à dix-sept heures et quelques, alors qu'on était toujours au point mort.

Des bouffées de panique commençaient à me monter à la gorge. Je savais que si je ne trouvais rien, il y aurait un cataclysme. En une demi-journée, j'avais fait sauter la couverture de mes parents, la mienne et celle d'Angelo, et le reste du monde ne tarderait pas à savoir qui on était. Il y aurait sûrement des enquêtes gouvernementales, des arrestations, et je serais probablement séparée de mes parents et mise en…

— C'est quoi, ça ? a soudain demandé Jesse, interrompant le fil déprimant de mes pensées. Reviens en arrière.

(Il n'avait peut-être pas entièrement tort avec son histoire de scénarios catastrophes.)

En remontant dans la page, j'ai repéré un mail intitulé : « Rép : Enchères ».

— Mon père parlait d'enchères l'autre jour au téléphone, a dit Jesse. Il était furieux parce que quelqu'un essayait de vendre l'histoire après la lui avoir promise.

— J'aurais été ravie de l'apprendre il y a deux heures ! ai-je grogné en cliquant aussitôt dessus.

— Désolé, je n'y ai pas pensé. On n'est pas tous des pros, je te rappelle !

J'ai laissé couler, parce que ça n'était pas faux. Et puis je n'allais pas me plaindre, j'étais déjà trop contente qu'il m'adresse la parole.

Le message, court, allait droit au but : « Compte tenu de vos exigences, il m'est impossible de poursuivre notre discussion concernant le sujet sur l'international. La politique de Meredian Media… »

— Il a repris le prénom de ta mère pour baptiser sa société ?

— Ouais.

— Wouah !!! a-t-on piaillé de concert, Roux et moi.

— Bon, où en étais-je ? Ah, oui. « La politique de Meredian Media a toujours été de ne pas payer pour obtenir ses informations. Ce serait contraire à notre intégrité journalistique, ainsi qu'à notre déontologie. » Dis donc, ton père a une manière très classe de dire aux gens d'aller se faire voir.

— C'est sûr. Mais où trouve-t-on une piste, là-dedans ? On n'a ni transfert, ni réponse pour ce message.

En cliquant sur l'adresse mail du destinataire, on est tombés sur une bonne trentaine de messages.

— Bravo ! a lancé Roux en se redressant pour voir l'écran. Vous arrivez à lire, vous ? Je crois que j'ai besoin de lunettes.

Je me suis poussée et j'ai posé l'ordinateur sur mes genoux pour qu'on voie l'écran tous les trois.

— Le type a proposé son histoire au journal, ai-je résumé. Au début, ton père était d'accord pour la publier, mais le gars est allé la proposer à un autre magazine pour faire grimper les enchères. Il voulait monnayer l'info.

— Il en demandait *combien* ? a dit Roux en découvrant le chiffre. Ça fait un paquet de zéros !

— L'autre magazine, c'est *Égalité*, a précisé Jesse. Mon père déteste leur rédac-chef, parce qu'il travaillait pour lui avant et qu'il est parti en embarquant la moitié des journalistes. Je vous déconseille de prononcer le nom de ce journal devant lui.

— En tout cas, ça ne veut pas dire que l'autre a acheté l'information, juste qu'il était intéressé.

— Tu ne peux pas consulter son compte bancaire ? m'a suggéré Roux. Histoire de savoir s'il a fait un gros retrait ?

J'ai soupiré.

— Je pourrais si on était au siège du Collectif. Ils ont toute la technologie nécessaire. Mais sur le terrain, tout ce que je peux faire, c'est percer des coffres-forts.

Je commençais à mesurer le peu de moyens dont je disposais.

— Roger n'a pas obtenu l'info, a affirmé Jesse. Vous pouvez me croire.

On s'est tournées vers lui.

— S'il l'avait obtenue, il se serait passé deux trucs. Un, mon père s'arracherait les cheveux en jurant dans tout l'appart. Avec la haine qu'il a pour *Égalité*, si les autres avaient mis la main sur l'histoire, je le saurais.

— Personnellement, je suis pour une gestion raisonnée de la colère, nous a informés Roux.

— Et deux, a poursuivi Jesse comme s'il ne l'avait pas entendue, si Roger détenait l'info, tout le monde serait au courant. Il laisserait fuiter des détails dans la presse quasiment tous les jours.

— Donc, il ne l'a pas *encore*, ai-je nuancé. Ça ne veut pas dire que les choses sont jouées.

J'ai repéré un fichier joint dans un autre mail et je l'ai ouvert.

La première chose que j'ai vue, c'est mon visage.

— Oh, là là ! C'est moi !

Je me suis penchée un peu pour examiner la photo.

— Je ressemble à ça ?

Il y avait tout un dossier sur moi, au milieu de dizaines d'autres. Mes parents, Angelo, plusieurs espions qui avaient travaillé pour le Collectif ces dernières années – on y était tous. Quelqu'un avait réussi à relier tout le monde, et un frisson glacé m'a parcourue.

— Oh non… ai-je murmuré. Ce n'est pas quelqu'un de l'extérieur qui veut faire tomber le Collectif… C'est l'un des nôtres.

Je n'avais jamais envisagé cette éventualité, mais sous mes yeux défilaient de vieux passeports, des adresses, des dates de naissance. Il y avait des photos d'Angelo et moi petite devant Gramercy Park – j'étais à peine assez grande pour atteindre la serrure – et une copie de mon acte de naissance. Seul un membre du Collectif pouvait avoir accès à autant d'informations.

Le texte joint était bien pire :

— « Depuis des décennies, ai-je lu à voix haute, le Collectif emploie des mineurs à des tâches d'espionnage international, et n'hésite pas à recourir à des méthodes illégales. »

Je me suis appuyée contre le dossier de ma chaise, une main sur la bouche. La mineure en question, c'était moi.

— Tu trembles, a murmuré Jesse.

— C'est de ma famille qu'il est question ! De moi ! Il y a des tas de gens qui sont peut-être en danger de mort à la minute où je te parle !

J'étouffais dans ce café.

— Si ce type vend ces infos au plus offrant, c'est comme s'il fournissait une liste de cibles et…

Je n'ai pas pu terminer ma phrase.

— Qu'est-ce que tu veux, m'a dit Roux, tu ne peux pas être la seule à te rebeller ! Même dans les meilleures boîtes, il y a des insatisfaits.

— Oui, je sais qu'il y a des gens qui quittent le Collectif, mais aucun d'entre eux ne vendrait les autres !

Et brusquement, j'ai compris.

— Je sais qui c'est. Oscar Young.

Roux et Jesse m'ont dévisagée.

— On est censés le connaître ? m'a demandé Roux. Parce que je suis un peu à la traîne pour ce qui est de la rubrique people.

Mon cerveau tournait tellement vite que ça me donnait le vertige.

— C'est Angelo qui m'a parlé de lui. (Il faudrait que j'explique à Jesse qui était Angelo, mais ce n'était pas le moment.) Il a essayé de m'enlever quand j'avais quatre ans.

Il a fallu plusieurs minutes pour déscotcher Roux du plafond après cette révélation.

— C'était il y a un milliard d'années ! lui ai-je assuré tandis qu'elle s'enflammait sur le FBI, les enquêtes de police bâclées et l'importance des cours d'autodéfense pour les femmes. Et Angelo a dit qu'on avait retrouvé son corps sur une plage en Amérique du Sud quelques mois plus tard.

— Donc, tu penses que ce type est sorti de sa tombe et qu'il a décidé de vendre votre histoire au plus offrant. Pas super plausible, a commenté Jesse d'un air sceptique.

— N'empêche qu'il y a des tas de gens qui font croire à leur mort, a objecté Roux. Tu ne regardes jamais la télé ? C'est vachement courant, en fait.

Elle a croisé les bras comme si elle était la nouvelle autorité en la matière.

— On peut aller voir la police, maintenant ? a-t-elle conclu.

— Oublie la police. On parle d'espions, tu te souviens ? On essaie de rester discrets.

— Je vois, OK.

— Oscar doit détenir les documents et il cherche à les vendre.

— Tu viens de dire qu'Oscar était mort, m'a rappelé Jesse.

— Mais c'est la seule explication, ai-je protesté. Et il a déjà essayé de faire des trucs horribles. On n'a plus qu'à découvrir où se trouvent ces documents.

— Tu veux dire que tu dois découvrir où Oscar *habite*, a rectifié Jesse. Ça laisse le choix entre environ un million d'endroits.

« Tu es allée à Gramercy toute seule la nuit ? »

« Tu ne te rends pas compte à quel point c'est dangereux ? »

« Ce n'était pas un chevalier en armure étincelante. »

— Il me faut un plan de la ville, ai-je dit en attrapant l'ordinateur et en zoomant sur Manhattan, jusqu'à ce que j'aie trouvé ce que je cherchais.

— Voilà, ai-je annoncé en désignant un point sur l'écran. Il habite là.

J'avais le doigt sur le 36 Gramercy Park.

C'était un immeuble imposant au perron recouvert d'un tapis rouge qui descendait jusque dans la rue, avec une armure géante au garde-à-vous de chaque côté de la porte.

Jesse et Roux m'ont regardée en papillonnant des yeux.

— Vous pouvez me croire, c'est là. Mes parents ont flippé à mort quand je leur ai dit qu'on était allés à Gramercy Park le soir de notre rancard.

— Ils sont trop chou, tes parents, a déclaré Roux, qui ne les avait visiblement jamais vus en train de flipper.

— Eh bien, si je suis encore en vie après cette histoire, je leur ferai part de ton opinion, ai-je dit avant de lancer une recherche Google sur l'adresse d'Oscar Young.

J'aurais donné cher pour qu'Angelo soit là pour m'aider, mais j'allais devoir me contenter de suivre les conseils qu'il m'avait fournis au fil des années.

— Dites, vous seriez prêts à sécher les cours dem… ?

— Oui, a répondu Roux.

J'étais sûre que je pouvais compter sur elle. Je me suis tournée vers Jesse, qui a hoché la tête.

— Bien. Parce qu'on va entrer chez quelqu'un par effraction.

31

Ce soir-là, après avoir prétexté des tonnes de boulot, j'ai arpenté ma chambre de long en large, les nerfs à vif.

— Tu sais, chérie, m'a dit ma mère à un moment, les devoirs, c'est facultatif.

Mes parents étaient tous les deux adorables depuis que j'étais rentrée. Notre dispute me semblait remonter à des siècles, mais ils ne l'avaient évidemment pas oubliée.

— Je tâche juste de maintenir les apparences, m'man, ai-je dit en brandissant ma calculatrice. Je dois garder un niveau correct. Ça n'est pas très difficile, seulement un peu long.

J'ai même sauté le dîner en disant que j'étais vannée. En réalité, je ne me sentais pas la force de regarder mes parents en face. Ils ne se doutaient pas une seconde de ce que je mijotais, et je savais que si je passais trop de temps avec eux, je finirais par vendre la mèche. Mieux valait m'isoler dans ma chambre en leur faisant le coup classique de l'élève stressée.

À presque minuit, mon portable a sonné. J'ai jeté un coup d'œil à l'identité de l'appelant : Jesse.

— Salut, ai-je chuchoté en rabattant ma couette sur ma tête pour éviter d'être entendue par mes parents. Tu me manques.

— Toi aussi, tu me manques. Dis, j'ai une question à te poser. Comment se pourrait-il qu'Oscar Young soit encore en vie, qu'il ait toujours la même adresse, et que personne dans ta Collection…

— Le Collectif.

— … ne soit au courant ?

— Je sais, ai-je soupiré. Ça m'a turlupinée toute la soirée.

— Ça ne tient pas debout.

— Et depuis tout le temps que je suis dans cette ville, il n'a rien tenté contre moi.

— En plus.

— Attends, j'ai un appel de Roux.

J'ai basculé sur mon autre appel.

— Salut, Mags. Je suis tellement cassée que j'en ai mal aux yeux. Genre, j'ai carrément mal aux orbites. Ça t'arrive, à toi, des fois ?

— Roux, il est minuit. Qu'est-ce que tu veux ?

— Franchement, pourquoi Oscar Young aurait-il gardé la même adresse ? Il faudrait qu'il soit totalement débile, non ?

— Jesse vient de me dire la même chose. Je l'ai en ligne, là, justement.

— Bascule-nous en conférence, ma belle.

Je me suis exécutée.

— Jesse ? Roux est en ligne avec nous.

— Super.

Son ton n'était que modérément enthousiaste.

— Bon, voilà ce que j'ai pensé, nous a annoncé Roux.

Elle avait l'air super réveillée tout à coup, comme si elle présidait un conseil d'administration.

— Oscar Young travaillait pour le compte de quelqu'un, et quand il a foiré le kidnapping, ce quelqu'un l'a tué et a décidé de se charger de la suite.

— Je suis d'accord, a dit Jesse.

— C'est vrai ? s'est étonnée Roux.

— Si je te le dis, a confirmé Jesse. Écoutez, à mon avis, il y a une taupe au sein du Collectif.

J'ai bondi.

— Quoi ? Mais que…

— Réfléchis, Maggie. C'est la couverture parfaite ! Ça lui permet de contrôler tout ce que font les autres, y compris toi ; ça lui donne les compétences et les ressources. Ensuite, plus qu'à livrer les noms de tout le monde et le type touche le gros lot !

Mon cerveau cavalait pour suivre.

— Dans ce cas, pourquoi s'embêter à vendre les infos à ton père ?

— Pour se faire encore plus de fric, a dit Roux.

Mes pensées se percutaient dans mon crâne comme des autos tamponneuses, chacune déclenchant une petite explosion. Je me suis souvenue de la mise en garde d'Angelo au musée : « Dans notre métier, le danger est partout. Et il y a toujours de l'argent à gagner. »

— Et rien ne l'empêche de t'enlever après, a conjecturé Roux. Gagnant-gagnant. Je veux dire, pour *lui*, évidemment, pas pour toi. Enfin bref...

— Mais il aurait pu mettre la main sur moi n'importe où, ai-je objecté. Pourquoi il n'a pas...

Une sueur froide m'a parcouru la colonne vertébrale et je me suis redressée vivement dans mon lit. Buenos Aires. Le Luxembourg. Deux affaires importantes, qui avaient sévèrement dérapé : des coffres vides, des plans des locaux qui disparaissaient, et mes parents et moi obligés de courir pour en réchapper, arrivant de justesse à l'aéroport.

Et si ça n'avait pas été des accidents, mais de nouvelles tentatives pour m'enlever ?

Une minuscule pensée s'est insinuée dans ma tête : Colton Hooper était responsable de notre protection et de nos nouvelles identités à chaque mission. Systématiquement. Il s'était réservé personnellement le soin de veiller à la sécurité de notre famille.

— Maggie ? m'est parvenue la voix prudente de Jesse. T'es toujours là ?

— Oui. Donne-moi une minute.

J'ai porté une main devant ma bouche. Les paroles d'Angelo tourbillonnaient dans ma tête. Je me trompais forcément ; pourtant, un ouragan s'était levé dans mon cerveau, dans lequel carambolaient des soupçons monstrueux.

« Colton n'arrivait pas à y croire quand il a appris la nouvelle. »

« C'était lui qui avait fait entrer Oscar Young dans le Collectif, en jurant que c'était l'un des meilleurs. »

« Je crois que je n'oublierai jamais son air dévasté. »

« Il a dit : "Je suppose qu'Oscar Young n'était pas un chevalier en armure étincelante." »

Sur quoi la voix lisse et froide de Colton s'est élevée par-dessus tout le reste : « Maggie les Doigts d'Or. »

— Colton, ai-je articulé dans un murmure rauque. C'est lui. Il a monté la tentative d'enlèvement, et depuis, il n'a jamais cessé de nous surveiller. C'est comme ça qu'il en sait autant sur moi. Et il sabote cette affaire depuis le début pour m'empêcher de bloquer la parution de l'article.

— Minute, qui ça ? a fait Roux.

— Je ne peux pas vous l'expliquer maintenant, ai-je répondu, en songeant tout à coup que je pouvais être sur écoute. Le Collectif est sans doute toujours propriétaire de l'ancien logement d'Oscar Young. Personne n'aurait de raison de s'étonner que Colton Hooper y fasse un saut de temps en temps.

— Tu ne peux pas aller là-bas demain, Mags, a objecté Jesse.

— Ah non ? me suis-je enflammée. Il a voulu m'enlever quand j'étais petite, il nous a mis en danger, mes parents et moi, à Buenos Aires et au Luxembourg, et…

— Au Luxembourg ? a répété Jesse.

— À Buenos Aires ? a fait écho Roux.

— … et maintenant, il essaie de détruire nos vies, celles de tous ceux que j'aime !

Je commençais à m'agiter et j'ai pris sur moi pour baisser la voix :

— Alors si tu crois que je vais le laisser faire…

— C'est vrai, ça, bon sang ! s'est écriée Roux. C'est quoi, ce fils de… – oups, la tirelire à gros mots – c'est quoi, ce… ce sale type qui s'attaque à ma meilleure amie ?

J'ai essayé de leur expliquer qu'ils ne pouvaient pas venir avec moi, que c'était trop dangereux, mais ils n'ont rien voulu entendre. Et je n'ai pas pu argumenter parce que soudain, mon père a frappé à ma porte.

— Mags ? Tu ne dors pas ?

— Faut que je raccroche. Rendez-vous demain, on fait comme on a dit. Bisous.

J'ai refermé mon portable d'un coup sec.

— C'est bon, papa, tu peux entrer !

Il a ouvert la porte et un rai de lumière s'est étiré sur le plancher.

— Ça va, chérie ? J'ai cru t'entendre crier.

— Tout va bien. Désolée, Roux vient de m'appeler. Elle a fait un cauchemar avec des… des pieuvres.

Pure invention, mais qui m'a paru tout à fait crédible.

— Des grosses pieuvres.

— Ah tiens, a fait mon père. Et toi, tu es sûre que ça va ?

J'ai hésité l'espace d'une seconde. J'aurais voulu pouvoir lui parler de Colton, mais je savais que ni lui ni ma mère ne me croirait. Leur confiance en mes compétences avait déjà été ébranlée par ma relation avec Jesse. Si je leur exposais ma théorie, à tous les coups, ils me répéteraient que je m'égarais, que c'était impossible, que j'essayais une nouvelle fois de protéger la famille de Jesse.

Or, la seule famille que j'essayais de protéger, c'était la mienne.

— Oui, oui, je suis juste crevée. Je n'ai pas dormi beaucoup chez Roux la nuit dernière.

Là encore, techniquement, je ne mentais pas.

— Tu es sûre ?

— Mais oui, tout va très bien.

— Bon, OK. Dors, il est tard.

— Papa ?

— Oui, ma puce ?

— Je t'aime.

— Moi aussi, je t'aime. Bonne nuit.

Je ne pouvais pas leur parler ; ils flipperaient, ils essaieraient de contacter Angelo, et…

Angelo.

Angelo était en mission.

Qui l'avait fait partir ?

Ça pouvait être une simple coïncidence, même si Angelo n'assurait plus que de rares missions en dehors de New York. Mais si quelqu'un l'avait éloigné délibérément, sachant qu'il ne reculerait devant rien pour me protéger, comme cette nuit d'Halloween douze ans plus tôt ?

Je ne pouvais prendre aucun risque. J'ai composé son numéro sur mon téléphone « perso ».

— Angelo, ai-je chuchoté sur sa boîte vocale. Je voulais juste te dire que le journal a été livré mais qu'il y a une faute dans le titre. C'est tout.

Puis, après une pause :

— Je t'aime.

Traduction : « Angelo, c'est grave. Reviens. Vite. »

32

En me rendant à notre point de rendez-vous le lendemain matin, à deux rues de Gramercy Park, je rebondissais presque dans mes baskets, ma tension nerveuse ayant fait place à une résolution d'acier.

Roux était déjà là, en train de se shooter au café, et ses yeux commençaient déjà à ressembler à des fentes de machines à sous.

— Il me faudrait encore une bonne dizaine de tasses, a-t-elle estimé en me passant son gobelet. Après ça, je serais en état de marche.

Je n'avais rien bu en dehors de ce fond de café. La caféine peut faire trembler les mains, et j'avais besoin que les miennes soient le plus stables possible. Je ne savais pas trop ce que j'allais trouver dans cet appartement, mais quoi qu'il en soit, je devais me tenir prête à l'affronter.

Au bout de quelques minutes, on a vu arriver Jesse, frais comme un gardon, les cheveux encore humides de la douche.

— Je rêve, a grommelé Roux. Comment les mecs font-ils pour avoir toujours l'air en pleine forme après trente secondes de sommeil ? J'ai l'impression d'avoir les yeux tellement bouffis que ça doit se voir jusqu'à Philadelphie.

— Concentrons-nous sur l'image d'ensemble. Salut ! ai-je lancé à Jesse.

— Salut. Vous avez réussi à dormir ?

— Un peu, ai-je dit avec un haussement d'épaules. Juste assez.

— Est-ce que ça répond à ta question ? lui a dit Roux en brandissant son énorme gobelet de café.

— Et toi, tu te sens comment ? ai-je demandé.

Ça faisait bizarre d'échanger des banalités, après les grandes discussions qu'on avait eues tous les deux. Je n'arrivais pas à déterminer s'il m'en voulait toujours, mais j'allais devoir patienter avant d'aborder le sujet.

— Moi, ça va bien, m'a-t-il répondu.

On savait tous les trois que c'était faux. Aucun de nous trois n'allait « bien ». Si quelqu'un avait canalisé notre tension nerveuse, je suis sûre qu'on aurait pu fournir Manhattan en électricité pendant un week-end entier.

— Vous êtes prêts ? leur ai-je demandé. C'est votre dernière chance de faire marche arrière.

— Je suis toujours partant, a dit Jesse.

— Moi aussi, a enchaîné Roux. En plus, j'ai un contrôle de biologie ce matin et je n'ai rien révisé. Pas question que je me pointe au lycée.

— OK.

J'ai pris quelques bonnes inspirations et je me suis concentrée. « Depuis toute petite, tu t'entraînes à ça, me suis-je rappelé. C'est juste un boulot comme un autre. »

Je me suis souvenue d'une chose qu'Angelo m'avait dite une fois, alors que je m'énervais sur un coffre particulièrement rétif. « Laisse-toi envelopper par un voile de calme. Concentre-toi, oublie tout ce qui t'entoure. » Maintenant, je comprenais ce qu'il voulait dire.

— Allons-y, ai-je déclaré.

Le premier obstacle était sans doute le plus compliqué : le portier. Je n'avais pas réfléchi à la façon de le franchir, mais Roux m'avait simplement dit : « Je m'en charge. » La veille, ça m'avait paru une bonne idée, mais maintenant qu'on était au pied du mur, j'étais nettement plus sceptique.

— Roux, est-ce que tu as…

— Salut, Harold ! Saluuuut !

Incroyable : Harold le factotum, le souffre-douleur, était assis derrière le comptoir de l'entrée, les mains croisées, comme s'il n'attendait rien d'autre que de voir surgir Roux dans le hall.

— Quelle matinée splendide, Harold, vous ne trouvez pas ? Aah, a-t-elle poursuivi avec un soupir rêveur, à l'aube d'un jour nouveau, riche de toutes les promesses… Bah, je suis une incorrigible romantique, c'est écœurant.

— On connaît ce type ? m'a chuchoté Jesse. Ou c'est Roux qui commence déjà à craquer ?

— On le connaît, l'ai-je rassuré sur le même ton. C'est son portier. Roux ! Comment t'as fait ?

Elle a haussé les épaules.

— Je sais me montrer persuasive.

Puis, avec un sourire :

— Et l'argent de mes parents peut l'être encore plus.

J'ai regardé Harold, qui se comportait comme si tout cela était absolument normal.

— Rassure-moi, le portier habituel n'est pas en train de se vider de son sang dans le placard à balais ?

— Quelle idée ! m'a répondu Roux en secouant la tête. Il remplace Harold dans mon immeuble. Franchement, Maggie, quel sens du tragique !

Roux était soit un ange tombé du ciel, soit un être à l'esprit machiavélique, mais je n'avais pas le temps de trancher.

— Harold. Mon ami, mon pote, mon camarade, a-t-elle déclaré en croisant les mains sur le comptoir. Vous nous laissez passer, oui ou non ?

On devait monter au numéro 11N, l'appartement loué par Oscar Young à l'époque de la tentative d'enlèvement (il n'avait pas utilisé sa propre identité, bien sûr, mais j'avais repéré le nom de code à tout faire du Collectif, Joe Miller, dans la liste des résidents). L'appartement était toujours au même nom, mais si on s'en tenait à l'hypothèse de la mort d'Oscar, il était logique que le Collectif ait gardé le patronyme du locataire d'origine en même temps que l'appartement.

— Montez, mademoiselle, a dit Harold à Roux en nous désignant les ascenseurs.

— Harold, vous êtes une perle. Une perle polie par des années d'épreuve et de flammes.

— C'est aussi comme cela que je me décrirais, a-t-il acquiescé.

— Merci, Harold, ai-je murmuré en passant devant lui. Vraiment.

Il ne m'a même pas regardée.

— Pas les ascenseurs, ai-je dit alors que Jesse tendait l'index vers les boutons. Jamais. Toujours les escaliers.

— C'est au dixième étage ! a gémi Roux. Je vais faire une crise cardiaque avant d'être au quatrième !

— Tu n'auras plus qu'à ressusciter. Au fait, beau boulot, pour le portier.

— Rââh, mince alors, a-t-elle haleté, avec un sourire jusqu'aux oreilles.

Après avoir craché nos poumons sur dix étages, Jesse et moi devant et Roux à la traîne, on est enfin arrivés. Le couloir était étroit, l'image même de la claustrophobie. Une fois devant le numéro 11N, on est restés là, à fixer la porte.

— À toi de jouer, a annoncé Roux. Casse la baraque !

— Tu as réussi au Gramercy Park, a ajouté Jesse. Tu maîtrises.

— Merci pour les encouragements, ai-je chuchoté en m'accroupissant pour examiner la serrure, mais vous devriez peut-être les garder pour quand on sera à l'intérieur.

On a d'abord frappé, dans l'hypothèse où Colton serait là, mais heureusement, personne n'est venu ouvrir. Je n'avais pas réfléchi à ce qu'on ferait si on tombait sur lui, mais, à tous les coups, Roux aurait tenté de nous faire passer pour des scouts vendant des brownies, et je voulais éviter ce genre de scène à tout prix.

— C'est parti, ai-je annoncé.

Je sentais le souffle de Jesse et de Roux sur ma nuque tandis que j'enfonçais le tendeur (alias « capuchon de stylo ») dans la serrure tout en frottant les ressorts à l'intérieur à l'aide de mon trombone. Ça ne faisait pas beaucoup de bruit, mais dans ce couloir désert, j'avais l'impression que chaque geste allait déclencher une détonation.

J'ai mis deux bonnes minutes.

— Pas trop tôt, ai-je grommelé.

— Tu m'apprendras ? m'a demandé Roux à voix basse.

— Hors de question.

— Cool.

On a attendu quelques secondes, au cas où Colton déboulerait en exigeant de savoir qui débarquait chez lui par effraction. Mais tout était silencieux, même si ce calme était sinistre.

On est entrés sur la pointe des pieds. L'appartement était en désordre, comme si quelqu'un passait de temps en temps sans prendre la peine de nettoyer derrière lui. Il y avait de la poussière sur les étagères, une bonne couche de crasse sur le parquet, et quelques numéros du *New York Times* vieux de plusieurs semaines.

— Venez, ai-je dit, la voie est libre.

J'ai commencé à fouiller l'appartement, examinant les vieilles peintures à l'huile accrochées au mur et une assiette remplie de miettes posée sur une pile de vieux *New Yorker*.

— Il y a un coffre quelque part, ai-je affirmé à Jesse. Il suffit de le trouver.

— Qu'est-ce qui te dit que les documents ne sont pas rangés dans un meuble de classement ?

— Trop facile d'accès. Ce sont des dossiers importants. S'il les perd, il n'a plus rien à vendre. Personne n'achèterait un fichier informatique sans les originaux pour les authentifier.

— D'accord. Et une fois qu'on a trouvé ce coffre… ?

— Je l'ouvre.

— Eh ! Je suis en train de faire de l'œil à une gargouille ! nous a informés Roux en regardant par une des fenêtres couvertes de crasse. Je vais l'appeler George.

— Essaie plutôt de faire de l'œil à un coffre, tu pourras l'appeler comme tu voudras.

— OK, OK. À plus, George.

On a continué à fouiller quelques minutes. J'avais l'impression que tout le monde pouvait entendre mon cœur battre, tellement il cognait fort dans mes oreilles. Si mes parents apprenaient ce que j'avais fait, ils me tueraient, et me ressusciteraient pour me tuer une seconde fois. Je travaillais à l'insu du Collectif, une chose qui ne se faisait pas. Je préférais ne pas savoir où cela me situait sur l'échelle de la morale.

— Eh, Mags ! m'a appelée Jesse. Je crois que j'ai trouvé !

Roux et moi avons suivi sa voix jusqu'à la chambre. La pièce ne contenait rien que des caisses, des chemises pleines de documents, et un gros coffre bien mastoc.

Ce n'est qu'en relâchant mon souffle que je me suis rendu compte que j'avais oublié de respirer.

— C'est ça ? m'a demandé Jesse. Il a l'air vieux.

— C'est ça, ai-je confirmé.

C'était le coffre avec lequel Angelo m'avait laissée jouer quand j'étais petite, avant la tentative de kidnapping. Une fleur de lys en cuivre était gravée sur le côté, et j'ai promené le doigt le long du motif en creux, comme je l'avais fait à l'époque.

— Ravie de te revoir, ai-je dit à mi-voix. On va s'amuser un peu, tous les deux.

J'ai fouillé dans mon sac marin dont j'ai sorti l'outil adéquat.

— Qu'est-ce que c'est que ce machin ? m'a demandé Jesse.

— Une perceuse diamant. Elle a le double avantage de transpercer le cobalt et de fonctionner avec ça.

J'ai sorti du sac une caméra d'inspection reliée à un écran.

— Ça montre où se trouvent les rainures dans la serrure. Chaque rainure correspond à un chiffre de la combinaison et je n'ai plus qu'à les aligner.

Jesse et Roux m'ont regardée comme si je parlais martien.

— Mais où tu as déniché ça ?

— Cadeau d'anniv' de mes parents pour mes seize ans.

Roux a secoué la tête d'un air dégoûté.

— Quand je pense que j'ai eu un œuf de Fabergé ! C'est de l'arnaque !

Je me suis accroupie devant le coffre pour examiner la serrure à combinaison. Tous les plans que j'avais mémorisés au fil des années ont défilé dans ma tête en accéléré.

— C'est un Sargent et Greenleaf, ai-je murmuré. Modèle 6643. Perceuse exclue.

— Tu sais tout ça rien qu'en le regardant ? m'a demandé Jesse à mi-voix.

— Oui. Si j'essaie de percer, le coffre se bloque, ai-je expliqué. Bon sang. En plus, il y a quatre disques. C'est une combinaison à quatre chiffres, ai-je ajouté avec un soupir de découragement.

— Ça fait combien de possibi… ? a commencé Roux.

— Cent millions.

Jesse a marmonné entre ses dents un truc que je ne peux pas répéter ici.

— J'ai déjà ouvert ce genre de coffre pour m'entraîner, ai-je précisé, mais jamais sous la pression. C'est mal barré.

J'ai attaqué par les combinaisons les plus simples, celles que mettent les fabricants par défaut. Colton l'avait certainement changée, mais je procédais toujours dans cet ordre. 50-25-50-25. 10-20-30-40. 20-40-60-80. Ça n'a rien donné.

Jesse et Roux ne faisaient pas un bruit. J'ai commencé à tourner le bouton, guettant la sensation des déclics sous mes doigts. Angelo m'avait entraînée, en plaçant des cure-dents, des plumes ou des bouts de papier sur les disques des serrures à combinaison sur lesquelles je m'exerçais, pour m'aider à percevoir le plus petit murmure de déclic.

— Qu'est-ce que… a commencé Jesse.

— Chut, ai-je sifflé. Il faut que je sente et que j'entende absolument tout, là.

J'ai perçu le déclic du premier numéro : trente-huit. Juste une infime sensation, que mes doigts avaient appris à détecter.

— Un de bon, ai-je annoncé. Plus que trois.

Deux minutes plus tard, je tenais le deuxième.

— Vingt-six. Trente-huit, vingt-six.

— T'es une championne, a commenté Roux.

Je sentais leur tension nerveuse se déverser sur moi par vagues, me poussant en avant. J'avais les jambes qui tremblaient à force de rester accroupie devant le coffre, mais je n'osais pas bouger. Je ne pouvais pas prendre le moindre risque de briser ma concentration.

— Juste pour dire, est intervenu Jesse, c'est super excitant, ton truc.

— Je fais de mon mieux, lui ai-je assuré.

Je tournais la serrure encore et encore, à l'affût du déclic suivant. Généralement, j'ai un coup de mou à ce stade-là, mais Angelo ne m'a jamais permis d'abandonner. Tous les déclics commençaient à se ressembler, et je n'arrivais plus à dire si j'avais mis la main sur la bonne paire de chiffres ou si c'était juste dû à un sursaut de nervosité à force de tourner les disques.

« Quand c'est important, me répétait Angelo, il faut que tu t'accroches. »

Cinquante-neuf.

— Vous avez entendu ? a chuchoté Jesse. Des pas…

Roux et moi avons levé les yeux vers lui en même temps et on a tous tendu l'oreille. Il y avait bien un bruit de pas, lourds, des pas d'homme.

— C'est peut-être un voisin, a suggéré Roux.

— Non. C'est lui.

Je ne pourrais pas dire comment j'ai compris que c'était le traître, mais je l'ai su par instinct, comme un cerf sent la présence du chasseur. Je me suis retournée vers le coffre, en priant pour trouver le quatrième numéro à temps.

— C'est lui ? a répété Roux dans un souffle. On va mourir ?

— Pas aujourd'hui. Mais préparez-vous à courir.

Je savais que j'y étais presque, à deux doigts de trouver ce quatrième déclic.

— Allez, ai-je murmuré. Où est-ce que tu te caches ?

— Maggie, a dit Jesse d'une voix un peu saccadée. Il est peut-être armé.

Roux a laissé échapper un gémissement.

— *Maggie*, a-t-elle murmuré.

Une clé tournait dans la serrure.

Quatre-vingt-deux.

Le coffre s'est ouvert d'un seul coup et j'ai tiré la porte avec un soupir de soulagement. L'intérieur était fidèle à mon souvenir, celui d'un vieux coffre de banque divisé en plusieurs étages, avec un tiroir fermé à clé. Les dossiers étaient posés dans le bas. J'en ai saisi un que j'ai ouvert. Mon portrait souriant m'a renvoyé mon regard.

J'ai tout pris et fourré l'ensemble dans mon sac marin en bondissant sur mes pieds, sans m'occuper de récupérer la perceuse et la caméra.

— Courez ! ai-je commandé à Roux et à Jesse.

Sur quoi on a quitté la chambre à fond de train.

Un homme se tenait dans l'entrée, grand et musclé, plus jeune que je ne l'avais imaginé. Je crois que je n'oublierai jamais son expression quand il nous a vus débouler tous les trois dans le salon et passer devant lui en direction de la porte. Il en est d'abord resté bouche bée de surprise. Puis il a crié « Maggie » et sa voix m'a frappée comme un jet d'eau glacée.

Je ne m'étais pas trompée. C'était Colton Hooper.

Alors que Roux le dépassait en trombe, il l'a saisie par le poignet et l'a violemment tirée en arrière.

— Roux ! ai-je crié.

Qu'est-ce qui m'avait pris d'impliquer mes amis ? Ce n'était pas des professionnels, ils n'étaient pas préparés à ça, ils étaient totalement innocents et…

— Bas les pattes ! a hurlé Roux.

Et Colton avait beau mesurer le double de sa taille, ça ne l'a pas empêchée de lever son bras libre et de lui asséner un coup de la base de la main en plein sur l'arête du nez.

J'ai distinctement entendu un craquement. Colton a poussé un cri et reculé en titubant, tandis que le sang se mettait à couler sur son visage.

— On s'arrache ! m'a lancé Roux.

Mais déjà, Colton avait retrouvé l'équilibre et se lançait à nos trousses dans le couloir.

— Pas l'ascenseur ! ai-je rappelé. Les escaliers, les escaliers !

On a dévalé les marches deux par deux, Jesse en tête.

— Roux, ça va ? a-t-il haleté tandis qu'on franchissait au vol le palier du neuvième étage.

— Fantastique ! a-t-elle répondu sur le même ton.

Et fantastique, elle l'était.

Colton cavalait derrière nous, environ un étage plus haut. J'ai failli perdre l'équilibre et Jesse m'a rattrapée de justesse. Enfin, on a atteint l'entrée, poussé les portes et déboulé sur le trottoir. Au hasard, j'ai filé vers le nord, Jesse et Roux sur les talons et Colton non loin derrière.

— Maggie ! l'ai-je entendu crier, la voix brouillée par la douleur et le sang.

Ça n'a réussi qu'à me faire accélérer.

On a foncé dans Lexington, nos semelles claquant sur le trottoir. Colton n'avait pas renoncé et on fendait la foule, passant en flèche devant des stands de boissons, des feux verts, des feux rouges, et tout le reste.

— Slalomez ! ai-je intimé à Roux et Jesse. Ne courez pas en ligne droite !

Je doutais que Colton soit armé : il ne s'attendait pas à nous voir. Et avec Roux qui lui avait cassé le nez, il n'avait pas dû avoir le temps de prendre un pistolet, mais je ne voulais pas prendre le risque de ralentir.

— Attention ! s'est exclamé Jesse alors qu'un groupe de touristes stoppait net à l'angle de la 24e Rue et de Lexington.

On les a contournés dans un dérapage contrôlé.

— Connards de touristes ! Apprenez à marcher ! leur a braillé Roux tandis qu'on les dépassait, leur offrant certainement leur première authentique expérience new-yorkaise.

De mon côté, je me démenais pour sortir mon portable de ma poche sans ralentir. Je devais réclamer de l'aide. Si on hélait un taxi, ça donnerait à Colton le temps de nous rattraper. On pouvait essayer le métro, mais là encore, rien ne garantissait qu'il n'atterrirait pas dans la même rame que nous. Et je ne pouvais pas appeler mes parents tant qu'on ne serait pas à l'abri.

Ça ne me laissait qu'une personne à appeler. J'ai prié pour qu'il réponde.

Il a décroché dès la deuxième sonnerie.

— Maggie.

— Angelo ! Angelo, j'ai des ennuis.

— Maggie, où… ?

— J'ai les dossiers. Mais on est poursuivis par Colton ! C'est une taupe !

— À qui elle parle ? ai-je entendu Jesse demander à Roux en criant.

— Sûrement au tueur ! lui a-t-elle répondu sur le même ton.

— AU QUOI ? a-t-il hurlé en retour.

— Je ne l'ai dit à personne, ai-je poursuivi au téléphone. Mes parents ne sont pas au courant. Je suis entrée chez lui et j'ai pris les dossiers et…

J'avais un énorme point de côté et le souffle court. Colton semblait fatiguer, mais il était toujours à nos trousses, à six ou sept pas maximum derrière nous.

— Maggie, où es-tu ? Qui est avec toi ?

— Jesse et Roux. On est…

J'ai cherché des yeux une plaque de rue en traversant à toute allure, et failli me faire percuter par deux taxis.

— … à l'angle de la 29e et de Lexington ! Je ne sais pas où aller !

— OK, Maggie. Écoute-moi, chérie. Tu te rappelles ce qu'on a fait pour ton huitième anniversaire ?

C'était bien le dernier truc que je m'attendais à entendre.

— Mon quoi ? ai-je crié. T'es sérieux ?

— Réfléchis, ma puce.

— Bien sûr ! Qu'est-ce que ça vient faire là ? On a fait un tour d'hélico au-dessus de Manhattan en partant de la 34e est et… Oh.

Je voyais déjà l'hélico arriver de l'est, pas plus gros qu'un point dans le ciel. Angelo était en chemin.

— J'ai eu ton message, ma douce, je suis en route. Je serai là dans six minutes.

Puis sa voix est devenue lisse et dangereuse. Je ne l'avais jamais entendu parler comme ça.

— Ne te fais pas prendre, Margaret, c'est compris ?

D'un coup d'œil par-dessus mon épaule, j'ai vu Colton empourpré de colère, le bas du visage maculé de sang. Les piétons, interloqués, se retournaient sur notre passage.

— Compris, ai-je dit avant de raccrocher. Allez ! ai-je lancé à Roux et à Jesse.

Et je me suis jetée en diagonale au milieu du carrefour en évitant les voitures à la dernière seconde.

— Une chance que j'aie arrêté de fumer ! a craché Roux.

Le hockey sur glace avait visiblement donné à Jesse une bonne capacité respiratoire, parce qu'il suivait sans jamais se laisser distancer, sans regarder en arrière.

— Où on va ? m'a-t-il demandé tandis qu'on passait en trombe devant un cinéma de la 2e Avenue. Tu le sais, au moins ?

— Fais-moi confiance !

Le temps qu'on atteigne le FDR Drive[1], l'hélicoptère était bien visible dans le ciel. Le simple fait de savoir qu'Angelo était tout près m'a infiniment réconfortée, et j'ai piqué un sprint en direction de l'héliport. J'ai senti le courant d'air provoqué par sa descente. Tandis qu'il se posait, je me suis retournée vers Jesse et Roux, qui fixaient l'engin comme s'ils n'en avaient jamais vu auparavant.

1. Le Franklin D. Roosevelt Drive, voie rapide longeant l'East River, en bordure est de Manhattan.

— Que ceux qui ont déjà fait un tour en hélico lèvent la main.

La porte s'est ouverte sur Angelo, aux commandes avec casque de pilote et lunettes de soleil. On a foncé jusqu'à l'hélicoptère. D'une main, Angelo nous a aidés à monter, Roux et Jesse derrière, puis moi à l'avant. J'ai refermé la portière et mis un casque, avant de m'affaler sur mon siège. Angelo a décollé et j'ai regardé Colton devenir de plus en plus petit, et encore plus rouge, si c'était possible. Soudain, un vertige m'a obligée à m'agripper aux accoudoirs en fermant les yeux.

— Respire, ma puce, m'a dit Angelo. Tout va bien. Tu es saine et sauve, à l'abri dans le ciel.

J'ai inspiré à fond et hoché la tête. Il avait raison. Tout allait bien.

— Puis-je demander ce qui est arrivé à son nez ? s'est enquis Angelo dans son micro.

— C'est Roux qui lui a cassé !

Toute pâle et haletante derrière moi, elle a quand même trouvé l'énergie de faire un doigt d'honneur à sa victime, qui saignait toujours sur le tarmac.

Angelo m'a regardée avec un sourire.

— On fait toujours une chouette équipe, ma douce. Tu es sûre que ça va ?

— Mais oui, très bien.

Mon rythme cardiaque allait sans doute mettre la journée à ralentir, mais les dossiers étaient dans mon sac. C'était tout ce qui comptait.

Jesse était à bout de souffle, mais quand je me suis tournée vers lui, son visage s'est illuminé d'un sourire et il s'est mis à rire.

— C'était quoi, ce plan ? m'a-t-il demandé. T'es *qui* ?

— Une vraie bête, lui a répondu Roux. On est des vraies bêtes tous les trois.

Et l'hélicoptère a filé dans le ciel.

33

Mes parents nous attendaient à l'atterrissage à Battery Park.

Et ils étaient hystériques.

Au début, j'ai eu du mal à comprendre ce qu'ils disaient tellement ils me serraient fort, mais j'ai quand même réussi à distinguer « … passé par la TÊTE ? », « PRIVÉE DE SORTIE À VIE ! » et « … aurais pu MOURIR ! ». Mais je m'en fichais. J'étais si heureuse de les voir que je me suis contentée de les serrer moi aussi de toutes mes forces.

Puis ils m'ont lâchée pour étreindre Angelo, puis Roux et Jesse, et ensuite Angelo m'a étreinte, et j'ai étreint Roux, avec autant d'effusions que si on ne s'était pas vus depuis quinze ans. J'étais euphorique, presque étourdie de bonheur, jusqu'à ce qu'Angelo annonce :

— On n'a pas pu lui mettre la main dessus.

— Le loft est l'endroit le plus sûr, a dit ma mère.

Moins de trois minutes plus tard, on nous a poussés dans une voiture (mon père a viré le chauffeur pour se mettre au volant ; apparemment, plus question de faire confiance à personne), direction notre appartement.

Tous les quatre, Angelo, mes parents et moi, on a mis les lieux sous haute protection sans traîner. On a changé les codes des serrures, jeté les cartes SIM des portables à la poubelle, et mon père a arraché le disque dur de l'ordinateur pour le noyer dans l'évier, pendant que ma mère inspectait l'appartement à la recherche de micros.

— Ça va, vous deux ? ai-je demandé à Roux et Jesse, assis à notre table, l'air hébété. Vous voulez boire quelque chose ?

Ils ont acquiescé d'un hochement de tête. À l'autre bout de la pièce, Angelo et mes parents chuchotaient sur un ton pressant dans des téléphones à carte prépayée. Angelo avait les traits particulièrement tendus et il était passé de l'anglais au français, signe que ça ne plaisantait pas. Mon père, lui, parlait en italien, et je l'ai entendu répéter plusieurs fois *figlia mia*, « ma fille ».

J'ai servi de l'eau à Jesse et Roux.

— Pas trop sonnés ? leur ai-je demandé. Vous auriez le droit, hein ! Ça vous fait un gros morceau à digérer.

— Non, pas sonnés, a dit Roux. Juste… Bon, OK, peut-être un peu quand même.

Jesse m'a attirée à lui en glissant un bras autour de ma taille et l'autre derrière ma nuque, et il a enfoui le visage dans mon cou. J'ai appuyé ma joue sur sa tête, dans l'odeur de son shampooing, réalisant soudain les risques qu'on avait pris, et tremblant de gratitude à l'idée que tout se soit bien terminé.

— Eh, a murmuré Jesse, assez bas pour que je sois la seule à l'entendre.

— Hmm ? ai-je fait en fermant les yeux et en tâchant d'arrêter de trembler.

— Moi aussi, je t'aime.

J'ai rouvert les yeux d'un seul coup et je l'ai regardé. Son expression était sincère, ouverte, et un peu effrayée.

— Tu l'as dit la première et je ne t'avais pas répondu. Je m'en suis rendu compte pendant qu'on courait. Je ne t'ai jamais dit que je t'aimais aussi.

Je lui ai souri avant de le couvrir de baisers.

— Mais toi, ça va ? m'a-t-il demandé quand je me suis reculée. Tu dois être à bout. Tu trembles.

— Garde-moi juste contre toi, ai-je répondu en secouant la tête.

Ce qu'il a fait. J'ai tendu un bras vers Roux qui est venue se glisser contre moi, et on s'est serrés en un petit bloc compact. On est restés comme ça jusqu'à ce qu'Angelo nous annonce doucement, le plus dignement possible :

— C'est fini. Ils l'ont abattu.

Tout le monde a respiré un peu plus légèrement, surtout mes parents, qui ont remarqué tout à coup la petite grappe qu'on formait au milieu de la cuisine.

— Bon, a dit ma mère, qui veut un petit encas ?

— Le petit encas, ça pourrait être de la vodka ? a demandé Roux d'une toute petite voix.

Mais elle n'a pas réussi à garder son sérieux et Jesse et moi n'avons pas tardé à glousser avec elle. Ça faisait tellement de bien de rire que j'ai cru que je ne m'arrêterais jamais.

Pour résumer, je dirais qu'il s'est passé beaucoup de choses cet après-midi-là.

Mes parents ont fait la connaissance de Jesse (c'était assez inévitable, du coup !). Au début, tout le monde était un peu gêné, puis mon père s'est efforcé de « devenir pote » avec lui (oui, ce sont ses mots, la honte de ma vie), et enfin ma mère lui a simplement fait un sandwich et il a dit « merci, madame », ce qui lui a fait gagner plein de points. Ce n'était pas comme ça que j'avais imaginé leur première rencontre, mais franchement, ç'aurait pu être pire.

Puis mes parents et moi avons eu une longue discussion sur la confiance et l'honnêteté, et sur le fait que si, UNE FOIS, UNE SEULE, je m'avisais à nouveau de jouer les cavaliers seuls, ils me boucleraient jusqu'à mes quatre-vingt-cinq ans.

— Quoi qu'il arrive, on est une famille, a précisé ma mère. Quand il y a des problèmes, on commence par en parler entre nous.

— C'est ce que j'ai fait ! ai-je protesté. Mais vous ne m'avez pas crue !

Mes parents ont échangé un petit regard.

— D'accord, nous aussi, on a des efforts à faire, a admis mon père. Mais ça ne veut pas dire qu'on ne doit pas compter les uns sur les autres, OK ? On va tâcher de s'améliorer *tous les trois*.

Puis, il y a eu l'épisode avec Jesse et Roux. Au début, même Angelo n'était pas emballé que je les aie impliqués, mais après qu'on a expliqué comment on avait tout découvert, et comment Roux avait cassé le nez de Colton, ils se sont radoucis.

— J'étais dans le pétrin et ils m'ont aidée, ai-je conclu. Ils ont été fantastiques.

Mais la plus grosse surprise est venue de Roux. Au bout de quelques heures, les choses s'étaient assez apaisées pour qu'on songe à manger. Mon père était en train de servir à tout le monde des restes d'enchiladas au poulet quand je l'ai entendue renifler.

Assise en bout de table, Roux pleurait comme une madeleine. De grosses larmes roulaient sur ses joues, et quand elle a vu que je la regardais, elle a levé les mains et les a agitées comme pour m'éloigner.

— Ça va très bien, m'a-t-elle assuré dans un sanglot.

Du coup, plus personne ne pouvait ignorer qu'elle pleurait. Je me suis précipitée vers elle et je l'ai serrée très fort dans mes bras.

— C'est rien, lui ai-je dit. C'est le contrecoup, ça arrive souvent à retardement. Tout va bien.

— Ce n'est pas le contrecoup, m'a-t-elle répondu en hoquetant. Je suis juste si… si… si heureuse !

— Ben on dirait pas, a observé Jesse.

Ma mère a disparu avant de ressurgir avec une boîte de mouchoirs, que Roux n'a même pas regardée.

— Pardon, pardon, répétait-elle. Mais vous êtes tous tellement gentils, et, et la journée a été tellement dingue et, bon, c'est vrai que j'ai eu peur, mais je n'ai pas parlé à mes parents depuis trois semaines et maintenant on dîne tous ensemble et je suis super contente de te connaître, Maggie, et si tu déménages, je vais être tellement triste !

— Oh, Roux ! me suis-je exclamée, en fondant en larmes à mon tour. Il n'est pas question qu'on déménage ! Tu as été géniale, aujourd'hui ; ne pense à rien d'autre !

— Tu veux dormir ici cette nuit ? lui a proposé ma mère. Tu dois avoir besoin de te reposer.

Roux a acquiescé d'un air reconnaissant.

— Merci. Ce serait chouette.

Puis, en se tournant de nouveau vers moi avec un reniflement :

— Je suis toute rouge avec les yeux bouffis ?

— Oui.

— Zut.

Elle a pris un mouchoir en soupirant.

Angelo s'est penché par-dessus la table.

— Tu as été très courageuse aujourd'hui, lui a-t-il déclaré, et Maggie et ses parents ont de la chance d'avoir une amie comme toi. On ne laisse jamais tomber nos amis.

Roux a hoché la tête, les yeux écarquillés comme une gamine devant le père Noël, et Angelo lui a tendu son mouchoir. Sous la table, Jesse m'a pressé la cuisse et je lui ai répondu sur le même mode. Tous ceux que j'aimais étaient près de moi, ensemble et à l'abri.

Quelque chose me disait que je pouvais avoir confiance en l'avenir.

ÉPILOGUE

Roux tapait du pied sur le trottoir.

— Pourvu qu'il ne me fasse pas attendre. Tu as une montre ? Fais voir !

— Angelo n'est jamais en retard. Et non, je n'ai pas de montre, pas la peine de me tirer sur le poignet.

— Excuse.

Sur quoi elle a éternué.

— Hello, rhume des foins, a-t-elle commenté.

On était devant la Maison des échecs à Central Park. Après un hiver qui m'avait donné l'impression d'avoir élu domicile dans la toundra, les arbres refleurissaient et le parc était superbe.

— J'adore le printemps, pas toi ? ai-je dit avec un soupir d'aise.

— Atch… OUM ! Non.

— Tiens, regarde, le voilà. Pile à l'heure.

— Salut ! lui a lancé Roux tandis qu'il venait à notre rencontre.

Il portait un costume gris clair et une cravate assortie aux rangées de tulipes mauves qui bordaient l'allée. Du pur Angelo. Même quand il essaie de se fondre dans le paysage, on le remarque.

Après notre grand numéro de l'hélicoptère, on avait connu une période un peu agitée. Les noms de Roux et de Jesse n'avaient pas été cités devant le Collectif. Je savais qu'ils garderaient mon secret, comme je garderais les leurs, et je ne voulais pas leur créer d'ennuis. Et puis, ils m'avaient aidée à sauver ma peau et à résoudre l'affaire. N'empêche que plusieurs membres du Collectif avaient débarqué à New York pour un énorme débriefing sur les dossiers secrets et sur Colton. À la fin, j'étais épuisée.

C'est là que mes parents étaient intervenus.

— Il me semble qu'on a besoin d'un congé, avait déclaré mon père aux représentants. Maggie a subi une rude épreuve, elle a besoin de récupérer.

J'avais foudroyé mon père du regard quand il avait dit ça. Je n'étais pas une frêle petite fleur ! Je gérais ! L'épuisement, c'était temporaire ; la victoire, elle, resterait !

Mais mon père avait enchaîné :

— Serait-il possible qu'on reste ici, à Manhattan ? Il doit y avoir assez d'affaires à suivre à New York !

Rester ici avec ma meilleure amie *et* le garçon que j'aimais ? Bien vu, papa.

Bref, ma famille et moi, on a pris des vacances d'hiver. Je suis retournée au lycée, où j'ai quand même fini par comprendre le français et ne plus avoir l'air d'une demeurée quand je le parlais. Avec Roux, on a échangé des cadeaux de Noël, et avec Jesse…

Eh bien on a parlé. Et parlé. Après quoi on s'est beaucoup embrassés, et on a reparlé. Seul le temps pouvait lui prouver qu'il n'avait pas juste été une mission de plus, et du temps, j'en avais à revendre. Je ne demandais rien d'autre.

Angelo nous a rejointes et nous a embrassées sur les joues.

— Alors, charmantes demoiselles, êtes-vous prêtes à apprendre les règles du plus noble des jeux ?

— Je veux être le cheval, a répondu Roux.

— Le cavalier, a rectifié Angelo.

— Ce n'est pas le Monopoly, ai-je précisé. Moi, je ne peux pas, j'ai rendez-vous avec Jesse.

— Maggie et Jesse en pleine action… a commenté Roux en tortillant des sourcils.

Je lui ai balancé un coup de coude, sans pouvoir réprimer un sourire.

— Toi, silence. Il va me présenter sa mère.

Après qu'on avait frôlé la catastrophe, Jesse avait mis solennellement les choses au point :

— Cette fois, j'ai vraiment compris à quel point c'est important d'être honnête, m'avait-il déclaré quelques jours après la fin de mon débriefing. Je veux l'être avec ma mère, comme je veux qu'elle le soit avec moi.

Alors il s'était assis pour lui écrire un long mail dans lequel il lui disait combien elle lui manquait, et elle lui avait répondu. Leur relation ne s'était pas métamorphosée du jour au lendemain, mais chacun faisait des efforts, et elle venait passer une journée à New York.

— Quand on parle du loup, a dit Roux. HOUHOU, JESSE ! ON EST LÀ !

Angelo a fait la grimace tout en continuant à installer les pièces sur l'échiquier. Avec Roux, il aurait de quoi s'occuper pour la journée.

J'ai fait signe à Jesse, qui nous a rejoints. J'ai glissé un bras autour de sa taille et je l'ai embrassé. On avait beau être ensemble depuis novembre, je ne m'en lassais pas.

— Salut, m'a-t-il dit. Prête pour le grand rendez-vous ?

— Toujours. Angelo, ne te laisse pas intimider par Roux. Et méfie-toi, elle aime tout ce qui brille.

Roux m'a tiré la langue.

— C'est qui, ces petits bonshommes ? a-t-elle demandé en prenant une poignée de pièces. Ils sont trop craquants, j'en veux un.

— Amusez-vous bien ! leur ai-je lancé en partant.

— Tu peux en prendre plusieurs, ai-je entendu Angelo lui répondre de sa voix posée. Euh, non, non, peut-être pas autant…

— Tu es nerveux ? ai-je demandé à Jesse tandis qu'on se dirigeait vers le restaurant du hangar à bateaux, où on avait rendez-vous pour déjeuner avec sa mère.

— Un peu. Mais pas autant que la fois où on était poursuivis par un dingue et où on a dû sauter dans un hélicoptère.

J'ai souri en me serrant un peu plus contre lui.

— J'aime bien te maintenir sur le gril, ai-je répliqué. Et tu l'avais bien cherché avec ta soirée patinoire.

— J'avoue. Maintenant, on est quittes.

— Tu viens toujours dîner chez moi ce soir ?

— Bien sûr. Ton père cuisine un chili, non ?

— Je crois, ai-je répondu. On verra bien.

Mon père et Jesse étaient en train de devenir super copains, une bonne chose pour papa, qui passait trop de temps uniquement entouré de femmes. Ils avaient même regardé le Super Bowl[1] ensemble, une grande première pour mon père.

À l'entrée du restaurant, Jesse a scruté les visages des clients, et son expression s'est détendue quand son regard est tombé sur une grande femme blonde.

— Elle est là-bas. Tu es prête ?

— Toujours.

Et on a avancé sans regarder en arrière.

1. *Le Super Bowl est la finale annuelle du championnat de football américain.*

REMERCIEMENTS

Merci à ma mère, à Chris, John et Barbara Snyder pour leur amour et leur soutien, et pour ne pas s'être moqués de moi quand j'ai annoncé mon intention d'écrire un livre sur une adolescente espionne professionnelle.

Je n'oublierai jamais le jour où Lisa Grubka a accepté d'être mon agent, et lui serai éternellement reconnaissante pour son professionnalisme et son don pour toujours trouver les mots justes, même quand je suis sous pression. *Surtout* quand je suis sous pression.

Merci à l'équipe de Foundry Literary + Media, en particulier à Stéphanie Abou et à Rachel Hecht ; à Anna DeRoy de chez William Morris Endeavor ; et à Liza Wachter de chez RWSG Literay.

Merci aux amis qui ont lu mes premières versions, m'ont offert leurs conseils aussi drôles qu'avisés, et qui, plus généralement, rendent ma vie meilleure, plus gaie, plus légère ; à Johanna Clark, Adriana Fusaro, Maret Orliss, Rosemary Orliss, Steve Bramucci, Rachel Cohn (qui m'a prêté la table de sa salle à manger pour rédiger ces remerciements, merci Rachel !), Dave Marano,

Stephanie Perkins, Jennifer Banash, David et Dara Hyde, Joanna Philbin, Abby McDonald et Dallas Middaugh.

Merci à l'équipe de Bloomsbury and Walker pour l'enthousiasme qu'elle a manifesté pour ce livre et pour nous avoir accueillies à bras ouverts, Maggie et moi : Emily Easton, Stacy Cantor Abrams, Laura Whitaker, Katy Hershberger, Kim Burns, Patricia McHugh, Donna Mark et Nicole Gastonguay.

Merci à Erica Jesonis et Mark Bakula pour m'avoir appris à dire « Tu es privée de sortie ! » en russe et en japonais, et merci à Céline Charvet des Éditions Nathan pour la traduction des dialogues en français.

Merci à mon chien, Hudson, d'être aussi adorable jour après jour. (Il ne sait pas lire, pour autant que je le sache, mais je n'ai rien à perdre.)

Je pourrais aussi exprimer toute ma reconnaissance pour le soutien que m'accordent les lecteurs, les bibliothécaires, les blogueurs et les fans, mais ces remerciements finiraient par être plus longs que mon roman. Merci du fond du cœur pour vos lettres, vos mails, vos tweets, vos remarques et votre gentillesse, et pour accueillir mes personnages aussi chaleureusement. Vous êtes les meilleurs.

Oui, vous.

Découvrez le nouveau
Robin Benway
Qu'est-ce qui fait une famille ?
Si loin de l'arbre
ROBIN BENWAY
NATHAN
Un roman d'une grande justesse
sur la famille et les liens du sang
LITERARY AWARD PEN AMERICA WINNER
NATIONAL BOOK AWARD WINNER
Nathan

Ouvrage composé par
PCA, 44400 Rezé

Imprimé en France par CPI
en juin 2019
N° d'impression : 3034089
S29380/01

PKJ • www.pocketjeunesse.fr
POCKET JEUNESSE

FSC
www.fsc.org
MIXTE
Papier issu de sources responsables
FSC® C003309

Pocket Jeunesse, une marque d'Univers Poche,
est un éditeur qui s'engage pour
la préservation de l'environnement
et qui utilise du papier fabriqué à partir
de bois provenant de forêts gérées
de manière responsable.